戏里戏外的事情

杨利民 著

文化艺术出版社
Culture and Art Publishing House

不在于我们有过什么样的生活遭际，而在于看到我们自己的遭际。

——摘自曹禺先生对杨利民话剧《黑色的石头》的评论

目　录

001 关于戏剧的一封信（代序）……李琦

001 戏里戏外的事情

003 悼念一只小雁
006 文化狗及其他
009 我的师傅
013 伊尔库茨克和贝加尔湖
021 我是一条淡水鱼
025 大自然之子
030 与海外作家谈铁人
032 活着，并不等于生活着……
034 世纪末的情感孤儿
037 灵魂深处的触摸
039 给孩子们写戏
041 不同的符号
049 我为《夕照》流泪
051 坚实的幕后人
059 褪尽虚火　安静下来

061 感悟人和生活

063 有关被遗弃的一些感受
068 聆听经典家书

071 钓者
074 孤独的隐居者
078 活着，并且高贵地活着……
084 两张旧照片
087 薛柱国与《我为祖国献石油》
089 渴望公平
092 旅游淡季
104 等待足球
108 普通党员
110 土屋
115 亮亮的白光
123 昨天，是面镜子
133 石油花
137 女篮六号
143 吝人黄富
148 夜过大雁湖

157 写给朋友的文字

159 说点什么……
161 爱梦想的老牛仔
164 文如其人
167 美的记忆
170 人生痕迹的记录

173 宝琛兄，你仍然在我们中间
176 写给春山……
179 回归家园

185 故乡、老地方和亲人

187 长跪哭娘
191 冰冻的小溪
196 还乡
201 到延安去朝圣
204 旅欧札记
206 大庆境内有两条大江
208 哈尔滨是个美女
211 往事悄然　回望逝水

215 生活碎片及其他

217 停一停，等等我们的灵魂
220 你猜我是谁
223 我在滋生一种新的饥饿
226 绿野，那一片迷蒙的情……
230 采访手记
234 无处着陆
242 灰色的羽毛

关于戏剧的一封信（代序）

李琦

利民：

这个戏看完后真是有些心潮起伏，几句话也说不清感受，给你写点观后感。

作为一个观众我受到了感动。以至于回到院后依旧很难过。好的戏就是这样，它让你得到审美的愉悦，又搅得你心神难宁。戏剧家对人生的发现和独特的表现形式确有魔力，一场戏里的人生让我百感交集。

艺术来自于感动。我认为无论是戏剧还是其他艺术形式，如果不能感动别人，那就是徒有虚表。现在我们在电视上看到的那些剧多数过于花哨，好像时尚，实际瞎扯。那里的日子不是人的日子，是演员的表演，是装扮过的生活，不是生活本身。它缺生命的真气，所以人们是一边看一边嘲弄。

而眼前这台上的诸位，他们是唱二人转的艺人、收废品的、赌徒的老婆、卖豆腐的。他们含辛茹苦，生活在社会底层，却有倔强的生存能力；他们所得有限，活得卑微却不苟且；他们命运苦涩，却始终没有丢弃善良和美好。舞台上散发的是烟草的气息、家常饭菜的气息，是笑声、哭声、叹息声，是我们熟悉的惆怅、迷茫、欲望、无奈。我们从台上看到了平常的、大葱一样普通却具有生命力的人物，看到了我们的街坊邻居，甚至看到了我们自己。人性的灯盏就在这样一群人中，发出并不强烈刺眼却格外温暖亲和的光芒。无论生活多么焦虑和衰竭，但诗意和美好的东西依然在生活里。我喜欢这样的作品，常常提醒我们注意到身边不被注意的，但却是极其重要的东西，这就是生命和生活背后的力量。生活是一个自然的流程，但你会发现，突然有吓你一跳的东西。

作为观众，我尊重一个有关怀能力，能用自己的手触及生活本质的剧作家。一个作家、艺术家，如果他的目光只投向那些不着边际的地方，或者总是怕落在潮流之后，沉湎于技术性的游戏，却偏偏忽略了那些被侮辱与被损害的人，那么，他的作品就不会有什么深长的精神力量，更不会产生动人的魅力。只有奇思妙语是不够的，只有噱头更是可怜。真正的艺术永远都是来自对于人性、生命深邃的体味。只有老实地进入民间，进入土地上的人群，进入他们的苦乐之中，才能听懂那种民众的心声，才有可能代表他们发出一种雄浑的声音，才有可能不单薄、不浮夸，才有可能变得广阔和深厚。

我觉得导演很不错，理解了剧本的精髓。手法洗练又有分寸。演员也挺好。戏里化用二人转这种形式，不只是巧妙，也深具意味。二人转，男人和女人，一转就是一场人生，一转就是一辈子……二人转本身的火爆、浓郁，没有禁忌和障碍的特点以及独有的风情，对整部戏犹如一双手，起了推波助澜的作用。只是依我这个外行来看，我觉得所选曲目感染力还应再强一些。二人转就是这部戏的眼神。那两个演员有爆发力，只是觉得所选曲牌还差点火候，应该把火点得更旺些。

利民，我像小学生看书一样写下几句观后感，这不是作业，是受了你的感动。我确实是高兴。我感受到一个成熟艺术家精神的结实，一种你作品里一贯的深情。我从这部戏里看到了一个作家忧郁、沉重、毫不散乱、善良悲悯的目光，而有这样一种目光的人，恰恰是我的朋友，我怎么能不为他自豪呢？

2003年8月20日午夜

（注：李琦是我国著名女诗人、作家，观看话剧《秋天的二人转》有感）

戏里戏外的事情

悼念一只小雁

一个劣等的猎人，打伤了一只一岁的小灰雁，新来钻井勘探队的小钻工周林，用两瓶好酒，从猎人手里把受伤的小灰雁换了回来，井队的男人们觉得省去了不少的寂寞。周林用盐水为小灰雁清洗了伤口，在整个夏天里，总有人到沼泽地里为小灰雁捉些小鱼小虾喂它吃，孩子似的围着它看。到了秋天，小雁长胖了，每片羽毛都在秋阳里闪着光泽。它第一次试着飞起来，围着高高的井架盘旋着，悠悠地鸣叫着，井队的男人们也就仰着头，望醉人的蓝天和自由飞翔的小灰雁……

当时，我把这个情节写进了一部话剧文学本《黑色的石头》。

钻井勘探队在海拉尔大草原上找油，我在那里体验生活，每天都沉浸在神奇梦幻般的轮廓中。清晨——胭红柔和的霞光，明丽清暖的初阳，淡紫色轻纱似的薄雾；正午——任性泛滥的湖水，散发着光和热的云朵；傍晚——落日斜晖中渐渐昏睡的大地；夜晚——明灯似的悄悄在天空闪烁的星辰……每到这时，我便想起了屠格涅夫的《白净草原》和他所理解的大自然。大自然和它怀抱中的万物，好像是一种有生命、有灵魂甚至有思想的实体和存在。你有祖国吗？这里只有山川、平原、河流是最具体的。那是一种伟大的力量，人的一切思想、性格、情感、本领……都是在这种力量中形成的。

这年秋天，我带着剧组的导演、舞美设计、男女演员到海拉尔大草原感受生命，体验大自然赋予我们的一切。我只是想让他们看看，那些放马的孩子，怎样点燃篝火用小铁罐煮土豆；井队的男人，怎样在沼泽地里脱光身子洗澡捉鱼。还不错，剧组的人和井队的人处得很融洽，喝酒、聊天，黑了灯讲粉色故事，产生了很深的感情。井队还为女演员专门盖了厕所，当然，那些女演员决不想在此地多加停留。

临离别的时候，井队为了支持这台戏演好，真实地再现生活，在剧组强烈的请求下，他们把心爱的小灰雁赠给了我们当活道具。那天下午，我没见到精心饲养小灰雁的小钻工周林，汽车开了的时候，我发现他坐在钻台上朝这边看。

小灰雁被装进了纸箱里，坐上了汽车，进到了城里……

在这年冬天，小灰雁没能随着雁群有纪律地飞回南方，它被孤零零地留在了剧院里，并两次随剧组到北京舞台演出，还参加了中国首届戏剧节。

这部戏在首都舞台引起的震惊和关注，绝不是习惯上的新闻用语，一个随团摄影记者悄悄对我说，每场观众自发鼓掌二十多次，笑声三十多处。戏剧大师曹禺看完演出后，抖抖地走上舞台，用手杖敲着舞台说：都来看看！这个戏是怎么搞出来的！不在于我们有过什么样的生活遭际，而在于看到我们自己的遭际。

小灰雁在舞台上很通人性，它成为那个黑色家族中不可缺少的一员。演员有台词的时候，它歪着头支起耳朵听；没台词的时候，插空鸣叫几声，像跳动的音符，给全剧的风格带来总体象征。意大利大使馆文化参赞打来电话说，他们最感兴趣的是剧中有关那只小灰雁的情节，赞美中国的青年正在觉醒，有了人类的忧患意识和环境意识。（我怕这位中国通的外国人给我在政治上带来什么麻烦，就没有表态。）总之，这部戏给我带来极大的实惠，该有的差不多全有了，头顶也戴上了一个美丽的光环——青年剧作家。

演出归来后，市领导在九号院宾馆招待剧组成员（据说这里曾招待过西哈努克亲王），那是我第一次吃到烤鹿肉和炸铁雀。接着总结、表彰、放假七天。

七天，北方高寒地区的七天，那只小灰雁被遗忘在没有暖气的道具库里，没有一个人想起它。

七天后，剧院接到重要演出的通知，这时才有人提起了那只小灰雁，我和负责道具的老牛跑到道具库房，打开锁，拉开门冲了进去，而在那一瞬间我惊呆了，眼里不知怎么涌出许多泪来……

小灰雁死了，不知什么时候死的，死的样子，叫人不忍心看下去……它的脖子卡在一张吊树景的网子里，头伸向一簇绿叶，一簇画上去的虚假的绿叶，不知它挣扎了多少时候，遍地是灰白色的羽毛，在尘埃里飘浮。这情景使我想起了一句话：把美毁灭了给人看！

七个白天和七个夜晚，小灰雁饿了，冷了，从黑暗的纸壳箱里挣扎出来，却什么也没看到，那些演戏的人已经散去，给它留下的是关紧的铁门，失去自由的空间……它看到了绿色，在绝望中透出的一点希望，它飞向那里，而那里却是一张天罗地网。它呻吟、鸣叫、痛苦地挣扎，可这都无济于事，它将永远留在北方——这片高寒地区。

小灰雁死了，为我们争得荣誉与自豪的小灰雁死了，这是我们共同的耻辱！

我想起了一些诗和歌：天高云淡，望断南飞雁……碧云天，黄花地，西风紧，北雁南飞……而小灰雁还能南飞吗？还会北归吗？

我从地上拾起一根羽毛插在胸前，转身走出了暗冷潮湿的道具库房。我听见管道具的老牛问院长，后天的演出怎么办？院长说，实在不行，就买只鸭子吧。

鸭子毕竟是鸭子。彩排的那天晚上，鸭子登场了，它扭着肥大的屁股左摇右摆，显出一副傲慢的样子，到了舞台中间，它放纵地、毫无顾忌地"嘎嘎"大叫起来，演员们笑得前仰后合，彩排的戏几次中断。院长十分恼火，说明天给厂矿长会议演出，部长也要看，你们谁要笑场就按政治问题处理，并命令管道具的老牛立刻找透明胶把鸭子的嘴封上。

鸭子的嘴是封上了，可没有节制能力的后面却一泻千里地射出来。刚上场的大黑，脚下一滑，摔个仰面朝天，演员们全部卧倒，笑得全都瘫在舞台上。

按说鸭子也很可爱的，弯月似笑眯眯的眼睛，一张又扁又长的敦厚的嘴巴。可鸭子毕竟是鸭子，它永远也不会像大雁飞得那样高远，把自己的毅力、秩序、情怀用大写的人字镶嵌在蓝天上。

在演出总结会上，我只说了一句话：我们目前还是鸭子。

在我书案的笔筒里插着一根雁的羽毛，那是留给小灰雁的悼念，同时也悼念我们自己。

每到秋来，我便想起海拉尔大草原，那远天的云，低吻着苍茫的旷野，一处处金黄的草垛，天边挤着一排排毛腿杨。偶尔一片亮亮的小湖，湖面上倒映着蓝天里排成人字的雁阵。

雁阵为什么在天空中排成人字？我想，在另一个维度的空间里，有更神秘的力量……

文化狗及其他

我的一部戏在北京上演引起了不小的震动。当然，对那些不切实际的鼓励我还是始终保持了清醒的头脑。这是一部四幕抒情剧，剧中描写了两个老人和一条狗的故事，而以后出现的一系列奇怪的现象就都与这条狗有关了。

戏演出后，戏剧家协会在北京东四八条52号召开了座谈会，到会的专家学者一致认为全剧表演最好的就是那条狗。美学博士雯女士指出，狗的表演极其自然、放松，进入了一种美的最高境界。还有人提出，狗能不能给个什么奖，或是有没有权利参加职称评定，或是作为梅花奖的提名。这无疑是个玩笑，却给会场营造了十分活跃的气氛。

座谈会以后，在晚报发了消息，这条狗的表演招来了许多观众，每场演出单是为狗的表演鼓掌就达十几次之多。戏里有这样一个细节：雨后，彩虹出来了，两位老人听着录音机里的音乐下意识地扭起大秧歌，狗也跟着节奏跳起来。最叫绝的是，两位老人脱掉上衣亲亲热热地坐到一起的时候，狗就从中间钻过去把他们隔开，它嫉妒老头把爱给牧牛的老婆子，怕她犯错误。每到这时掌声就如雷鸣一般，以至于发展到狗开始没完没了地夺戏演，咬住老婆子的裤角子不撒口的地步。

狗在北京的演出很是风光了一阵子。每场结束后，有头有脑的人物都要上台看看这条狗，摸摸它的大脑门，爱抚地捋捋它那油亮的皮毛，狗也就地抬起前爪一一接见各位来客。

世界是由表象或是一连串的偶然构成的，但这不意味着本质和理性失去它的光辉。关于这条狗最后所发生的事情，使我感到意外和恐惧。狗最终的蜕化和毁灭以至于它堕落到某种所谓现代文明的行为，这不能不说与我这个剧作者有直接或间接的关系。

这条狗来自于松辽大平原的一个村落，是用二十八元钱从一个农夫手里买下的。它没有名字，进入戏剧角色后它叫“黑子”。黑子刚来时，没有几个人敢接近它，它个头很大、很猛，也很暴烈。但它很瘦、很脏，透过瘦抽了裆的两条后腿可以看见两个脏狗卵子。剧院的许多人建议把它撵走或是杀了吃肉，可导演看中了它，说这条狗有某种沧桑感，甚至怀疑它就是荒原上最后一条狼。

黑子站在舞台的灯光下开始排练，它不知道人们让它干什么？想把它怎样？它始终张皇失措，暴怒地狂吠不止，但最后还是饥饿使它驯服了。黑子每天可以接受两元五角钱的补助，吃到一些劣等的猪下水。起初的排练结束后，黑子总是独自躲到黑暗的角落里蜷缩着，惶惶然地窥视着每一个人，但到后来它发现人们没有把它怎样，于是胆子也就大了起来。

为了进入戏剧角色（或者说社会角色），黑子必须接受现代文明和现代文明所必要的生活习惯。它由跟它有戏剧人物关系的男主角负责它的训练和生活管理。每日要去乘车、洗澡，到卫生间大小便，在适当的温度下，在固定的位置上饮食起居。

男女演员开始用各种食品引导它做各种使他们开心的事情——去为一个女演员叼鞋，会有一粒牛肉干的奖赏；去为男演员取一顶破帽子，会有一块巧克力的鼓励。

正式公演前，为了保证不出意外，黑子的伙食补贴由两元五角上升到四元钱，它可以由吃猪肺改为吃猪头肉，而且可以喝到现代人剩下的饮料。

黑子的演出获得极大的成功，这也给剧院带来很高的荣誉，它使男主角获得本届梅花奖，女演员获得东三省话剧表演最佳配角奖，同时双双晋升了职称和级别。黑子开始被一片讨好声包围着，负责它的男主角把它当亲兄弟一样对待，雄壮而又自豪地把它带在身边，几乎形影不离。男主角说：古来有狗仗人势，而我是人仗狗势。

黑子成了了不起的宠物，它甚至做梦也没想到今生能如此风光。剧院研究决定，要保卫黑子安全，为它落户，办牌照，取得各种合法地位和证件，同时把它的伙食由猪头肉改为火腿肠。

进京演出，普通旅客列车和一般硬卧车厢不许带狗，没办法只好为黑子单独包一间软卧，由男主角陪同。深夜我去看过一次，黑子正在喝热牛奶，见我进来，头也没抬。我骂了一句：他妈的，你这不是享受厅局待遇了吗？我这一级编剧还睡硬板呢。男主角说：我这辈子也是跟它沾光睡软卧，要不谁给报销呢？

到了北京，问题还是出来了，狗有生以来第一次患了感冒。据男主角说，狗的鼻子发干，没湿气儿，说肺不好打呼噜、咳嗽。剧院领导急得团团转，儿子得病也没这么上火。赶紧派人租车，抱着黑子跑遍北京找狗医院，整整折腾到后半夜才消停下来。

北京演出圆满结束后，剧院名声大噪，电台电视台、各大报刊都发了消息和评论。

剧组从北京返回后领导指示，要多为普通观众演出，但这以后的演出可以说糟糕透了！黑子——这条狗不知为什么落下一种毛病，观众少了不好好演，舞台条件差了不好好演，该叫的不叫，像条死狗趴在那儿一动也不动，连眼皮也懒得抬一下。黑子变得吃啥啥没味儿，干啥啥没劲儿，不等戏演完它自己就大摇大摆下场了。

这年冬天我遇到了这个男主角。

我问，狗呢？

他说，别说了。

我说，咋的了？

他说，黑子完了毁了白瞎了……

男主角很伤心地述说着，黑子真可怜，一下大雪连屋也出不去，四个爪子不能沾地儿，冷得浑身发抖，眼睛不住地淌眼泪。我叫老婆缝了四个小棉套，穿在它的爪子上，总得出去遛遛啊，不然它会死在屋里。黑子现在色大胆小，那天我领一条小母狗来家，想让它过点性生活，可那小母狗一叫，把它吓得一头钻进床底下死活不肯出来。你说……真他妈操狗！有时我看它蹲在阳台上望着远处的大平原，真叫人心酸。你说，我把它放回去，它还能活吗？……

关于这条狗的蜕化，使我想到了一些莫名其妙的问题，或许我们在用一种文明来毁灭另一种文明，我想，如果它一直在大平原上会是什么样子？对于这条狗，我真不知是挽救了它，还是害了它……

我的师傅

我有许多年没见到师傅了，还是前些日子去南区，路过采油五厂的一个三不管的地方偶然见到了他。我坐在车里看见他在杂乱的小市场上摆地摊，便让车停下来。司机问我为什么？我没回答。我远远地站着、看着这个三十多年前曾给我当过师傅的工人。他那么清瘦，在风中伏下腰来，凭那双粗糙的手给路人修理自行车，也许是为了赚几个钱来维持生计吧。

三十多年前的秋天，我到了油田，在教导队受训三个月，九个人一天盖一栋干打垒，大小伙子累得蒙着被子直哭。

到了冬天，我就去了一个叫杨树林的采油队，在那里我认识了这个叫做我师傅的人。他带我上油井，教会了我油田是怎么一回事儿。

他很少说话，在那个狂风暴雨企图把我们连同帐篷一起卷走的冷冬里，师傅每晚都帮我烤棉鞋，还把省下来的细粮票留给我这个缺少营养的年轻人，当时我才17岁。后来师傅当了队里的材料员，每天夜里都把捡回来的弯钉子敲直，把损坏的旧闸门修好。他管着一屋子劳保用品，自己却穿开口的大头鞋。有些事叫人一辈子都不会忘：有一次，我把仪表上的小螺丝掉到防火砂堆里，怎么也找不到，急得直哭，那时形势严格得几乎到了残酷，不是赔的问题，而是要上升到阶级斗争的高度来认识。是师傅用筛子把那堆防火砂筛了一遍，硬是从那些颗粒里找到了仪表上的小螺丝。

还有一回，在三排48井作业，拖拉机把井口油管压裂引起大火，眼看油井就要报废了，是师傅冲进火里抢关了总闸门。这可能是师傅一生中最悲壮的一次，要是现在奖励十万元不算多。

师傅有许多机会，诸如提干，出去进修等等，但他都把机会让给了别人。后来他干的工作很杂，养过猪，喂过马，还烧过锅炉，那时强调人是螺丝钉，是一块砖，要往哪搬就往哪儿搬，盖座高楼不骄傲，盖在厕所不悲观。

师傅像油田上的磕头机，匍匐在大地上，不知疲倦地朝拜着苍天与平原；他用心灵洗涤蓝天，用身体丈量大地。他用诚实的劳动所创造的财富和应该得到的报酬，按说一辈子都花不完，用不了。可是在那个年月，大家几乎挣不到钱，也没有人在钱上过多地打算盘。师傅拿五六十元工资，一直拿了二十多年。

再后来市政和石油管理局政企分家，不知怎么阴差阳错他就到了市政企业，在评职称的时候说他干得太杂，没法定。于是他就成了闲散人员，接着就下了岗（外国人把这叫失业）。他儿子骂他是老废物，还说跟他一起参加工作的人，只要不是用脚后跟思考问题的可都当官了。可师傅说，都当官活谁干！

在人的生与死两个极端，我想大体都是相同的，出生时都伴着阵痛、流血、啼哭和尿床；而死亡就更加公平，无论是肥胖的国王还是饿瘦的诗人，上帝都不分厚此薄彼地把这份礼物分给每个人。而有所不同的是在生与死的这段过程中，我们体验着不同的生活遭际。比如我和师傅，他怎么就站在马路边修车，而我成了坐车的人。我不能说师傅不幸和不努力，至少他运气不好。假如，当初提干时或到大学进修的机会他不让给别人，那又会是什么情景呢？当然，一次性的生活没有任何涂改的机会，师傅就是师傅，他不是别人。

其实我跟师傅相处的时间很短，我就调到毛泽东思想文艺宣传队，在那里排节目，演《大海航行靠舵手》、《抬头望见北斗星》，激动得把像章别在胸脯的肉上。就因为我能写点小节目，于是就推荐到中央的一座艺术大学，成了有名有姓的编剧。

有时我感到很荒唐，一个人把握不了自己的生活，而被命运捉弄着，就像一群奔跑的野牛，不知为什么跑，也不知朝什么方向跑，更不知是哪位命运之神在挥动着鞭子。

三十多年过去了，师傅只找过我一次，那是在他没了工作以后。他敲门，我去开了，但他却迟迟不进来，他把脚在门口的垫子上蹭了又蹭，双手紧攥着那顶帽子，光线从他的背后斜射进来，透过他那弯曲的脊梁，我一下就认出了他。

师傅是个有自尊心的人，他轻易不给别人添麻烦。我把他让到沙发椅上，倒了茶，竟一时不知该说些什么，我看他的脸从脖子根儿一直红到耳朵尖儿。

我说，师傅，你有什么事要我帮忙吗？他说，……没有。我说，您别客气，是孩子的事还是房子的事？我一定尽力！他有点生气，说我就一定是为这个才找你吗？你是读过大书的人，你给我说说，这到底是怎么回事，机器报废了可以扔掉，可人报废了还得活着！你们不是说过很多吗？说我们是主人，真正的主人，这里的一切都是我们的。那么我的那份儿哪去了？我老了……没了事做……可我总得干点什么……我人还活着呀，当然，我可以去死，省得给别人添乱，可别人会怎么想？那不是给社会主义抹黑吗？

我无法面对他，因为他是这个世界上仅存的最后一批虔诚者。任何时髦的理论对他都不合适，他没有错，我也没有错，是因为我们在错误里生活得太久了。也许，历史的任何一点点进步，都是以伤害一部分人为代价的。我对师傅说，要是你相信牺牲自己，能让更多的人过得好一点，这是一种崇高，那么你就继续作出牺牲吧。我的话刚出口，就觉得心里没底，为什么总是让他们作出牺牲，而我却不行。或许我总是在伤害最质朴、最亲近的人。

这天晚上，我和师傅喝了很多酒，扯了许多往事，我看见他的眼里充满泪水。我对他说，我第一次到油井上顶岗，你就给我讲了石油的性格：你说石油这东西，不管把它放到哪里它都会燃烧。哪怕经过高温、裂解、分流、炼制到最后，剩下一把残骸，还能当铺路的材料（沥青），让别人踏着它的脊梁走过。

师傅笑了，但泪水却流下来，他说，你小子记性真好！其实他只比我大几岁。他走的时候，我坚持要找车送他，怕他路上出事，但被他拒绝了。他说，我能行，我已经死过一次了……

我站在路边上的小车旁，整整吸了一支烟，师傅低头修车却未发现我，而我也不想打扰他。太阳那个老东西躲到云层后面去了，春寒依然，风沙依然。不知为什么，我很想俯下身来，向师傅深深地鞠一躬，向他和他一样的人致歉。我不代表什么，我也代表不了什么，一个穷酸文人在某种场合也只是摆摆样子，因为现实的关怀，远没有现金的关怀来得实惠。我只是想代表一点良心，像罪人一样地跪在你们面前请求你的原谅。

最近我听别人说，师傅的修理部办得不错，日夜服务，保质保量，价钱公道，还发了点小财。只是有件事让人不能理解，他居然把来慰问他的领导拒之门外，说没工夫见他们，要见也得等到顾客走了以后。不少人骂他耍牛哄、摆架子，而我却不这样想。我觉得师傅体验了一次死亡，却站起一个人来；扔掉了铁饭碗，留下了自己的尊严。真的像他说的那样：我能行，我已经死过一次了……

伊尔库茨克和贝加尔湖

人的一生，总有最想去的地方。当然，这也跟每个人的经历、文化、地位、财富条件有关。早年闯关东的汉子，一辈子就想挣了钱，回关里老家；一位深山老林的山民就想出趟山，坐一次火车到天安门前照个相。旅行家周游世界，小商贩到处瞎跑，哪儿东西便宜在哪儿买，哪儿东西贵就在哪儿卖。为了过年，玩着命的东西南北大迁徙。像亿万只蝼蚁，滚成了团儿回家团圆。

我这一生最想去的地方，有点怪，不是美国、加拿大、澳大利亚。不是去不起，拿不出钱，因为我也混出个人模狗样了。而是可去，也可不去，无所谓的。而我这辈子趁着还爬得动、走得了，最想去的地方就是——西伯利亚的伊尔库茨克和贝加尔湖。这成了我一生的情结，挥之不掉，也抹不去。

去年秋天，我老妻帮我完成了这个愿望，这是跟我相伴一生的老妻与我第一次结伴远行。因为要去近一个月，所有的手续，吃、住、行都是我老妻和女儿通过网上订好的。比如，女儿为我们订了往返的飞机和火车票；满洲里蓝天旅行社的小何为我们办好了签证；在伊尔库茨克和贝加尔湖开旅馆和饭店的中国东北老乡郭氏兄弟不仅为我们安排了住宿，还帮我们联系了贝加尔湖奥里洪岛上有名的尼基塔旅馆，那个旅馆是好客又真诚的前苏联乒乓球冠军尼基塔先生开的，名气非常大，一般要提前一个月预订才行。我为现代人生活的网络世界感到吃惊。

我为什么最想去伊尔库茨和贝加尔湖呢？ 那是因为我要解开两个谜团。一是我最崇敬的俄罗斯青年剧作家万比洛夫，在35岁的时候淹死在贝加尔湖。他就读于伊尔库茨克国立大学，从小在贝加尔湖长大，自然水性极好，怎么会是中国戏剧界介绍他的作品后记里写的，他是不慎落水身亡的呢？ 二是十二月党人，这些沙皇时代的年轻贵族，是怎样抛弃爵位金钱和优越的生活，起来反对沙皇的专制，而真正追求精神和灵魂的解放的。更让我震惊的是十二月党人的年轻貌美的妻子们几乎没有一个抛弃了她们的丈夫，先后来到西伯利亚，在不到两三年的时间，全都饥寒交迫地死在西伯利亚，死在她们丈夫的身边。为什么列夫·托尔斯泰、普希金、车尔尼雪夫斯基、赫尔岑这些影响人类的人物都那么推崇十二月党人和他们的妻子呢？

当下的世界，或者说一个只在乎钱的世界，有几个人还记得或知道十二月党人和万比洛夫呢？前几年，中国死了三个人，古月、启功、黄昆。据调查，知道胡的人最多，因他演过毛泽东，知道启功的人居第二，因他是书法家。但没人知道黄昆。但是美国麻省理工学院的校长却说，我得把黄昆的固体物理学专著像《圣经》一样摆在案头上。年前，于是之表演大师过世，许多年轻的演员问我，于是之是谁？妈的，我说是你祖宗！当下，人们都打听谁最有钱，谁官最大，谁最有名。我想，一个忘记历史的民族也可能是最容易被征服的民族。人类，最后的革命可能是贵族的革命。它不是去抢别人的东西，打土豪分地，而是舍得荣华富贵。不是想封妻荫子，列土封侯，出者朱轮华毂，归来肥食锦裘，钟鸣鼎食，而是要真正摆脱精神的镣铐，回归人的本真。

有人说，万比洛夫是流星，十二月党人也是流星雨，但在我看来，他们是陨石，给这个叫做地球的地方，留下不可磨灭的痕迹。

万比洛夫

在伊尔库茨克一下飞机，我与老妻便被扣住了，原因是我多带了两条中国烟。我说，不要了。他们说，不行，要交罚款。我说交了放我们走，他们还说不行。拍照，签了三十多份文件，而且要我们到指定的银行去交罚款，回执要送到机场楼上的办公室，其实这里有个细节，本来烟拿走了也正常，办手续出机场，主要是老妻非要抢回那两条中华烟，因为有规定，可以带两条烟，但这激怒了他们。出去前许多到过俄罗斯的人就告诉我，多换点十元、二十元的美元，悄悄往警察手里一塞，好使。在这一点上，中国的腐败照俄罗斯差得远了去了。我折腾了三个多小时，要不是桔子树客栈老板小郭俄语好、态度好，我和老妻怕是在机场过夜了。那一刻什么万比洛夫和十二月党人，我所有的美好愿望和崇高因愤怒都荡然无存了。

黄昏时，我们坐上小郭的中巴，由伊尔库茨克开往贝加尔湖，距离只有70公里。当走在路上透过车窗望外，我才理解了俄罗斯人文化上的傲慢和懒散。那是怎样的情景啊！两面全是原始森林，丰满的安加拉河，在脚下静静地流淌，那些倒下的大树，就放在原地，没人动。我想，那木质一定比我家的家具要好得多。当看见贝加尔湖的时候，当车子沿着贝加尔湖岸边行走的时候，我才知道，我这个所谓的作家，那些描述的语言是多么苍白无力呀。辽阔、苍茫、博大、镶嵌在地球上的蓝宝石，这一切词语都显得很浅薄。一个湖面积与整个台湾差不多，长630多公里，宽处100多公里，水深1600多米，全世界五分之一的淡水在这座湖里，水清到能看见40米深处的一块石头。我想，人类最后的一场战争，可能会在这里开打，为了争夺淡水资源嘛！

车子路过湖岸的一座小方尖碑，我问小郭这是纪念什么人的。小郭说，回头我查一下俄文，上面写的什么。过了小方尖碑不远，便是我与老妻入住的桔子树客栈了。由湖岸往山谷里行走几百米，远远地看见飘扬的中国国旗便是桔子树客栈了，心里有一种踏实的感觉。山谷里清幽、宁静，两边全是各式各样的木头房子，像是走进童话的世界。而我发现了一个奇妙的现象，那就是无论老房新房、小房大房、刚建的还是要倒塌的，你绝对找不到同一个样式的窗子，而且不论房子多么老旧，那窗子都是新漆过的。各种颜色，千姿百态，更妙的是，每个窗台都摆着不同的花草，挂着洁白的窗纱。我老妻是个摄影爱好者，她说，哪天我们来拍这些窗户。这使我想起万比洛夫的第一部轰动欧美、韩日剧坛的短剧《窗子朝着田野的房子》。

在桔子树客栈的一周里，有许多旅游项目，游湖、坐小火车、吃一种叫奥姆鱼的熏鱼，老妻陪我在湖湾的船泊处钓鱼。然而这一切都不是我太想达到的目的。最惬意的是傍晚，坐在桔子树的吊椅上，望山脚下的贝加尔湖，就那样发呆，忘记一切。但我还是在想万比洛夫。我问那个暑假里在这打工的女孩，你知道万比洛夫吗？她说，不知道。我问，你在这儿留学，念的哪个学校？她说，我在伊尔库茨克国立大学读书。我说，万比洛夫就是伊尔库茨克大学毕业的，按说他是你们的学长，你怎么会不知道呢？那女孩想了想说，我们大学有个小公园，园子里有个青年的铜雕像，好像叫万比嘟噜（洛）夫，你发音不准。据说考试前去摸摸他的手，就能取得好成绩。他是干什么的？我没再说什么……

后来，是小郭为我查到了。他说，我们沿着湖路过的那座小方尖碑，就是万比洛夫淹死的地方，说法不一，有人说他是为营救别人溺水的，也有人说是不慎落水身亡的。总之，70年代的伊尔库茨克的人民，为了纪念这位天才的伟大剧作家，修建了这座纪念碑。在他就读的大学公园里，有他的铜像，哪天我带你去。

亚历山大·万比洛夫，1937年生于西伯利亚（现在活着也就76岁），在伊尔库茨克国立大学毕业后，当过记者、报社编辑。1962年开始发表作品，一生共写了五个多幕剧，一个独幕剧，两个戏剧的小品。他的作品清隽、幽默、极富诗意，浪漫而又沁人心脾，可以说是个天才。但正当他如日中天的时候，年仅35岁的他在贝加尔湖（1972）葬身水底，呜呼！

万比洛夫创作的《六月的离别》、《长子》、《打野鸭》、《去年夏天在丘里木斯克》这四部大戏，可以说在20世纪七八十年代是苏联戏剧创作之魁首。苏联的各大剧院竞相上演他的剧本，久演不衰，并以演出万比洛夫的作品为荣。莫斯科艺术剧院当代斯坦尼体系的权威导演、表演大师叶弗列莫夫不仅亲自导演万比洛夫的作品，而且担任主角，对他佩服得五体投地。之后，不少青年剧作家学习万比洛夫的创作风格，形成了万比洛夫流派，国际戏剧界开始震动。西欧、美国、日本、东欧等国不断上演万比洛夫的作品，大量研究他的论文相继出现。1979年法国国际戏剧节，认为万比洛夫这位年轻的剧作家是最值得研究的人物。

一天下午，桔子树老板小郭带我到了万比洛夫淹死的地方，一个小方碑，不大，上面镶嵌着模糊不清的照片，基座下刻着一些俄文，四周围着矮矮的铁链环。我坐在那里吸了几支烟，小郭为我拍几张照片，许多游客和俄罗斯青年用怪怪的眼神看着我，好像说，这有什么可看的呢？但我又想，为什么让别人知道呢？我从遥远的地方来了，万比洛夫，我来看你了，我们是同行，我崇敬你，这就足够了……

几日后的一个上午，我让小郭带我进城去用美元换卢布。小郭说，过了这条街，就是万比洛夫就读的伊尔库茨克国立大学。我说带我去，中午我请你们吃饭。

大学校园旁有一方小公园，大树、草地、绿色的长椅和一尊两米高的万比洛夫铜像。我们细看去，铜像已经锈蚀，有绿色的铜锈，脚下是精心设计的一汪湖水，有贝壳、石子，他站在湖水中间，一只手微微地伸向下方，就在那一刻，我断定万比洛夫是救别人牺牲自己的，因为他永远把手伸给别人……我在幽静的园子里坐了一个多小时，我一直看着那只伸出的手。小公园的长椅上坐着一对对青年男女，可能都是谈恋爱的大学生，哪国的都有，一律亲吻拥抱，举止亲昵。我没见到一个看书的人，但我却看见每个人手里都拿着啤酒瓶子。我突然有一丝悲凉的感觉，是时代进步了，还是我落伍了，难道在万比洛夫面前，你们这些小师弟小师妹不应该有一点敬畏感吗？

中午，我在大学旁的一个老式小餐馆请小郭和他的几个朋友吃饭，而小郭告诉我，他考证过，这个小餐馆就是万比洛夫常来就餐的地方，我惊喜万分。后来小郭告诉我，说万比洛夫常常要两瓶啤酒，在这里可以坐上几个小时，直到服务人员向他投去白眼，他才离开。我想，万比洛夫不是酒鬼，他是在这里思考，他在想什么呢？也许那些伟大的作品正是在这里构思的吧……

尼基塔客栈

在贝加尔湖的奥里洪岛上住了一周多，却浑然不觉，时光是那样快。真想就那样永远住下去，直到生命结束的那一天。尼基塔的客栈，是尼基塔先生一生的杰作，每一处小房子木刻着，门楞、窗框，里面都是木雕的画廊，每一条小路，铺满花草，都是人间天堂。最妙趣的是，木墙上用粗麻绳子吊着马槽样式的花盆，奇花异草，鬼斧天工；而木屋的每一根柱子都是布里亚特人的祖先图腾。因为岛上大多原住民都是布里亚特人，据说实际是蒙古人的分支。这使我想起苏武牧羊北海边的那首歌。贝加尔湖不就是远东北方的海嘛。岛上祭祠的地方几乎与蒙古族一样，到处飘着五颜六色的布条，有些用石头垒起的小丘则是敖包，我也不必深究，别引起外交冲突。

尼基塔客栈没有电视，没有报纸之类的新闻媒体，也没有那些把世界搞得乱哄哄的资讯，只有背包客把各国的国旗、纪念章都贴到客栈的小餐厅里，我与老妻也把带去的中国结挂在了房梁的最高处。夜幕降临，大家都聚集在餐厅内外，有几个人给我留下了很深的印象。一个是哈萨克斯坦的青年，他每天沿着公路跑20公里，没钱了就停下打工，有钱了就往前跑，他想跑遍世界；另一个是流浪的画家，听说他在莫斯科电影厂当过美术设计师，每天在那里画这画那，把画摆在餐厅前，你出钱和不出钱拿走了，他也不说什么，但在那些日子里，他没卖出去一幅画。他得有点像凡高，进餐厅拿几个小饼，倒一杯茶就出去，从不和游客一起吃饭。我把在国内带来的一个小京剧脸谱赠他，他激动得不得了。一天，他捧着几条鱼要送给我，嘴里不停地说：哈柳斯、哈柳斯！我知道，哈柳斯是贝加尔湖一种很名贵的鱼。后来有人告诉我，他精神不太正常。还有一个法国人很浪漫，很有生意头脑，他把在岛上拍的照片发回国，制成明信片，游客很高兴出钱购买，然后他负责发往世界各地。

我与老妻出国时带了几盒很高级的白茶，两盒送给桔子树的老板郭氏兄弟，另两盒就想送给这位苏联乒乓球冠军尼基塔先生。

我刚到客栈的那几天，都不知道哪位是尼基塔先生，总是看见一个老人忙前忙后，对谁都真诚地微笑，帮你提行李，帮你开门，本以为是打工的。后来人们告诉我，这位老人就是客栈的老板——尼基塔先生。我跟老妻送了他茶和小纪念品，跟他合影留念。多好的俄罗斯老人能包容流浪的青年，也能包容穷困潦倒的画家，足以证明他们能包容世界。

从尼基塔客栈走木板铺成的小路，出后门，要不了十几步，脚下便是神奇壮美的贝加尔湖了。我差不多每天都出去钓鱼，中午老妻为我送饭。我们在沙滩上铺一块布，摆上吃的进行野餐，喝几杯小酒，旁边趴着一条老狗……这可能是我一生最难忘的日子了。我们融进大自然里，融进了天地之间，也融进了两个生命在一起的永恒。那老狗每天都在等我，因为我把在满洲里带的牛肉干都喂了它。老妻埋怨，牛肉干很贵，我们都舍不得吃，你都喂了老狗。我只是笑笑，不做辩解。回国很久，我还是想那条老狗，它那瘦弱的身体，能跟奥里洪岛上几百条狗争夺食物吗？它是活着，还是死去了呢……

十二月党人

还有不到一周的时候，我们就离开伊尔库茨克了。我与老妻抽出一天的时间，去了却我的一个心愿：拜望我心中崇敬的十二月党人和他们的妻子们。

我们找到了位于城市边缘的十二月党人博物馆，但让我失望的是，这不是什么博物馆，而是沃尔孔斯基公爵的一处私宅，老式的俄罗斯建筑，有三层小楼，几百平米。里面也没有太多的东西可看，有些老照片、餐厅、老旧的钢琴和壁炉。有几个老女人在那里看管，几天也接待不了一位来客。见到我与老妻这对中国人她们相互望着，眼里透着惊奇的神色。让我失望的是，这根本不是当时十二月党人流放到西伯利亚的原址，也没有作为囚徒的年轻贵族当时悲惨生活的资料和照片。沃尔孔斯基做了十二年苦役，妻子过世了，三十年后他被特赦，动用财力建了这座别墅。有几处私密的房间还是值得一看，但都用红绳拦着，要进去可以，但要加钱，于是我与老妻就不停地加钱，反正来一回也不容易。我想，这招可能跟中国学的，因为我们有许多场所，除了门票，要看什么就不停地加钱。

参观完后，我在留言簿上这样写道：也许，人类最后的革命，是贵族的革命，因为他是以抛弃地位、金钱、美女而真正追求精神自由和灵魂解放为目标的。中国编剧杨利民。

出来时，我被一座如女神般的雕像吸引了。我想，这一定是十二月党人的妻子中非常有名且受人崇敬的一位。但考证过这段历史的人告诉我，这尊美丽的贵夫人只是人们心中的十二月党人的妻子，不是具体的哪个人。

1825年12月，沙皇亚历山大一世突然病逝，趁着继承者尼古拉一世尚未登基的空当，一批深受法国启蒙思想影响的俄国年轻贵族在彼得堡（北方协会）和乌克兰（南方协会）先后举行了武装起义，企图推翻奴隶制的沙皇统治。但由于势单力薄加之没有动员起劳苦大众，很快被多于他们四倍的沙皇军队镇压下去。五位领袖处以绞刑，士兵处以一万鞭刑，被活活打死。另有一百二十多名贵族被流放到人迹罕至、冰天雪地的西伯利亚。

十二月党人起义失败后，沙皇尼古拉一世命令他们的妻子与“罪犯丈夫”断绝关系，为此他还专门修改了“贵族不准离婚”的法律，只要哪一位贵妇提出离婚，法院立即批准。令人意想不到的是所有十二月党人的妻子，都坚决随同丈夫一起流放西伯利亚。迫于情势，尼古拉一世不得不答应她们的请求。但政府又颁布了一道紧急法令：凡愿意追随丈夫流放西伯利亚的妻子，将不得携带子女，不得再返回家乡和城市，并永远取消贵族特权，这意味着这些端庄、雍容、高贵的女性将永远离开金碧辉煌的宫殿，离开襁褓中的孩子和亲人，永久告别昔日富足与优越的生活。

特鲁别茨卡娅是他们中第一个在西伯利亚与丈夫相会的。在离别时，人们为她举行了盛大的送行宴会，深深爱慕过她的普希金也在场。后来特鲁别茨卡娅在回忆录中这样描述与丈夫会面的情景：“谢尔盖向我扑来，他衣衫褴褛，蓬头垢面，一阵脚镣的叮当的响声使我惊呆了！他那双高贵的脚竟然上了镣铐！这种严酷的监禁使我立刻理解了他的痛苦、屈辱的程度。当时，谢尔盖的镣铐使我如此的激动，以致我先跪下来，吻着他的镣铐，而后才亲吻他的身体……

俄罗斯著名诗人涅克拉索夫在他诗中这样写道：

我在他面前不禁双膝跪倒
在拥抱我的丈夫以前
我首先把镣铐贴近了我的唇边……
……
自由啊，神圣的寂静啊
它充满着何等的忧伤
它又洋溢着多么庄严的思想……

从此，亲吻镣铐的十二月党人的妻子们成为俄罗斯爱情的象征，为了自由和忠贞的爱情，人类变得美好，冰凉的镣铐显得更加神圣而纯洁。

我坐在一棵树下又抽了几支烟，看着来来往往的红男绿女，我想这世界还会有这样的事情发生吗？人们是多么的容易遗忘啊。历史是面镜子，该照照我们自己，你是谁，你为什么活着，前几日我看了一份资料，八万多份问卷，现在谈婚论嫁，都是明码实价，上海最高，男性月薪要上万，北京稍差也要八千，并以有房有车为前提。这使我想起恩格斯的一部著作里的一句话：这是合法的卖淫，不是婚姻，更不是爱情。

在归国的列车上，望着窗外的原始森林，我在想……

2013年2月28日于大庆家中

我是一条淡水鱼

——与《中国文化报》主任记者赵忱的对话

我没赶上听杨利民在全国文化表彰会上的发言，听说他的讲话掀起了波澜，与会者的心均被他朴实、真诚的话语打动。我相信，这位写了《黑色的石头》、《地质师》的剧作家绝不会故意拿朴实来哗众取宠，他确实就是那样朴实，而且富有才华，这才华来源于他热爱生活、热爱阳光、热爱土地、热爱大庆的心灵。

十余年前，我见过他。十年间，我不断听人说到他。十年后，终于我又在北京国谊宾馆采访了他。之前，我看到了一幅巨长的合影，杨利民紧挨着朱镕基同志站在第二排中央位置，他对我说，他感觉到了一位国家领导人的辛苦。这句话打动了我。我断定，这个杨利民永远不会改变善良、善感的本性，只是他的创作成就可能会越来越大。

——采访手记

赵：对不起，让你久等。十多年前，咱们在剧协见过，那时候我刚工作，你已经带着戏进京了。现在，你的成就不小，人还那么朴实，我觉得很亲切。

杨：下午我就走了，回大庆。

赵：坐飞机吗？

杨：坐火车。

赵：我很遗憾，我没听上你的发言。大家都说又朴实又精彩。题目叫《我的阳光、土地和空气》？

杨：哪里敢说精彩。其实我不知道讲那些好不好，让讲也就那样讲了。我觉得一个人的思想、行为包括艺术创作，很大程度上受他所身处的大自然及环境影响，所以我起了那个题目。

赵：大庆就是你的阳光、土地与空气。我没料到这么长的时间你一直会待在大庆。很多人一有成就就跑到大城市风光了，比如来北京、去深圳。

杨：一个人就像一棵树一样，得植根于一片土壤，如果你皮实，植根在哪儿并不重要，也就是说一个人住在哪个城市不是问题的关键，关键的问题是无论你住在哪个城市，你所熟知所欲描绘的都不可能是全部的生活。或者做流浪汉，或者当水手，或者像老舍那样专注地写市井，谁要说自己全能，我看那是瞎说。也许我的想法有些落后，但我觉得我是一条淡水鱼，要把我放到海里，可能会咸死。

赵：这不是落后，是踏实。这么多年，大家见惯了浮躁，像你这样，猛一看，倒像是挺“另类”了。很多人都是，哪怕只是一个小事儿，就能让他浮躁起来。如果像你，写这么多好本子，获“文华大奖”、“五个一工程奖”、“曹禺戏剧文学奖”，还有“新时期十名优秀编剧之一”、中央戏剧学院首届学院奖和全国文联百名德艺双馨艺术家等等，还不晕上天哪！这一次，你被文化部、人事部表彰，私下里有何感想？

杨：这么多年说浮躁，说烦了，咱别说了。我不想拿我跟人家比。在我，我是没想到被评为先进啊什么的，就是老老实实生活、工作，并且努力体验别人的生活与情感。你肯定同意我的想法，一个人一辈子，能干自己喜欢干的事情，已经是很幸福的了，干着干着有了点成绩，还获得各种奖励，我心里就不那么踏实了。

赵：别这样想，你所得的是你应该得的。你也知道，你的《地质师》，给大庆、给全国成千上万的观众多大的精神激励啊！我想问你，从本质上讲，你认为人生是孤独的，还是快乐的？你写作，除了爱好，还图点什么？

杨：老实讲，我觉得人生在世是孤独的，我时常会觉得自己是世纪末的情感孤儿，进入新千年也没变。写作，我试图用写作寻找一条通往人的心灵的道路。所以，首先是我被打动，然后再去打动别人，我急于并且期待捕捉生活中的苦难里的崇高。

赵：可能是这种良好的心愿成就了你。每一个人都在生活，作家尤其如此，却不是每个作家都能有好作品。大家都有个感觉，说是影视作品也好，剧作也好，有好多东西简直可以说是“源于生活、低于生活”，远没有生活本身精彩。这是为什么？

杨：有点复杂。有人说杨利民能写出那么多东西是因为他有生活。谁没有生活，光有生活不够，还要善于体验生活，并且掌握、丰富技巧。现在我越来越注重技巧，特别是写剧本的时候。此外，比较重要的是一个作家的良心与立场。作家不能写好人干坏事，不能总是变着法儿告诉别人什么是生活中的恶，不能总是惦记着怎样才能把自己的东西拿到市场上讨个好价钱。作家要善于发现生活中的诗意，不论诗意如何衰竭，总还在生活里，在人的品质中。然后，再诗意地传达出来。

赵：《地质师》就是一部诗意的剧作，它牵动了你太多的情感。你的写作，是偶然被打动马上起笔的多，还是故事搁在你心中打动你很久后才提笔的时候多？

杨：多半都是长期放在我心里的故事，做了很多文化上的准备之后才动笔。不妨跟你再谈谈我写《地质师》的经历。

我在大庆生活了三十多年了，中间两次去北京读大本、读研，最后回到大庆，写过《黑色的石头》、《大荒野》等，可我心里一直酝酿着写一部油田知识分子的戏，那些人是在历史中被谨慎使用的人。60年代初，他们远离母校，远离亲人，奔赴油田，他们从年轻的理想中一步步走向沉甸甸的真实生活。他们的情感体验、生活经历与生命意义，幻化成一匹匹骆驼行走在大漠，也行走在我眼前，时常令我泪眼模糊。我想写大庆油田开发研究院的高级地质师王启民同志。

戏立起来后，震动了大庆。大庆石油管理局局长看完戏后说：我也是地质师，但我没有你剧中那个地质师当得好。我建议全油田的人都来看这个戏！现在《地质师》已经在全国很多地方演了，王启民同志被江泽民等党和国家领导人接见，成为“第二代铁人”！

赵：如果我能有机会亲历《地质师》的每一个演出现场，我会更深地懂你、懂王启民。现在，我只能问你，你创作了《地质师》，塑了一个人物，树立了一种精神，这《地质师》回过来又怎样影响了你？

杨：《地质师》告诉我，一个作家要不停地接近你所要写的人，要心平气和地面对你所要写的人，要痛苦地磨炼自己的写作技巧，努力成为一名职称与技能相吻合的文艺工作者。此外，我觉得我们要慎谈主旋律。主旋律一定是指那些具有丰富内涵、广泛意义的作品，是一个时代最具审美价值的作品，不能说作品还没有写，已经就是主旋律了，这不严肃，容易把主旋律庸俗化。至今，我也不敢称自己的剧作是主旋律作品。

赵：希望你这种严肃的态度能影响更多的人。在我想来像你这样的写作是很辛苦的，物质上你也不会有太高的要求，但我希望你能活得好、写得多，给我们更多的鼓励。

杨：谢谢你。靠稿费我能过上比较体面的生活，在正式的场合穿体面的西服，在闲暇的时候喝点咖啡，供孩子上好一点的学校，让一家人过小康生活，总之靠虔诚的劳动，使得生活更好，这不就行了。

赵：是，这就很有诗意了。

大自然之子

——与记者李东泽对话《大湿地》

3月25日下午，在市文广新局“新创话剧《大湿地》剧本讨论会”上，著名剧作家杨利民朗读了这部让大家期待两年的新作。

这部话剧三幕九场，内容涉及盗猎与反盗猎、开发与保护，旨在唤醒人们尊重大自然，学会尊重其他生命，与之和平相处。

当此之际，城市化进程加快，地震、海啸频发，各种病毒时常威胁人类，因此这部话剧的问世不乏启示意义。

杨利民说：“它是我晚年的一部重要作品。”

与会者认为，这将是杨利民创作的又一个高度。

会后，记者就《大湿地》剧本本身及创作动机，与杨利民进行了一番对话。

对大自然，我们要学会敬畏，甚至是恐惧

记者：写作《大湿地》的初衷来自哪里？

杨利民：2005年，我写完《铁人轶事》以后，就没有写话剧。因此，很多人都期待我再写一部。对我本人来讲，身在大庆，也想为咱们的城市文化再增添一点亮色。

写这部剧的契机，是我发现动物保护者逐年增加，大庆就有上千人。这些人当中，有的过去是盗猎者，据说用枪打死的狍子、兔子、野鸭、野鸡等，车斗都装不下，可是后来，成了忠诚的动物保护者。类似这事儿，让我很震动，也很感动。

记者：善从恶中生。人类文明的演进，大自然付出过惨痛的代价。

杨利民：所以我常常问自己，人能征服大自然吗？人就是万物之圣者？仔细想想，地震、海啸、病毒若干灾害说明，我们不过是自然界中的一个物种。人对自然过分掠取，自然就会反过来报复我们，我们要学会敬

畏，甚至是恐惧。所以我写这部剧，是想提醒人们觉醒，进行自我救赎，整个人类都应该向大自然赎罪。

记者：其实“人定胜天”不过是一种豪情、一种意志，所以要善待自然，学会和其他生物和平相处。

杨利民：咱们传统文化里，人法地，地法天，天法道，道法自然，讲究的是天人合一。当年，咱们为共和国多产油，对植被破坏严重；现在，工人们打完井，搬家时连烟头都捡起来。这说明咱们重视环保了。

一个作家应该有自己的土地、阳光和空气

记者：听说《大湿地》写了两年多，剧本说明加起来有七八万字？

杨利民：是这样，它是我所有的话剧中，写作时间最长的一个。

最早叫《湿地迷踪》，是一部悬疑情节剧，写的是湿地旁的宾馆里，有一个人失踪了，但是留下一段视频，人们顺着这视频开始破案。但是写着写着，发现不行，这种封闭式结构，容易走进死胡同。

后来我把这个本子推翻了，重新写。这次用的是开放式结构，按人物的性格推进故事。材料还是原来的材料，可是写法变了，就跟上个本子不一样了，这个就是《大湿地》。

记者：在《大湿地》里，您为什么只写了春、夏、秋三季？

杨利民：在湿地里，这三季是最绚烂的，最适合舞台呈现。等到冬季，候鸟都不在了，你没法借用鸟去展现矛盾冲突。

写这三季，也可以说是在写春、夏、秋的抒情。春天，鹅黄色的芦苇在风中飘荡，地面上是消融的积雪，万物都在复苏；夏天，绿野碧波，血红的落日顶在荒原的草尖上；秋天，大地金黄，凉风在草尖上抖动，大雁开始南飞。

记者：抒情的味道很浓，能让人感受到大自然的美好。有人说您是“大自然之子”？

杨利民：我的确有大自然情结，我的思想、情感和创作灵感，都来自大自然。一个作家，应该有自己的土地、阳光和空气，我的那部分在北方。

咱们北方，有一种辽阔、苍凉、雄健的美，扎根在这片土地上，我觉得踏实，心都开阔。上阵子迟子建来，我俩都说，我们写作永远不离开北方。

艺术作品的真实是作家内心的真实

记者：《大湿地》里的故事，您设定在松辽平原大湿地的边缘，但是对大庆熟悉的人，还会发现故事发生地还是在大庆。这里面的人物有原型吗？

杨利民：有原型，老耿、老民、北雪、张野、水莲、大头等十多个人物，都有原型。比如老耿，这个自我救赎者，脸上掩藏着忧伤，他一再说自己射杀过一只公雁，它的伴侣母雁在低空中盘旋，哀鸣，久久不去，到了冬天也没有飞走，而是在公雁倒下的地方，噙着一根羽毛死掉了。这是一个真实的故事，就发生在大庆。

这个人物的原型是一个野生动物保护者，咱们大庆人。但是从另一个角度说，他又不是老耿的原型，而是很多人的集合体。

记者：这又涉及真实与虚构的关系，您是怎么处理的？

杨利民：我是把很多动物保护者的典型性格，放在了老耿一个人身上。文学创作，情节可以虚构，但是细节必须真实。

记者：我觉得，文学创作中的真实，其实是作家“内心的真实”。

杨利民：“内心的真实”，这话最早来自印象派，凡高、高更、塞尚那些人，画的天空、向日葵、云朵，都不是人们平时看到的那样。就在一些人反对的时候，凡高反驳说，那是我的内心看到的，内心感觉到的颜色。

很多人都以为，你写的和我看到的不同，那就是不真实的，其实是混淆了生活的真实和作家“内心的真实”。

粗粝的生活比艺术化的生活要具有质感

记者：《大湿地》中的高潮部分在哪里？

杨利民：有两处，一处是老耿和拿菜刀的大头对峙；另一处是开发商跟老耿说“你扳不倒我”，而老耿反击说“我是公民，公民有检举的权利”；最后，老耿走了，给大家留下一段自拍的视频，唤醒人们尊重自然和其他生命。

记者：这一幕的确很感人，我想在舞台上表演，一定会让很多观众流泪的。

杨利民：应该能有一种震撼的力量，其实是真实的力量，生活的力量，归根到底是人性的力量！

戏剧创作，是从高潮看全剧的统一性，每一个道具都有用武之地。更深一层是表现“人的本身”，通过鲜活的细节来表现人性。比如大头这个人物，出场时光着膀子，刺着文身，拎一把菜刀，这很符合他的身份，被判了三年刚出来。而且那把菜刀，在最后又出现了一次。

说到菜刀，我想再表达一下我的观点。我在《大湿地》中表现三个主题，一个是盗猎与反盗猎，体现在打鸟与爱鸟、大头和老耿身上；另一个是保护和开发，体现在老耿、老民和开发商之间；最后是引起人们思考，怎么和大自然和谐相处，怎么去尊重其他生命。

记者：看您的话剧，觉得特别有生活，那些话都是活生生的。过去有一句话，现在很多人也这么说，“文学来源于生活，又高于生活”。可是我并不认为“文学高于生活”，您觉得呢？

杨利民：文学是从生活中来，从人出发，可是进入艺术创作，就会跟原始的生活有出入。人和生活常常会被艺术化，这里有一个提炼和飞跃的过程。

不过说实话，粗糙的、粗粝的、原生态的，哪怕是卑鄙的生活，都会比艺术化的生活要美、要有质感。或是很少人有能力表现出来，一旦进入艺术创作，常常会不知不觉地格式化、概念化。贝克特的戏剧《等待戈多》，就写两个人在树下等待，把人生的荒谬感、尴尬的生活都表现出来，结果震撼了世界。

最看重的奖项是“五一”劳动奖章

记者：这部《大湿地》，和您以往的作品相比，有哪些突破？

杨利民：我的话剧，到目前为止有“三黑三大”。“三黑”是《黑色的玫瑰》、《黑色的石头》、《黑草垛》，“三大”是《大雪地》、《大荒野》、《大湿地》。这部《大湿地》是我晚年的一部重要作品。

作为中国的剧作家，我这次没有写石油人，这与过去不同。这次我写的是城里的人，还有环保意识的觉醒。当然，这里也有我对未来发展的关注，如果有一天，我们都成为环保主义者，人类不会有这么多灾难。

我在这部剧中，还用了一些哲学上的思考。比如天人合一，比如写蒙古老人对神鹰的敬畏，比如对在湿地的开发和保护上，我用黑格尔的话说，“悲剧就是双方都有充分的理由”。

记者：能够看得出来，您想把这部话剧上升到哲学层面，引起观众的更多思考。对“三黑三大”，我是不是也可以这样说，您关注的两种文明，一个是工业文明，另一个是生态文明？或者说，您过去关注石油人的创业，现在关注我们的环境？

杨利民：大庆五十年的开发建设，三十年的城市建设，可以说是这两种文明在齐头并进。我的话剧里有大庆人的心路历程、精神影像。

记者：您获得过曹禺戏剧文学奖、电影华表特别奖、“五个一工程奖”、全国艺术“文华大奖”、“五一”劳动奖章等荣誉，您最看重的是哪一个？

杨利民：老实说，我对荣誉看得很淡。要说最看重的，是看似跟文学关系不大的“五一”劳动奖章。归根结底，我就是一个劳动者，和各行各业的工人一样，都是干活的，不同的是我用笔。

记者：最后一个问题，您的下一部话剧想写什么？

杨利民：想写写你们记者。我和你们很多人都是朋友，我对你们的职业心怀敬意。

与海外作家谈铁人

在我看来，“中华铁人文学奖”已经超越了行业的范畴，达到了人文精神的高度。尤其是第三届，许多获奖作品放到全国文学当中，也都是优秀之作。无论我在国内外获过怎样的大奖，我还是很珍惜我所获得的“中华铁人文学奖”的终生荣誉奖，这是我几近一生与石油人打交道，写他们的生活，给我的安慰。

纪念中国话剧一百周年之际，我创作的话剧《铁人轶事》两次调京演出。一晚，在首都剧场演出后，见到旅加拿大的华人女作家，她显然比国内的观众更激动，更触动了她心灵深处思索的东西，她很优雅，气质撩人，急于与我交流。

她说，铁人回来了，好像他从来没有离开我们一样，无论我们怎样在如今的世道里活着，用怎样的哲学诠释我们的日常生活，我们浪迹世界，好像没有一处可以让我们施展才能；我们养尊处优；我们事不关己，高高挂起；我们出入于酒吧、网吧、氧吧，好像只有这样才无愧于生命；我们美容、整容，害怕衰老，恐惧死亡，好像活着的全部意义就是活着本身；我们迷失在现代生活中，过着类似于刀尖舔蜜的日子，盲目沉沦而不自知。在我们这样活着的时候，铁人依旧活着，他在他的大荒原上，手扶着他的刹把，有多少次国家和民族的忧患，就有多少钢铁般的誓言；有多少次井喷，就有多少次生命的投入和搅拌；有多少次死亡，就有多少次重生。

我们还谈到这部戏，把铁人从神坛上请下来，还原一个真实的、亲切的，像隔壁的大叔，或是一个爱发脾气，心存善良的老哥那样，他为国分忧，为人民尽责，为父母尽孝，为孩子尽一份关爱。那些细节，为工友的老娘养老送终，为孩子筹建一所小学，在饥饿的年代，为工友要回那该属于他们的几斤肉。

时间改变了许多事情，青春的笑脸在老照片上已经泛黄，经不起仔细端详和打量。好像昨天的真理，必然会成为今天的谬误，但是，铁人的意志永存，时间也无法风化这种民族的气节和尊严。在他身上有比熬得浓的排骨汤存有更多的钙和铁。铁人是鹰，他如铁一般沉重的精神，放飞着我们目光所不及的地方，那里的生死是无界的，他自由了……铁是重的，灵魂是轻的，经过铁的沉重，才有灵魂中如羽毛般洁白的飘扬。有信仰地活着或死去是幸福的，因为死亡也害怕信仰。

我们探讨铁人的灵魂，这使我想到了我们所设立的“中华铁人文学奖”。我一直认为这个文学奖应该在全国文学艺术界甚至整个世界，都应该有它的一席之地，直面人生、直面生活，弘扬中华民族内在的精髓。剔除那些浮华的、虚假的、空洞的，只为在小市民的小市场上讨上好价钱的文学垃圾，回归人的本质，回归中华民族的正气和崇高。

2010年3月29日

活着，并不等于生活着……

活着，并不等于生活着。这话是我对我自己说的——一个从事文学创作的人说的。我为什么这样提醒我自己呢？因为我不大赞同一种观点：认为文学家没必要深入生活，还说本身就在生活中间，用得着去体验什么生活吗？而我认为一个有作为的作家，不但需要自己生活，还应该努力熟悉自己不熟悉的生活。这一点国内外的作家都一样。

又到5月23日这个日子了，今年是毛泽东同志《在延安文艺座谈会上的讲话》发表61周年，不知为什么，每到这个日子，我便想起《讲话》里提到的——生活，是文学艺术创作的唯一源泉。在全国第七次文学艺术代表大会上，也提出：希望广大文学艺术工作者牢记人民是文学工作者的母亲，生活是文学创作的源泉这个真理。

不能不承认，有一个阶段我就躲在书斋里，翻点资料，找点感觉，来点小情趣，胡编乱造，无病呻吟，倒是挣了点钱，但自己很不充实。这样的作家，不但别人瞧不起，连我自己都看不起自己。我常问自己，你对今天人的心理和生存状态到底了解了多少？你所写的东西，很可能不如日常老百姓见到的那么尖锐、复杂、生动和富有戏剧性，那么怎么去征服观众或读者的心呢？

当然，也许是整个文人阶层在商业化的时代退居社会边缘的原因，也许是对政治传统的一种觉醒，但就总体来讲，还是一种文人阶层英雄主义和理想主义的丧失。当民族面临着巨大希望也面临着巨大危险的时刻，没有文人表现出对民族命运的深切关怀与体察；当需要声音的时候，没有先知在旷野里呼叫；我们看到的是文人个体生命的苍白，没有执著的信仰，没有卓立独特的个性；没有对人世间万物万事的多情、容纳和超越；失去了探寻真谛的勇气，甚至失去了周密而新鲜地叙述一个故事的耐心和能力。有些文人陷入一种可耻的麻木之中，既没有那种体现社会责任感的呐喊，也没有个人丰富性的感悟。文人们的感情、意象和语言已经失去了对人们的感召力和感染力，只能以数量讨取一个好价钱。这是我学习《讲话》

的一些感悟，对自己内心深处敲起的一阵警钟。我要到生活和人民中去，希望挽救我那快要失去的勇气、快要麻木的心灵、快要变成匠人的庸俗。当然我们不能回到延安时代，甚至也不能捡回那些单一的政治文化传统，但《讲话》的精神永存，朴素的真理之火不灭！

2003年5月16日夜

世纪末的情感孤儿

——《在这个家庭里》的一些杂感

小雷来电话，说院刊要出《在这个家庭里》的专号，要我写点什么，写什么呢。按说一部作品公演了，作家的任何说明都是多余的，现代人又不是没长着头脑和眼睛，自己看去嘛！

其实我很想说的一句话——就是感谢中国青年艺术剧院，这是真话！在人情冷漠的今天，青艺能那么真诚毫不吝啬地对待作家朋友，着实令我感动，久久不能忘怀。我甚至劝许多作家朋友给青艺写东西，看看人家是怎么对待作家的。院里的几位领导、文学部的几位朋友，上上下下都如此，最让我感动的是艺委会的几位老剧作家。按说我的剧本在青艺上演，等于抢同行的饭碗，可是益勋、建中、惠斌等这些兄长大会上谈完，下来又小范围地细聊，给了我许多力量与信心。戏剧与小说不同，它确实是靠群体完成的，青艺能有这么好的艺术氛围，一定能出好作品、大作品。

《在这个家庭里》公演了，效果还不错，说长道短这是自然的事，我很平静。就像生命的哲学，你非得活到那个份上，少一天也不行。别的学问可以学，生命这东西不行，就像我对女儿，20岁与50岁对生命的体验绝不相同，再说也没有用。初写剧本的时候，别人说坏话，恨它一辈子，满脸通红，脖子冒汗。现在不同了，按习惯的说法我也是旧社会过来的人了，50多岁了。你说我是大师，中国戏剧的希望，我心里有数；你说我一钱不值，啥也不是，我心里也有数。因为我知道，我在一个什么位置上，我知道我在一个什么社会形态下，同时我也知道不能写一个戏让剧院演不出去，造成经济上的损失。这不是老于世故，这是生存的需要，也是剧院的需要。

然而，对于戏剧，我是有我自己的认识的。尽管时间是盲目的引路者，但我从没忘记我自己的发现。

我不赞同圈里的一句时髦的话，叫“挺好玩的”，如果戏剧堕落到只是挺好玩的，那我们还不如去耍猴，因耍猴也“挺好玩的”。我主张戏剧的情境感和形式感，最后要上到诗的境界，达到一种震撼人心灵的目的。

尽管后现代主义认为生活本身是破碎的，生命也是用无知构成的，一切都毫无意义。而我却属于在无意义中寻找意义，在不确定当中寻求那些确定的，至少要站在善良一边。

我是对人类世界还抱有希望的作家，哪怕那希望只有一点点。我认为支撑人们生活的东西仍然是希望，甚至是在绝望中抱有的希望。无论眼前有多少痛苦和不幸；无论我的批判多么浅薄，我总是希望明天的生活比今天要好一点。

我不赞同用“好玩”掩盖自己的浅薄，用花里胡哨掩盖现代人的痛苦。

我在松辽大平原生活了近三十年，这是块近代移民生存的土地。由于文化的根基不牢且杂乱，加之近代政治的盲从，使这里的人常常手里捧着魂儿不知往哪儿放。于是我写了《在这个家庭里》的三个乖儿子，老黄是老乖儿子，陈博民是大乖儿子，陈庆儿是小乖儿子。他们是在计划经济，不仅是经济，是人性、个性、爱和死亡都处在计划的时代产生的。于是我把剧本的全部希望和笔墨都倾注在陈庆儿身上。他孤独、脆弱，但不缺乏内在力量，因为善良并不是软弱。他开始由弱到强，闯进纷繁的世界。这个形象是在我的作品中和其他作品中没有出现的人物，许多作家朋友都在这一点上给予我肯定。

我一直在想，假如我们全部用金钱和新技术武装起来，把山上的树，把水里的鱼都变成美元。我们赚得了整个世界，却要失去良知与情感，那对我们有什么益处呢？于是陈庆儿呼喊——妈妈，我难受啊……我是含着泪水写陈庆儿的，就像所有的国有大企业，都曾经是共和国的乖儿子，而今天都让他自己谋生去了——大，恐龙也很大，今天都变成化石了。一个时代的巨变带来的是人的痛苦抉择，没有一副灵丹妙药可以解救他们，只有在这个家庭里的分裂、张力、冲撞，使他们寻找自己的归宿。善良的历史只是上帝的愿望；自由和个性解放的历史是残酷的和肮脏的。

剧本立起来，太长，长达三个半小时，不得不删减三分之一左右，这对我来说，是一种割爱。我感谢克欢老师、林荫宇先生亲自操刀作了剧本的删改工作，并保持了原剧的风格。

2000年就要来临了，从《北方的湖》（沈阳话剧院演出）我的戏剧创作可能要有一些新的变化，因为我们许多作者在某一行业里，在某一种题材里陷得太久太深。我在寻找一种更广阔的社会性的东西，不被那些评论家归类为工业题材、农业题材、军事题材，目的是把人的东西推到舞台来。

我不为什么主义写作。

我也不为哪个批评家写作。

我就是我——一头北方的熊。

我今年5月去了日本，看了一些戏，有大喊大叫的，也有安静的；有新潮的，也有老式的。我非常兴奋，我想，我们国家的戏剧创作要如此风格各异、百花争艳该多好啊！别总是打乱仗，相互瞧不起，好像浪漫主义比现实主义高了；表现主义又比浪漫主义强了。其实什么主张都能写出好作品，什么新主张也可能写不出好作品。我觉得就应该从内在出发，即使用现代的声光效，也可能包装出一个陈旧的内容、老式的主题。艺术不是追求，是发现，应该去发现别人还没有发现的东西。要是我们写的东西，还没有老百姓司空见惯的生动、丰富、尖锐、复杂，人们干吗进剧场遭罪呢？

灵魂深处的触摸

我在创作剧本时，一般给自己定了两条原则或叫标准：一是自己知道的，来源于生活，或是听当事人讲述的，并在心里长久留下痕迹的。就是说，生活的丰厚不如体验的丰厚。二是有戏剧性，有独特的人物个性，真实的情感永远比真实的事有价值。就像我们常说的，让人发怒容易，让人安静不容易。

我赞同这样的观点，戏剧能帮助人们来认识生活，并不是教育或者通过一个戏来改造社会。戏剧常常提醒我们注意到身边不被注意但却是极其重要的东西。我们在寻找一种生活背后的力量，试图通过这种力量走进人们的心灵。戏剧是人们日常生活中见到的更尖锐、更深刻、更能撞击人们灵魂的东西。否则观众为什么走进剧场遭那份洋罪呢？台上的还没有我知道的精彩。我想，话剧失去了思想和语言的力量，它会死亡。

关于音乐话剧《停一停，等等我们的灵魂……》是我前些年发表并上演的一部话剧，引起了一些兄长级专家强烈的争论。甚至后半夜，天快亮时敲我房间的门，一定要我说明白。其实，我真说不明白。因为能说明白，我就不写了。

这次是厦门歌舞剧院，在十几部剧本中选定了我的这部作品，它收入在《杨利民剧作集》（下卷），在此之前从未联系过，我真不知道他们为什么选了这部作品？而且还要我改成音乐话剧，我也不知音乐话剧为何物。写歌词更是赶鸭子上架。当我真正开始工作的时候，被厦门文化局的侯哥、王院、马院、贾院感动了，他们给了我创作上的极大自由空间。用侯哥的话说，整尿的吧！干！他有军人的爽快。最重要的是我这一生总有大贵人相助，那就是与我合作过的著名导演王向明先生，不管别人怎么评价，在我眼里他是中国最优秀的导演之一。可以说没有他给我的信心和勇气，这个戏会拍不成的。戏立起来，观后我大为吃惊，他把戏、音乐、舞蹈完全有机融为一体，既不是话剧加唱，也不是音乐话剧两层皮。完全成了有意味的情感形式，而且对于原作精彩之处没丢一点，很有观赏性。

这个戏改动很大，完全转变了另一种形式。演出是完整的，有评论家认为，厦门歌舞剧院演的话剧部分，比某些专业话剧团还要好。

谈到这个戏的创作，我想起古老印加的一则伟大寓言：说一个挑夫挑着担子上山，到半山腰上坐下来休息，路人问他你为什么停下来休息，挑夫说，我走得太快，应该停下来等等我的灵魂。

有时我们学会速度，可能会忘记思考；有时我们面对财富，却忘记了情感。我决不是想好一个大道理，通过戏来教育人。我希望戏像生活一样，是一个正常的流程，但却常常有一些让你吓一跳的东西。

这个戏的主要人物，他不具有普遍意义，甚至有些偏执，钻牛角尖，不近人情世故，但她内心的灵魂深处自有不容侵犯的东西。她不是那种过去的就让它过去吧，用她的话说，我不仅仅是现在的我和昨天晚上的那个我，我还是为妈妈送葬的小姑娘，这一切加起来才是我。这个戏表面看起来是一笔突如其来的巨额遗产，打破了家庭的平静，考验着每个人的灵魂和道德底线。实际它是写一种情感的记忆、一种贪婪和欲望的节制。

给孩子们写戏

从事写作工作几十年了，我这是第一次给孩子们写戏。原因很简单，就是校园剧有市场，孩子们的钱好唬。可是当我真的提起笔来，我的心却沉下去了。我反复地问自己 —— 我能给孩子们什么呢？

带着这个问题，我用了大约两个月的时间，走访了教委和几所中小学。我坐在教室里和孩子们一起听课，在宿舍里和孩子们一起谈足球，谈现代音乐，谈世界大牌影星歌王，但我也在观察他们。在食堂，我看到有的孩子想吃什么买什么，有的孩子却躲到一边只吃主食甚至连菜都不买；在周末，有的孩子被漂亮的轿车接走，而有的孩子却默默地行走在雨中。他们同样来到这个世界上，而生活给予他们的是多么不同啊！

我在一份报纸上看到过这样一个案例，湖北武汉的一个男孩起诉他的父母，要求更换监护人，理由是家境贫寒不利于他的成长。说白了，就是因为他的爹妈太穷，要求换爹换妈，我被这篇报道震惊了！ 我想，假如我们这个世界快速的变化所建立的所谓新的文明，却要丧失人类的基本情感和伦理道德，用所谓的新文明去破坏人类几千年形成的灿烂文化，那对我们有什么好处呢？ 人都变得如禽兽般自私，我们要这个世界干什么呢？

人的一生，成功或失败或许从童年就开始了，健康的心理可能比金钱和分数更重要。凡高说，我的全部财富，就是我所经历的苦难。有些孩子，他们觉得来到这个世界上，别人就该把一切都为他们准备好。然而这样的孩子，别人还会爱他吗？ 当年在反法西斯的战争中，一位诗人问一个士兵，说你为什么勇于自我牺牲，冲锋陷阵？ 士兵说，我是为了母亲的骄傲！ 一位70多岁的老人，用小车拉着他90多岁的老母亲走遍天涯看风景，那不仅仅是孝心，而是有了母亲才有了永恒的童年。

用我的思想和我的童年来要求现在的孩子们，那显然是不公平的。而现在的孩子们所接触的事物也许比我前半生还要多。我不能像我父亲那样，老去讲旧社会的事情。我生活在现代社会，我也有儿女，我想我的思考是有价值的。

给孩子们写戏并不容易，要有观赏性，要深入浅出，要让他们在快乐中受一点有益的启迪。在这方面剧院和导演都下了很大的工夫使演出变得很好看。

这是一个特殊的故事，也是一个普通的故事。

这是写给孩子们的戏，也是写给大人的戏。

不同的符号

——《地质师》剧本中的一个细节

他失眠了，像往常有心事一样，彻夜失眠了。他翻了一下身，觉得大脖筋又酸又麻，浑身没劲儿，身体像一块肉放在床上。身旁的妻子睡得很实在，鼻子里发出暖气片漏水似的鼾声，他觉得十分讨厌：真是怪事，她怎么会像男人一样打呼噜呢？

睡觉！陶浩命令自己。可是不行，那些无名的苦恼缠着他，那些生活中的自我感觉折磨着他。身旁的妻子发出的鼾声，像是在嘲弄着他。他嫉妒妻子那简单的大脑、发达的四肢，听着那讨厌的鼾声，他真想把袜子拣起来塞进她嘴里。

睡觉！不想了。可是不行，这命令丝毫不起作用，他觉得心脑病在发作，心慌得厉害，浑身的毛孔都在向外渗着虚汗。那张在领导办公桌上发现的名单又闯入他的眼帘。那名单分明是李书记秘书的记录笔迹，上面记着五个人的名字：宣传科长薛兆林，财务科长牛常礼，常办秘书赵明，门卫收发老白头，再就是人事科的副科长陶浩自己了。在这几个人的姓名前头画着三种不同的符号，一种是画着圆圈，一种是画着对号，再一种画着三角号。陶浩望着天棚上暗灰色的淡影，在自己记忆的大海里极力搜寻着，他把这几个人的历史想了一遍，把那三种不同的符号按着五个人不同的特点及与领导的关系，列出若干个公式。但他随后又推翻了，因为哪一种公式里面都有不合理的因素。

“你瞎折腾什么，还不睡觉！”

陶浩的妻子左翻右翻才躺正，鼾声又像列车启动一样开始了，陶浩妻子凸起的肚皮，像一座崛起的小山峰，他猛然意识到了，眼下自己不也正在爬坡的节骨眼上？机关要调整，要把那些不适合现代化发展的干部重新安排。说是重新安排，其实是有升有降，有留有免。陶浩凭着多年的机关工作经验，明确地意识到了这一点。

陶浩把枕头压在胃下，他感到这样舒服一点。他决定用另一种想象驱散心头的烦恼。啊！童年，躺在青青的草地上，像倒过来看世界，天蓝得像大海，大海深得像梦幻，家乡有一条小路通向山冈，是淡黄色的，像梦一样轻柔，像歌儿一样美妙。夏夜初起，拂拂的轻风，淡淡的游云，婆娑的树影，白白的月亮，那睡无梦、醒无忧的童年，多么美好啊！一闭眼睛就想飞，那颗纯洁的心灵，像家乡的百灵鸟，自由自在地在天宇中飞翔。

睡觉！真的不想了，再想是混蛋！这会儿陶浩确实不想了。蒙胧中他觉得那只在天空抖动翅膀的百灵鸟，忽然又变成了那张名单，那五个人的名字，那名字前头的符号。那符号忽而又大了起来，像一幅宽银幕电影，大得使他整个思想都不能容纳。

陶浩又在分析：老薛抓宣传科，最近很起劲，有一招还挺绝哩！他组织了一个青年工人组成的社会调查组，随便抽查了二十几家人家，然后把这些人家的政治、经济情况与解放前相比，再让老年人自己谈对社会主义的看法。这样一来，治好了不少“歪脖子树”。使全厂青年职工精神大振，产量一跃而上，上次党委会专门表扬了他。再说老牛吧，他管财务那真是滴水不漏，一分钱能攥出汗来，是办公室十足的吝啬鬼，尽管群众对他有意见，但领导很赏识。去年财务开支他硬是在完成生产任务的同时，为国家节约十多万元。在省里的财经会议上，省长握着他的手说：“感谢你为‘四化’节约每一个铜板！”陶浩想到这儿，他想，怪不得在老薛和老牛的名字前头画着对号哩！这是要提拔呀……可也不对，上次厂长批条买照相机，老牛硬是把着不给报销，惹得厂长很恼火。得罪了领导，怎么还能提拔呢？

要是画对号的是这次调整提拔的对象，那么小赵又怎么解释呢？他工作勤勤恳恳，长年住在办公室，顶得厂里的半个领导，去年厂里一个老工人家里失火，把家产全部烧光了，是小赵把准备结婚的300元钱拿了出来，感动得老工人直淌眼泪，跑到李书记那儿为小赵标榜请功。还有看大门的老白头，他身残志不短，一天瘸拉瘸拉地拎着破铁锹在厂区到处垫路，也真不容易呀！啊，对了，听说老白头把厂里用钢材换农副产品的事往市里纪律检查委员会写了揭发信。怪不得小赵名字前头画的是圆圈，这是准备保留的；而老白头名字前头画的是三角号，这是准备让他家里吃去了！

老薛、老牛；小赵、老白头；对号、圆圈、三角号……这一切乱七八糟的概念，在陶浩的脑子里翻腾着。他感到恶心，是由于失眠、心律过速引起的。晚上吃的黄瓜丝凉面，辣椒油、大蒜、芥末面一个劲儿地往喉咙外涌。

陶浩赶紧爬起来，悄悄地跑到厕所吐了一阵子，回到卧室也没开灯，想在抽屉里摸出留兰香牙膏刷刷牙、漱漱嘴，可是他太倒霉了，慌乱中把妻子擦皮鞋的红鸟牌鞋油抹了一嘴。难闻的鞋油味儿使他下意识地喊了一声：“啊——”

陶浩的妻子像触电一样，翻身坐了起来，顺手打开管灯。在白色的灯光下，陶浩的脸显得格外惨白，满嘴的黑色鞋油，使他狼狈不堪。

“你，你这是闹鬼呀！”

“啊，没什么……拿错了。”

“你呀，也算几十岁的人了……”

妻子疼爱地责怪几句，随手在床头柜上倒了一杯孩子喝的橘子水，递给了满嘴鞋油的丈夫。陶浩漱了口，喝了橘子水，稍好一些。可是嘴里还不是滋味，那苦、辣、酸、甜正像他一样。他小心翼翼地走路，是怕摔倒；他苦心经营，是怕失掉这已经获得的位置。

陶浩又躺下来，他突然感到恐惧，那巨大的三角符号又闪现在他的眼前。这五个人当中，为什么把我跟老白头画一样的符号呢？我是副科级干部哇！难道要我去看大门搞收发不成？不，不可能。我从来都跟领导保持一致，我没有政治问题，没犯过生活错误。他们凭什么？难道仅仅凭我走了几个后门？可那都是领导特批的，我手里有空条子在！要罢免吗？那首先得从领导干部开刀，小舅子、小姨子、外甥女……哪一个不是上头的亲属。

陶浩整整一夜没睡。

早晨，又一天生活从这里开始，明媚的阳光仍然像往日一样，平均地、毫无保留地射进了陶浩的卧室。妻子是个利索能干的人，她在厂里是个电焊工，人们都叫她铁裁缝，她的性格正像她的职业，掺不得半点虚假。这天早晨，她像往常一样，一边为丈夫冲奶粉，一边大声地唠叨着：“看你那活不起的劲儿，我都为你难受，那官能当就当，不能当就下来当工人。

人活一回，要仗义，要踏实，像你这样自找苦吃，活着有什么意思？”

妻子的话，使陶浩很感动。他觉得这个当工人的妻子，从结识的那天起直到现在，始终不渝地陪伴着他。不因他得志而傲慢，也不因他失意而埋怨。难道自己还有什么怕的吗？

陶浩决定挺起胸膛，做一个正直有尊严的人。他拎起公文包，快步地朝办公室走去。可是走了几步，他的腿就软了下来，浑身拿不成个儿，心慌得不行。到了机关院里，正赶上李书记去市里开会，他老远地、热情地打个招呼。可是李书记并没有反应，这使陶浩心里非常狐疑。也许是李书记没看见，也许是他对我有成见，准备处理我。现在的人哪，都是这样势利眼，人红的时候，一窝蜂似的围着你；可等你一离职，又会像冰块一样冷淡你。

陶浩到各个办公室走了一走，想散散心，听听动静。他看见别人都在忙着工作，没有人搭理他，便把那尴尬的笑容收回来，心里蒙上一层烦躁和惶恐，觉得自己是个多余的人，是个即将丧失最后一点权利与尊严的人了。陶浩突然伤感起来，他几乎想哭，可又哭不出来，他发现有许许多多的眼睛盯着他，像是看一个赤身裸体的人走来走去。陶浩又在猜想着：我要走了，走了，他们大概都听到了什么，而我还蒙在鼓里，是怕受连累才这样，可怕！势利！不，也许他们太忙了，不是也有人向我点头让座位吗？……陶浩翻来覆去地衡量着、揣测着……

陶浩来到自己的办公室，他习惯地翻阅着昨天晚上送来的报纸。他看报纸从来都是只看标题或是前言，他热衷于猜测和剖析，哪个重要会议，哪位领导没出场，哪位领导排在谁的后面。此外，他还在当前的报刊宣传中，以自己的精明灵敏，来推敲哪些政治提法与前一阶段有差异。比如提某某活动，而不提某某运动；提某某人士，而不提某某同志之类，他都要作一翻仔细的比较。但是，陶浩从来不看国际新闻及文艺副刊。在他看来，那对他是无关紧要的。可是今天上午，他在伤感和无聊中竟翻起报纸的副刊来了。他翻着翻着怔住了，天哪！陶浩的手抖了起来，呼吸也短促了。他在省报的副刊上，发现了一篇小说，题名为《人事科长》，作者署名是兆林，这兆林该不是厂里宣传科科长薛兆林吧？是他，一定是他！这篇小说上的内容与人物形象不都是以自己为模特儿的吗？你看小说上那位科长的外形与动作，那些习惯和言谈，哪一点儿不是冲着我来的？尽管那位科长与我姓氏不同，可这都是写小说的人惯用的伎俩，这能逃过谁的耳目呢？

整整一个上午，陶浩都在自己的办公室里踱来踱去，心急火燎的。他像一只被惹怒的小白胖猪，想冲出去咬人。他暗自决定，到李书记那里去揭发薛兆林的这种不光彩的人身攻击，这种违背党内民主生活的不法行为。

中午，李书记乘车从市里开会回来。车子一进院，陶浩便不顾一切地冲了上去。

“李，李书记，我，我想找您谈谈。”

“走吧，到食堂吃了饭再谈。”

“不，不不，我一定要，要现在谈。”

来到李书记办公室，陶浩把那张报纸摊在办公桌上，委屈而哽咽着说：“书记，您看看这篇小说吧！”

“这个，我看过了，你有什么想法？”李书记笑着说。随手递给陶浩一支香烟。

陶浩接过香烟，李书记为他点燃。这使陶浩激动得差一点掉下眼泪。他本来已经戒烟了，可是书记敬的烟怎么能不抽呢。他使劲儿地吸了一口，由于过猛，呛得他咳嗽起来，把那一大口烟一下子喷到李书记脸上。陶浩感到失礼，悔极了，急忙用手不住地往自己这面抓烟。

“李，李书记。”陶浩平时并不结巴，不知为什么今日跟领导讲话这么不连贯。“小说，您，您看了，您说这暗示的谁？”

“你说呢？”李书记反问一句。

“是我！”陶浩激动地拍了一下桌子，随后又感到放肆了，便缓和了口气，望着李书记的脸说，“傻子也能看出来，这写的就是我。小说一开头就描写了这位人事科长的形象，什么过早发福的肚子，一脸职业性的笑容。李书记，请您注意，职业性的笑容，职业性！您说我对领导能不笑吗？领导那么辛苦，难道还要看我的苦脸子？还有，这篇小说主要写了人事科长把工厂里的招工指标走了后门。什么叫后门？难道领导的子女就不能就业，就不该照顾？我看这不光是冲着我来的，而且……”剩下的话陶浩没说出口，因为他发现李书记的脸色很不好。他停了一下，又改口说："就是我有错误，也不该用这种办法。可以在党内批评与自我批评嘛，何必捅在报上呢？我认为，在某种程度上说，这就是搞阴谋，不光明正大。"

"你说，很像你？这就是说，这篇小说写得还成功，还有点艺术力量，值得一读。"

"李，李书记，您……"

"如果像你，那你就检查一下自己，考虑考虑今后应怎样改进工作。"

陶浩一屁股坐下来，像一堆被剔去骨头的肉。两眼黯然失去光泽，迷茫地望着李书记的脸。

"老陶，据我了解这篇作品不是薛兆林同志写的，而是重名。是省里的一位青年作家写的。不管是谁写的，只要触动了我们就好。"

"不，不是他！？这……"陶浩非常懊悔，他真想痛打自己一顿嘴巴，怎么能在这人事变动的节骨眼上，做出这种不打自招的蠢事。

"老陶，你说小说里写的这种干部应该怎么办呢？"李书记温和地说。

"应该……"陶浩支支吾吾地说不清楚。他预感到，那最可怕的时刻就要到来了。

"陶浩同志，我很早就想找你谈谈，我们是党的干部，不能再这样下去了。我们的工作，不是为了讨别人的好，也用不着猜测上级对自己的印象，而是要对人民负责。"李书记停了一下，又说，"想想我们牺牲的那些好同志，再看看自己经营的小天地，患得患失，就会自觉有愧了。你身体不好，回去休息吧。回头我再找你谈谈。"

李书记的话没有给陶浩一点安慰，反而使他的心情更加沉重了。在他看来，预感即将变成现实。正像他自己的哲学一样，什么都不存在，什么都是变幻的，唯独他自己才是一个实体。

陶浩回到家里，痛苦地躺在床上，眼前又飞来那张纸片，那些名字、符号，他认为自己发现得比较及时，判断也十分准确。傍晚，妻子风风火火地回来了，带着厂里考核定级的好消息。她一见陶浩躺在床上发病，火气就不打一处来。可她还像开玩笑似的，拎着陶告的耳朵大喊大叫着："你耍什么熊，厂里要考核定级，人事科又要忙一阵子！你却在这里装病，拿一把，你那脸就不发烧！”“我头疼，真的……”“什么真的，我还不知道你，一天疑神疑鬼的，一到关键时刻就拿把。你等着，我去找大夫，要是你装病，哼！”妻子边说边把手伸向陶浩的腋窝，抓挠了几下，想强迫他笑，可是陶浩痛苦地咧着嘴直哼哼，怎么也笑不出来。妻子不得不去找来了医生。妻子指着床上的丈夫对医生说：“大夫，看吧！我们的大老爷，病得可不轻啊！”

医生凝神摸着陶浩的脉搏。

“怎么样？我不会马上就当寡妇吧？”

医生严肃地一扬手，制止妻子的玩笑，而后又亲切地对陶浩说：“老陶，没什么……”

“没什么？”陶浩想，这就是说我快完了。据以往的经验，一般快要死的人，医生首先要说一句没什么，而后就通知家属料理后事。看，医生不是把我老婆叫出去了吗？陶浩想到这儿，心里掠过一阵酸楚，脑子里一片空白。但他突然感到世界是那么清闲，是那么亲切，只有在这个时候，他才不去为那些烂眼子事儿苦恼。就在这时，他妻子走了进来。“老陶，你感觉怎么样？”陶浩无精打采地向她招招手，妻子走到他身前，陶浩忍着痛苦平静地说：“我死了，骨灰别往家拿，我没有脸见人。这十几年，我一直在精神紧张中度日子，只有在这个时刻才感到轻松些，才觉得可以说几句实话。人哪，怎么会变成这样？这是一种病啊！我每天都像是在演戏，哭笑颠倒着，黑白颠倒着。我笑的时候不敢张大嘴，怕不能及时收住；我哭的时候不敢多流泪，怕一下子转不过情绪。我本来是个能干的人，可是我不得不把精力分成三一三十一，用百分之三十的精力去工作，还得分出百分之三十的精力去防止背后暗算我的人。我数学不好，可这方面很清楚！”陶浩停了一会儿又说，“……从前，我当工人的时候，整天大声说话，能开心大笑，还敢发牢骚，而现在……我可能要完了，我死你就嫁人吧，嫁什么人都行，就别嫁给生活的奴才……”妻子瞪他一眼：“你胡说些什么？你的病医生说不重！”陶浩瞪着死鱼般无神的眼睛，摇摇头：“我，我……心里有数！”这时，党委秘书赵明抱着一堆书和营养品高高兴兴地闯进陶浩家。

“陶，陶副科长，你这是怎么了？”

陶浩连眼皮也没抬，他想，那个时刻终于到来了。还有什么可怕的，要死的人是不怕丢官的，通知有什么了不起，到火葬场好了！

赵明放下书和营养品，从兜里掏出一份名单。

“陶副科长，李书记让你去疗养，你走前他要和你谈一次，还给你拿来一些书和营养品。”

“用不着这套……”陶浩突然睁大了眼睛。

“真的！”赵明有点莫名其妙，“这次去疗养可不容易，厂机关一共推荐了五个人，有宣传科的老薛，财务的老牛，门卫的白大爷，还有你和我。”赵明拍了一下胸脯，接着说，“你别看我瘦，可身体还结实。最后定下来，你和白大爷去疗养。李书记还说，可不能白去疗养，养好了精神，回来要挑担子呢！”赵明怕陶浩不信，随手把那张名单递给陶浩。陶浩一翻身坐了起来，颤抖着双手接过了那张通知单，他眼前立刻闪过几道不同符号的光芒，把眼睛刺得疼痛难忍。刹那间，陶浩感到从未有过的内疚和羞惭撞击着他那颗还在跳动的心。他一把扯过床上的被子，紧紧地蒙住了头，“呜呜”地大哭起来，这哭声是从内心里发出来的，这哭声使别人忘记了他是一个科长，而使人想起一个做错了事的孩子。陶浩哭着，透过被子闷声闷气地喊叫着：“我不去！我不能去呀！”

“你怎么了？”妻子害怕地问。

“我要去工作，我应该重新生活！”

……

我为《夕照》流泪

景宽：

那天晚上，我应该留下来，咱们弄上一点酒，买一点熟食，边喝边聊，彻夜长谈。说说《夕照》这个戏，说说我们日后的打算。可我还是走了，匆匆地走了……路上，北京的许多路段，总是塞车（前日刚降了雪），我像挤在废钢铁里，感到清冷而孤独，后悔没能留下来。

在北京，全国小剧场剧目展演，我看的唯一一台剧目就是你的《夕照》。我不是不想看别人的戏，真是没时间。我躲在一间跟任何地方都没有多大区别的宾馆里，为中央台76期《综艺大观》撰稿，那是一件很麻烦而又绝不想再干一次的苦差事——不停地变，不停地改。

在北京，最激动的时刻，莫过于看你的戏了。我悄悄地流了那么多泪水，喉头一直发紧，要不是因为年岁大了，我很可能会失态。

事后，我冷静地想，是不是因为我们都到了这种变得脆弱的年龄了？还是因为那是李默然先生封台的戏？或是因为那戏里的女主角是我的校友……

其实，不仅仅是这些。我细想了一下，《夕照》的创作和修改使你对艺术创作产生了一次质的变化；对人的生命活动有了更准确的把握。

有两点使我非常震惊：

一是你把情感活动作为艺术的主要描写对象，这就进入了一种永恒。

二是褪尽了虚火，用一种宁静的心理面对生活，而对每一个人，在情境中把握人的生命活动。

你原剧本大概是这样的：写一个腰缠万贯的贵妇来到大陆，寻找她当年的情人老画家，做一次残酷的报复。就像悲剧的定义，把美毁灭了给人看。我和树山听完后，只有一种感觉：你用你的全部才能和美丽的辞藻编织了一个并不高明的传奇故事。

可是这次看完戏，使我大为震惊。你几乎把剧本翻了一个个儿，把所有的人都从天堂里拉下来，实实在在地踏在土地上，实实在在地写了每个人都有的一种感觉和经验。

那女人离别几十年，历经苦难，甚至卖身，后来嫁给一个老邮差。在接近生命终点的时候，老邮差临死时把积蓄拿出来，让她回去看看，因为没有多少时光了……

老女人仅仅是为了回来看看。几十年的怨恨在这里淡化了，而这种淡化无疑是一种美的升华，是一种大手笔才能做到的平淡中见惊奇。戏，好看了！两个接近生命终点的老人，在一个独特的情境中展开了生命的对话。观众的泪水在不知不觉流下来，使人的心一点点揪紧，战栗！

“生者是过客；死者是归人……”

试想，谁能为一个人苦恋几十年呢？谁能为一个人愤怒几十年呢？茫茫人海，大千世界，他们的生活不停地改变。他们经历着那么多无奈和痛苦；他们还会那么简单地你死我活地报复，大喊大叫地冲突吗？一切都变得无所谓了……正像老画家说的：“你走吧……”然而，真的一切都无所谓了吗？或许被冷却的情感会变得更加炽热。这正是《夕照》所表现出来的美。

景宽，我必须大声地说：我向你祝贺！为你高兴！小声了，你听不见，因为你为了写戏把耳朵都写聋了。也许不光是为了写戏的事，还有那些许多戏外的烦恼和委屈，使你听起声音来变得那么吃力。

从北京回来，我一直在想，你的耳朵要是什么都听得见，或许你不会像现在这样进入一种艺术境界；进入你内心的一种自觉。

写吧！有人说，人是为了不至于自杀才写作的。也有人说，写作是为了母亲的骄傲。无论如何，我们还得写下去，如果放下这支笔，或许会更痛苦。

最近西伯利亚的寒流又来了，寒冷几乎使我们无法躲藏。

这几天总是望着窗外发呆，想起许多朋友，这个世界五花八门，也不知道这帮家伙在忙什么？鸡西的宝琛，牡丹江的治普，齐市的明媛，哈尔滨的洪钰。前些日子见到书彰、国勋聊了一阵子，心里痛快多了。我想，以后大家该多通通信，谈谈想法，要不我们这群人真的陌生起来了。

杨利民

1993年12月16日

坚实的幕后人

你，可以成为一个不错的作家、评论家或是知名记者，可命运偏偏这样选择了你——在艺术的道路上为别人铺石垫路，遮风挡雨，这便成了你的职业。然而，在对象身上能看到自己的价值和存在，这同样是一种充实的人生。

——大庆艺术群体题记

一、艺术家们给你发奖

我说："没有你，也可能没有我们……"

你说："没有你们，我可能是另一种样子。"

我说："人，这辈子能办成一件事儿就可以了。"

你又说："我有点累了……"

……

那里发生了什么？那里也有高层次的艺术吗？

下面有这样一段记载：

1985年元旦前后，话剧《黑色的玫瑰》调京演出，引起戏剧界关注。

1986年秋，大庆版画在中国美术馆展出，引起强烈反响。同年冬，大庆雪雕队获哈尔滨国际冰雪艺术邀请赛银牌。

1987年9月，大庆青年剧作家周树山创作的大型历史剧《曹植》参加首届中国艺术节。

1987年10月，大庆青年剧作家杨利民创作的大型话剧《黑色的石头》轰动首都剧坛并荣获第四届全国优秀剧本奖。时隔一年后，再次进京参加首届中国戏剧节。

1988年秋，大庆青年舞蹈家王举编导的民族舞剧《高粱魂》参加首届中国民族舞剧研讨会，爆出了一个大冷门。同年11月，王举赴东欧四国进行舞蹈考察。

1989年1月，大庆冰雪艺术代表队参加美国第四届国际冰雪艺术邀请赛，荣获最佳作品奖和总分第二名。

一批大庆青年作家的小说、诗歌、散文正在结集出版之中。

在大幕的后边，在掌声响起的地方……

你，还是那样歪着头默默地站着，那张疲惫而凝重的脸上深嵌着一双苦涩的眼睛……

也许，你由于觉醒而走向更加悲壮的历程。

也许，你感到每一次成功都是一次新的失败。你累了，想过一点平静的生活，或是去给那些由于工作而伤害过的人赔礼道歉……

我，作为一个创作人员而同你工作了十五年，我没见你流过泪，可我知道你的心里在哭泣，为自己，为我们……

听到你获奖，真比我们自己获奖还高兴。

你的老同事握住你的手说："老姚，这些年……你不容易呀！"

1998年，你，大庆市文化局局长姚明理三次获奖——荣获黑龙江省政府颁发的天鹅艺术大奖赛唯一的"优秀管理者奖"，同时文化厅颁发的"优秀创作组织奖"。1989年初，在北京召开的全国振兴话剧颁奖大会上，你荣获"最佳管理者奖"。

政府鼓励文化局长这是第一次，而学术组织艺术家的联合体（中国话剧艺术研究会）能向一个政府的文化行政官员颁奖这也是第一次。

事后，《中国文化报》发表了这样的消息：《大庆文化局长获奖，黑龙江省此举不凡》。"编后语"这样写道："现在，如果说在物质生产过程中，组织管理工作已逐步取得了应有的位置，那么，在精神产品的生产过程中，对于组织管理工作的作用与价值，尚待普遍地真正正视与认识。"

二、命运这样选择了你

姚明理，20世纪60年代初毕业于哈尔滨艺术学院戏剧文学系（高材生）。

从少年别人就叫你老姚，一直叫到大学。毕业留在哈尔滨，你总有自己的想法；别人当右派，你打抱不平；中苏断交，你大谈俄罗斯精深；"四清"时都到乡下，你坐在老乡家的炕头上吃白菜炖大豆腐，你称"农民是真正的上帝"！

松辽发现了大油田。

你离开了美丽的哈尔滨。

你向荒原走来，

你向高寒地区走来……

呼啸的“大烟炮”雪，在冻裂了的土地上钻来钻去，妄图把帐篷连同创业者一起卷走，你在一个四处漏风的报社编辑部签了到。

近十年的编辑、记者、秘书生涯，使你有机会跑遍了荒野的每一个角落，接触了各种身份的男女老少。由于在文化大革命以及历次政治斗争中，你都有清醒的预见，你一跃成为这个移民城市的文化局长。我不敢说组织部门知人善任，但历史确实有许多偶然性。从此，命运这样选择了你丢掉自己当艺术家的迷梦，去为培养艺术家做铺路的垫脚石。

人的悲剧在于明白……

当时的文化局，群众称之为：发票局、接待局、组织报捷办公室。

你望着办公桌上的各种影剧票发呆；

你拿着组织报捷文艺的批件发傻；

你听见大鼓、大锣、大空话闹心；

你为人民的文化生活如此贫乏而感到心疼。

你知道，没有莎士比亚，英格兰的历史不会如此辉煌；没有托尔斯泰，俄罗斯民族也将黯然失色。你分明感到，一个跛足的能源巨人不会进入现代化的跑道。“一个不需要艺术的部落，只能是野蛮愚昧的部落。”

你想起了莫泊桑的一段话：

“安慰安慰我吧，娱乐娱乐我吧，使我忧愁忧愁吧，感动感动我吧，让我做做梦吧，让我欢笑吧，让我恐惧吧，让我流泪吧，让我思想吧！”

从前，这里只有两种颜色：一种是白色，一种是黑色。白色是一片大雪地；黑色是穿着四十八杠棉工作服的、戴狗皮帽子穿大头鞋的、分不清男人和女人的人群。

从前，这里许多人只有一个想法，而现在一个人就有许多想法……

你为一位老石油人讲述的故事而心酸：我儿子走了，他说这地方哪都好，就是没意思，不打算回来了……

你为一群野外的青年工人由于无聊往耗子洞里尿尿而感到羞耻。

为了用艺术的犁铧划开这里人们板结的心田，你派人跑遍全国，请来一百多个国家级优秀的表演团体。可每当演出的掌声停息后，你却总是独坐在剧场最后一排的角落里，把帽子拉得很低，心里感到空空荡荡……

是从哪个彻夜不眠的夜，或是所有的夜晚，你把“贝雷帽”往桌子上一摔，开始建构你的发展文化艺术的长远战略部署，在这个系统工程上你首先向自己立法——依靠大庆，处处落到实处，排除一切干扰，不达目的决不罢休！

中国人的惰性在于抱怨别人，因而真正少数实干的人就显得百倍的艰难。

大庆——这个新中国的独特产儿，它历史的辉煌和悲壮都是双重的。它简短，但并不简单，由于政治曾把她推到顶端，人们失落的情感里更多的是留恋。要在这块土地上播种文学艺术的种子（承认人的自身），这无疑是一条铺满荆棘的道路。

且不说燕赵之地，齐鲁之邦，就是在中国的那些旧城小镇也可以挖出一些破瓶子烂罐子来证实它文化历史的绚丽和富有。而大庆这块土地上，除去那传奇色彩的光荣传统之外，就是那些滚烫的石油和为石油而敢于吃苦的人们。在文学艺术上，不能不说是一片空白。当然，它有过“石油工人一声吼”的豪言壮语，有过“大庆工人无冬天”的报捷文艺和车间文学，也有过远来的艺术家唱过的颂歌。然而，世界到了今天，人们终于明白了：吼的声音再大地球仍然是一动不动；大庆的冬天依然是那样的寒冷。人，从异化中开始复归它真正的感觉了……

什么是属于这片大雪地的呢？

什么是属于这个移民城市自己的文化呢？

你说：“要有自己的艺术群体，要有自己的艺术作品，要有自己的地域文化特色！”

你在荒芜中迈开了坚实的第一步——

呼唤人才！……

三、你和这个青年艺术群体

我说：“你的力气没白费，我们各艺术门类都有一把子人了，而且势头不错。”

你什么也没说，只是脸上掠过一丝不易觉察的微笑。

我开玩笑说：“是你制造了一批青年艺术家。”

你说：“不能这么说。首先是你们具备了这样的内在能力。我的工作是最大程度地发现你们，然后为你们提供一切可能的条件。在中国，大风大浪可能不会有了，但小风小雨还会不断地刮。我想，当你们累了的时候在我这儿靠一靠；当闹起天气的时候我能为你们遮遮风挡挡雨；当过不去激流的时候，我做块石头垫在你们的脚下……”

美国加州理工学院的科学家，是历届获得诺贝尔奖的魁首。它的院长这样说：“我就是千方百计地收罗世界上的人才，为他们提供最好的试验条件，然后，我就站到一边。”

姚明理也在收罗人才、发现人才，但他却不能站到一边，因为没有现成的人才让他收罗，他只能是挖掘那些有可能成为人才的毛坯。这就要付出双倍的代价，同时也需要非凡的鉴赏力。

有这样一句名言：“当天才与鉴赏力发生冲突的时候，我宁可牺牲天才。”

对于一个艺术管理人员，他的鉴赏力就是他的生命力。假如，你连好坏美丑都分不清楚，那将永远面临失败。而在我们的事业中，有许多领导是万能的，干什么他都是领导。

王举、周树山、张少杰、王清学、王立纯、庞壮国、张爱华、范垂宇、阚峰、姜金一等等，这一批青年艺术家先后在国内外获奖，而在几年前他们不过是刚跨出校门，刚走出工厂机关，刚刚从全国各县城小镇招集来的普通的文艺爱好者。这说明什么？除去本身的潜力之外，它证明了好的生态环境能使人迅速成才这个道理。也可能在中国的许多地方，一大批具有各种才能的人仍被黄土和风沙所掩埋着。

你说：“我能在退下来的一天安安稳稳地睡上一觉，那是因为有了你们。”

有人说，莎士比亚、托尔斯泰这样的大家并没有哪级领导去抓、去管、去发现。可在我们这个特定的国情中不行，这是由于那个众所周知的政治、历史、经济、文化和长官意志所决定的。因此，在全国第五届文代会上中央领导发出了同样的呼唤："要改善党和文艺工作者的关系。"

"发现人才、培养人才"这句口号喊了几十年，而上帝喜欢念经的人，老百姓拥护实干的人。

"发现人才、培养人才"这句口号要落到实处，需要多大的系统工程啊！

剧作家需要写戏，写戏需要剧团和好演员。因为剧作家是剧院的产物。

舞蹈家需要排练，排练需要年轻的舞蹈演员和体现舞蹈灵魂的乐队。

画家需要展室，展室里的作品要由权威、专家来给予鉴定。

在"88舞剧研讨会"上，许多舞蹈艺术家这样说："王举，你真幸运，我们甚至有点嫉妒你。这样一群生龙活虎的孩子供你实践，我们真是不敢想啊！你还有个好幕后人，好局长……"

在首届中国戏剧节的座谈会上，一位老戏剧家这样说："大庆这批年轻的演员路子正，味道足，将来可是不得了……姚明理有远见。"

中央戏剧学院开办大庆表演大专班（明年毕业）。

黑龙江省艺校两届舞蹈班、乐器班，有的已经毕业，有的正在培训中。

北大作家班、西北大学作家班、省作家班，在校专修的大庆青年作家、研究生共十几人。

黑龙江省的一个大城市文化局局长在离任时对他的接班人说："记住，你将来的对手是大庆！"

你说："我是让这个艺术家群体走出省、走出国、走向世界。横杆要升到两米以上，太低了没意思。"

然而，这是一条怎样艰难的路啊！

大庆为你提供了条件，市委市政府支持你，可具体事情要由文化局去办，而中国最难办的就是具体事情。

大庆文化局没有财权和人事调动权。

你的两位管人事和财务的干将为此付出多大的代价呀！到处调人，到处打报告要钱，别人叫他们"三孙子"……然而，你呢？为此得罪了多少人，人家说你老大，霸道，脾气不好，不能团结人……文化局长一当就是十五年。许多事情你要亲自打报告，上下跑，不择手段，软的硬的一起上。王举夫妇的调转，周树山特批家属的城市户口，办各种班的法律公证……

有一次你悄悄地说："他妈的，我不想干了！"

可我们能说什么呢？……

上学期我接到妻子的来信（本人那时正在中央戏剧学院攻读艺术硕士），信上说："母亲生日那天，老姚和一些朋友来给妈妈祝寿，他拎着活鱼和寿糕进门就说：'大娘，利民不在家，我们给你做寿吧！'"这些年，许多事情已经不能激动我了，包括获什么什么之类的奖，可这次，我却静静地坐了许久……考上研究生，我唯一不安的就是离开70多岁的老娘。妻子来信总是说："妈妈整天翻日历，问今天几号了，利民还有多少天放假？"我为老姚办的事激动，是他关心创作人员，够意思！

时隔不久，大庆歌舞团音乐总监姜金一和王举到戏剧学院来找我，在烤肉季餐馆吃饭的时候我问阿姜："你不是调到省歌舞团去了吗？"

他说："人去了，心还留在大庆，跟老姚干工作心里痛快！"

我又问身边的王举："下一步，你打算创作什么？"

王举可能没听懂我的话，他说："老姚最好别调走！"

春节前，我放寒假回到了大庆，许多文学艺术界的朋友聚到一起喝酒、聊天，大家不约而同地谈起老姚，啊，老姚，你是这个艺术群体坚实的幕后人，你是这个艺术群体真诚的朋友。

艺术——在你面前是平等自由的！

四、你的软弱……

你给我讲过一个不下十几次的"故事"，我总是装作很兴奋的样子在听，你说："有人告我的状，说我抓的作品有问题，我跟领导把作品解释了一遍，领导说，老姚说得有道理，以后艺术上的事儿多听听老姚的。"

你是在安慰我们吗？还是在安慰你自己？

你常常为不能得到理解而焦躁不安，经常发高烧39度多，打吊瓶，谁都不想见。你的坚强，恰恰是你的软弱。当一个人有了超前意识，他本身就带有悲剧色彩。伽利略、哥白尼，有人理解吗？你们比他们幸运，因为你毕竟在位置上干你想干的事，而他们却遭到了宗教法庭严酷的迫害。

是的，你怕，我们也怕，因为我们毕竟是活在现实当中。可你是强者，否则那些东西就不会躲到暗处，而你是站在阳光下的……

人家说大庆有钱，我相信。钱，可以买来许多事情，但买不来观众的掌声和眼泪，更买不来老艺术家的良心和无记名投票的民主权利。当然，钱这个东西谁也不能跟它过不去，大庆首先为这个艺术群体提供了经济保证。

在实现人生价值的道路上，往前走是危险的，但退回来就更危险……

你是荆棘鸟吗？我听过这样一个传说：

“这种鸟，只有在荆棘刺破喉咙的时候，它那带血的歌唱才能更加嘹亮动听……”

褪尽虚火　安静下来

近些时候，我省的一些专家学者对我省的文学艺术创作提出了一些善意的批评并寄予厚望。主要观点是——我省在全国排名靠前的作家也缺少理性思考；没有领军人物；没有人获“茅盾文学奖”；没有反映大题材大气魄的作品；缺少文化上的准备。我觉得作为领导者这样提倡、呼吁并给予支持是对的。但作为作家本人，这种个体劳动创造很强的职业，还是要褪尽虚火，安静下来，寻找一种写作状态。不然列着架子要获“茅盾文学奖”，要写大题材，要当领军人物，这恐怕会更加事与愿违，与初衷背道而驰。

老实说，我不愿意参加这种讨论，我也不为什么主义写作。1987年，我在中戏读研究生，整天学各种“主义”，叔本华的表象世界；尼采的唯意志论；萨特的存在主义；卡西尔的《人论》；苏珊·兰格的《情感与形式》；柏格森的直感主义；海德格尔、杜夫海纳、卡夫卡等等。还有结构主义、后结构主义；现代主义和后现代主义。老实说，在这些主义的定义上，我可能比一些理论家记得更清楚。因为30多岁读研究生不容易，拿不够学分就获不了学位。我听过美国大批评家马丁·艾思琳的讲座，他说，中国研究的主义比美国多，但你们的作品没有美国生动。

对于写作，我有自己的看法：

我觉得我们的视角应该跟政治家分开，时刻想着这是不同的职业。老是带着一种崇高的愤怒，像“愤青”那样，对作品无济于事。我认为只有小作家，没有小题材。契诃夫的小公务员，鲁迅笔下的阿Q，莫泊桑的羊脂球，都算不上大题材，却是流芳千古。但鲁迅笔下的阿Q却透视着“国民性”，这叫以小见大。还有获奖的精品，这不是评出来的，也不是下文件就能解决的。它需要历史的检验。

前几天三个人去世——古月、启功、黄昆。记者民调的时候显示都知道古月，因为他扮演几次毛泽东，最可怕的是没有一个人知道黄昆。而美国麻省理工学院的院长说，我得把黄昆固体物理学的著作当《圣经》一样摆在案头上。一些现代人着急出名，从不要脸开始，哪怕我在天安门广场撒泡尿能出名也好。我最近看到几十万网迷在讨论一个叫“芙蓉姐姐”的女孩，据说她认为自己最漂亮。这有意思吗？拿着无知当个性，觉得自己站到凳子上就是巨人，也许这是丑角时代的一个特征吧。我觉得现代媒体，制造了一个虚假的世界表象，有一些小报、电视台连刘晓庆打个喷嚏也要上头版头条。

我常想什么叫职业人？踢足球的应该把足球踢进门框，搞拳击的应该打到有效部位。我们搞文艺创作的，如果不能成为大师，总要成为一个有功底的文化工作者吧？总得有点职业专长吧？美国好莱坞怎么能把电影编得那么好看，而且能把假事编真了，而我们常常把真事编假了。现代生活本身比作品还生动，比虚构还巧妙。如果文学艺术变成圈子里的自娱自乐，自作多情，那势必要边缘化，被观者抛弃。

我的导师在我回北方的时候，跟我说，文学艺术的最高境界，就是懂点人情世故，寻找到一颗能包容大千世界的艺术心灵。他还说，真实的情，总比真实的事有价值。如果你把一个人写像了，那背后就一定蕴含着深刻的时代背景和历史意蕴。

2005年7月15日

感悟人和生活

有关被遗弃的一些感受

有时人的思维是很古怪的，它不是有序的、有逻辑的，而是像淘气的乌鸦把亮晶晶的东西（可能是钻石也可能是碎玻璃）一块一块叼到一起。你说不清这些东西有什么内在联系，也说不清它为什么在你的脑海里跳来跳去。比如，一想到女儿我就想到白胖的小猪娃和猫，还有一些乱七八糟的概念，情人、电话、炎热的风、方便面等等。

1982年4月的一个下午，我给一个女人打了一个长途电话。

我在等待，我拿着听筒在等待。我明明通过听筒听见了她的笑声，她却没接我的电话，而是让另一个年轻的女人喊了一声，她不在！紧接着我听见了一群女人的嬉笑声。或许她把我的真诚和用生命鼓起的勇气当成了在女人中间炫耀自己的本钱，而我却成了这群女人的笑柄。当我放下电话的时候，我感到一种被遗弃的凄凉和遭到嘲笑后的沮丧。

1987年7月，我被戏剧学院录取为研究生，因为8月下旬才能赴京就读，我必须在家中等待。在这个过程中，我上小学二年级的女儿出了这样一桩事儿。一天下午4点多钟，外面下着大雨，我听见有人用小脚丫踢门，知道是我那宝贝女儿放学回来了。我听见她奶奶下地给她开门，就坐在书房里没动。门开了，我先是听见她奶奶忍不住大笑起来，接着就是疼爱的斥责声，说："哎哟，我的孙女哟，你把它抱回来干啥呀？"我赶紧从书房里走出来定神一看，也毫不严肃地笑出声来。女儿背着一个大书包，头发被雨水浇得一绺一绺地耷在大脑门上，胖脸蛋上蹭了泥，使人想到刚拔出来的萝卜，裤脚一长一短，雨伞斜插在书包里没动，两只手抱着一只又瘦又脏的小猫。

这天晚上，我们家围绕这只又瘦又脏的小赖猫展开了一场激烈的争论。我主张立刻将它扔到外面去，我妻子虽然温和一些，但也站在我的立场上。而她奶奶绝对没有任何立场和原则，一看孙女哭得十分伤心，那小嘴又不停地说着，外面下大雨，小猫会冻死的，它在垃圾桶那儿没人管。

她奶奶就开始和稀泥，讨好孙女，说要不就留下玩几天再说。于是，我们家多了一只猫，一个有生命、有情感的而且给我们今后的生活带来许多麻烦的猫。

1988年2月2日，我读研究生放寒假，在回东北的列车上，我无法将一位去希腊的中国女人与那只又瘦又脏的猫区别开来。列车在静夜中奔驰，我彻夜失眠，依在车窗旁，想到后来被遗弃的猫和女人……

这个女人叫吴燕，是1974年我第一次到北京读工农兵大学时的同学，她非常的亮丽清纯，梳着短发，有那个时代的美貌，在表演系也是出类拔萃的。她喜欢唱一首藏族的歌儿："太阳啊，光芒万丈，雄鹰啊，展翅飞翔……"她跟人打赌，说她敢唱着这支歌在一排男同学中间穿过。她胜利了，还留下了一串格格的笑声。这年夏天，她妹妹到北京做先天性心脏病手术，死在手术台上，我和几个东北的男同学给处理后事，在推进火化炉的一瞬间，我看到她妹妹的脸，那是一张比她姐姐还美丽的脸。这件事发生之后，吴燕一下子长大了许多。再后来她留校当了教师，我就再也没见到她。

1982年3月，省城的一家话剧院上演的《斯巴达克斯》是吴燕根据英译本翻译的，这是我在节目单上看到的唯一的一点有关她的消息。

要是最初毅然将这只猫抛弃，女儿哭哭闹闹几天也就没事了，可随着时间的推移，问题就不那么简单了。这只猫很快地学会了观察人的情绪，学会了讨好与谄媚。每当你从外面归来，它都舔你的手，蹭你的脸，把温柔的皮毛贴在你的肌肤上。你不能忽视它的存在，尤其有客人的时候，它的表现欲就愈加强烈。它用那毛茸茸的爪子逗逗这个，撩撩那个，显示它的机敏与天真。女儿的学习成绩伴随着这只猫的友谊的发展而每况愈下，家里一片混乱，气味也开始改变，常常搞不清一股异味儿从哪儿冒出来。我对它也到了不能容忍和憎恶的程度，因为这只猫在发情期的深夜里总是痛苦地呼唤爱情，叫声让人揪心，吵得四邻不安。

1987年8月16日（得记住这个时间），还有五天我就要到北京报到，注册学籍，攻读硕士，但在这时，一件不幸的事发生了。这天下午，我从外面归来，看到母亲的手上缠着绷带，我问妻子怎么回事儿。她说，母亲在给猫洗澡的时候，被它抓破了手背。我立刻暴怒起来，与妻子大吵了一架。

我说，猫与狗一样，都可以染上狂犬病的，甚至能置人于死地！

妻说，已经给防疫站打了电话，但狂犬疫苗都卖完了，要到长春去买。

去长春，再返回来，超过二十四小时一切都没用了。我望着母亲的手，感到恐惧，我几乎到了疯狂的程度，决定立刻将这只猫送走，谁说什么也不行！

我把猫装进黑色的提兜儿里，骑上自行车朝火车站奔去，我听见女儿在后面哭喊。火车站上乱得不能再乱，等车的，叫卖的，上车下车的，接站送站的乱成一锅人粥。我掐着猫的脖子，从黑提兜里把它拎出来，遗弃在站前广场上。此刻，我的心抖了一下，因为在我骑上自行车要离开的时候，那只猫朝我追了一段路，而我却像逃跑一样，紧蹬了几下车子赶紧脱身。回到家，我喘息着，好像被遗弃的不是猫，而是我自己。

这天深夜，外面飘起了入秋以来的第一场冷雨，到处显得阴暗潮湿。我躺在床上不能入睡，想到这种年龄还要远行求学，想到那只被遗弃的猫……

妻说，你听，有人敲门。

我说，别动，可能是那只猫回来了。

过了一会儿，我听母亲下地去开门。果然是那只倒霉的猫又回来了，它装出一副可怜相，悄悄地在墙角盘卧下来，睁着一双乞求的圆眼睛……

猫，还是在我入学的前两天被送走了。这次我是坐着火车把它送走的，送到一个叫喇嘛甸的小站，那里离我家有三站地。走时，我对猫很好，怕客车不让带动物，我把它藏在雨衣里，因为打那次下雨，天就没晴过，我还给猫准备了一根香肠。

小站上飘着霏霏细雨，我陪着猫站了三十多分钟，然后搭返回的车离去。当我踏上踏板的时候，我看见猫蹲在冷雨里望着我，它身旁放着一根香肠。这次它没有追，而是孤独地留在了这空无一人的小火车站上。不知怎的，我的心一下子沉到无底的深渊，眼睛里充满了泪水，甚至连一个熟人跟我打招呼，我都没听见。这只猫再没回家，它或许死了，或许永远留在了那个小火车站上，望着南来北往的列车。当然，也可能它有了新的主人，这是我最希望的。

1987年8月22日，在送走猫的第三天，我来到了北京。在学院食堂第一次吃午饭的时候，我看到了这样一个女人。她穿着一身黑色的长裙，低头走路，行色匆匆，不跟任何人说话打招呼，甚至目不斜视。一个老校友告诉我，说这就是吴燕，她与男人乱睡，从教授、电影导演，到汽车司机、烧锅炉的，还有土耳其人和越南人，她的那间单人宿舍被称为国际走廊。我几乎不能相信，这怎么可能？她那高亢的歌儿，“太阳啊，光芒万丈”，她妹妹那张玉洁冰清的脸。十天后，我与她在胡同里再次单独碰面。

我说，吴燕，还认识我吗？

她停下来，冷冷地瞅着我。

她说，你到这儿来干什么？

我说，我来读研究生。

她说，学什么？

我说，美学，哲学……

她非常粗鲁，什么美学哲学，傻 × 儿！

我很难过，就说许多年前我给你打过一个电话，她的脸出现了一点从前的笑容，她说我不知道是你，当时还以为是在追求我的长长的男人队伍中新增的一员。后来，我们整整一个学期没有见面，不知道她在干些什么，由于她的口碑不好，我也不便打听，只知道学院还保留她的公职，让她偶尔带几个留学生学汉语。

这年冬天，过完元旦之后，我们就准备放寒假了。一天下午4点多钟，吴燕气喘吁吁地跑到我的318宿舍，进门就说，快去帮我收拾收拾屋子，有一个重要客人要来。

我说，到底是怎样的重要客人？

她说，是一个犹太老富翁，有70多岁，很有可能娶我。

我非常厌恶，我说你疯了吗？

她笑笑说，新婚之夜我就把他胳肢死，然后继承他的财产。

当然这是一个玩笑，她只是想借这个老富翁的钱和关系出国，永远消失在异国他乡。我随她去了她的国际走廊，我不能拒绝，这理由是很复杂的。

她的房间令我惊呆。室外的门，是常年不上锁的，也根本就没有锁具；

室内没有床，是一张泡沫床垫子，上面散乱地扬着被褥、毛毯、卫生纸。窗帘已经分不清颜色，可能从她搬进来就没动过。长年不拉开的窗帘使屋内充满一种霉味，到处阴森森的。一张三条腿的桌子上，有一周前吃剩的方便面，还有零零碎碎的美元、港币和大面值的人民币。我无从下手，又叫来两个朋友，大干了几乎一夜，才把屋子收拾得像个人住的地方。吴燕非常感动，她说她当初就该嫁给我。

1988年2月2日，我在回东北的列车上，想到那只猫和我在回东北前一天送走的吴燕。

吴燕放弃了对犹太老富翁的打算，她说她实在无法忍受那个满身香水味的老家伙。后来她讹上了一个真诚的希腊青年，谎称她为他怀上了孩子。希腊人答应给她办出国手续，只是一下飞机就全部结束，各奔东西。

吴燕走的那天，只有我一个人去送她。这天风很大、很冷，在交道口招了几次手，计程车都不停，她劝我回去，但我还是想等她上了车再走。在风中，她突然抱住我放声大哭起来，她说，没有人来送我，只有你一个……也许，我永远也回不来了……

有时人的思维是处在分裂状态之中，它把没有颜色的记忆，毫无秩序地组接在一起。比如，在一分钟里想了一刻钟，这怎么可能呢？还有，一个去希腊的中国女人和一只被遗弃在小火车站上的猫，怎么会联系到一起呢？也许，还有另外一种时空，我一直在想，在想……

聆听经典家书

下午4点钟，北京开往大庆的T48次特快列车便准时发车了。

软卧包厢里没有旁人，只有我和妻子，这也许是年初五还没有进入返程高峰的缘故吧。包厢里很温暖，很舒适，也很安全。我很庆幸，我与妻子第一次到北京过年，往返都很顺利。

我们把女儿给带的水果、小吃、茶杯都摆在了包厢的小桌上，把上铺的行李也拿下来靠在身后，我很放松地躺下来，什么也不想，任凭身下铁轨传来的有节奏的“卡达卡达”声，似乎这个热情的春节随着疲惫一起过去了。此刻，只有我与相濡以沫的妻子，和这暂时拥有的流动的小家。

妻子拿一本印刷很精美的小册子翻阅着，我看了一眼封面，那一行大一点的字我是看清楚了的——《中外经典家书音乐朗诵会》。

我问：“好吗？”

她说：“非常好。你真该去听听，坐在中山音乐堂里。听那些过去的经典家书真是一种享受，我不知不觉地流泪。”

在这个叫做人世的地方，没有比家书和朋友的信件更使我感到温馨和宽慰的东西了。在年轻时那些漂泊、困惑甚至绝望的日子里，是一封封家书和朋友的信件使我不至于自杀和精神崩溃。在“文革”的红色恐怖中，父亲给我写过一封信，他开头便写道：“吾儿，我们虽家境贫寒，但却是向阳门第。无论时局如何动荡，你都应该做一个正直的人。古人云，家贫出孝子，国乱显忠臣。……”

父亲早已离去，他一生没有与我亲近过，但那些信语一直留在我的心间。

我常常想，我们得到了，同时也失去了，回去的路是没有的，就像电话与手机的普及代替了书信一样，却淡漠了一种刻苦的思念。

我顺手拿过妻子手中的小册子，翻阅那些付印在节目单上的每一封家书，但我没戴眼镜，什么也看不清楚。

我说：“你读给我听吧。”

她说："你想听哪一封？"

我说："先读马克思的，听听我崇拜的革命导师怎么写信。"

在流动的特快列车上听妻子读经典家书，那真是一种享受，甚至感到她是这世界上最美丽最温柔的情人，即使就这样死去也无怨无悔了。

妻子一句一顿地读起来，如同老师在给小学生读课文：

"我的亲爱的：

我又给你写信了，因为我孤独，因为我感到难过，我经常在心里和你交谈。"

马克思也孤独难过吗？我心想。

当妻子读到马克思对燕妮表白爱的时候，我震惊了，内心就像地火中的岩浆有一种热辣辣的灼痛感，泪水也涌奔出眼眶。

马克思写道："我对你的爱，不是对哲学的爱，不是对'物资交换'的爱，不是对'无产阶级'的爱"，而是对燕妮本人的爱，才使他成为"真正意义上的人"！

我从卧铺上坐起来，我必须坐起！因为我看到了一个真的人，伟大的灵魂，正是这样真诚、正直的人才能看到真实的世界，才能敲开真理之门。

毛泽东在写给儿子岸英、岸青的信中这样写道："你们长进了，很喜欢的。唯有一事向你们建议，趁着年纪尚轻，多向自然科学学习，少谈些政治。政治是要谈的，但目前以潜心多习自然科学为宜。……只有科学是真学问，将来用处无穷。"

我不能想象，假如在极"左"的疯狂年代或文化大革命的浩劫中，是不是马克思、毛泽东也被怀疑或者揪出来批斗呢？"少谈些政治"，"只有科学是真学问"。这样的话，现在说起来可能也是不中听的。但我想，毛泽东给儿子的建议绝不是虚假的，因为只有家书才是一个人内心世界的最真实的表白。倾诉或聆听的对象，是亲人是知己，相互是用心在交流。任何虚假的官样文章在这里都显得苍白无力，无论伟人或平民，绝不会在家书中套用官话。我并不认为马克思写给妻子燕妮的信中说到"这不是献给无产阶级"的爱和毛泽东对儿子说"只有科学才是真学问"，而窥见了他们的隐私便诡秘地嘲笑，相反，我觉得他们更加伟大，更令我肃然起敬。

也许是由于我上了些年岁，情感变得十分脆弱，常常遇到真实的情感便悄悄流泪，或许这世界真的东西越来越少的缘故吧。

妻子读81岁的邓颖超大姐在海棠花盛开的时节写给已故周总理的信，这信听来让我泪如泉涌，喉头发紧，若不是因为年岁的关系，我怕要哭出声来。

春天到了，西花厅的海棠花又盛开了。

看花的主人已经走了，离开了我们，不再回来了。

你不是喜爱海棠花吗？解放初期，你偶然看到了这海棠盛开的院落，就爱上了海棠花。也就爱上了这个院落，到这个盛开着海棠花的院落来居住。

你住了整整二十六年，我住得比你还长，到现在已经三十八年了。

……

海棠花开了，你离开了它们，离开了我们，你不再回来。你到哪里去了呀？你一定随着春天温暖的风，又踏着冬天严寒的雪，你经过春风的吹送和踏雪的足迹，已经深入到祖国的高山平原，也飘进了黄河长江，经过黄河长江的运移，你进入了无边无际的海洋……

听到这里，我不知道这是80多岁的邓颖超大姐，全国人民仰慕得如同圣母般高洁的女性，还是18岁的纯情少女，南开中学的她。因为是信，因为是内心的独白与倾诉，因为是对最爱的人刻骨铭心的思念，所以她在文字中忘记了身份和行文的庄重感，而恢复了青春女性的本质与美丽。

傅雷的家书；

陶斯亮《一封终于发出的信》；

爱因斯坦《致五千年后的子孙》；

贝多芬《致不朽的爱人》……

这一封封不朽的经典家书，让我感受到美的存在，情感的交融。我不盲目崇拜现代主义，正像我写的一篇小文《停一停，等等我们的灵魂》，让人与人之间有一点沟通，让生活有一点诗意。

列车在黑暗中奔驰，我在想……

2002年3月22日

钓 者

我从孩提时就喜欢钓鱼，算来已有四十余载了。但我却不敢妄称自己是垂钓高手，更不敢称老到，而每每面临神秘莫测的江河湖海仍常常不得要领。

钓鱼的学问之深，常常使我想到生命之谜。且不说人生应该学会选择还是拒绝，亦不说人生苦短，要禁忌虚火上升、浮躁不安，寻得一个广阔的内心自由，仅从钓鱼五忌便可看出一位真正的钓者所具备的道行了。

先说钓者五忌：一忌举棋不定。钓者面对水面（钓区），观天时看地利，试水之深浅，便可确定自己垂钓的位置。假如举棋不定，为选择钓位转来转去，贪欲着选一最佳钓点，那便使好时光悄悄流走。其实哪里为“最佳”呢？一是鱼窝，二是鱼路，何况鱼窝鱼路亦不是一成不变，它将随风向和饵料漂游不定。而真正的垂钓高手，要心态宁静、平和，耐得住寂寞，拒绝得了诱惑，撒下“窝子”，垂下钓丝，心平气和地钓上几个时辰，即或不是鱼窝鱼路，只要水中有鱼，总会有散兵游勇前来光顾，而每每小有收获，就像上帝把幸运和灾难同时分给人类一样，其实人生亦是如此，哪里为最佳呢？

二忌见异思迁。常有钓者，垂钓不久，几个时辰不见鱼来，又见他人提竿拉线鱼翔水面，便浮躁不安，虚火上升，认为它山总比此山高，于是就蜻蜓点水，这里钓一下，那里甩一竿，最后搞得筋疲力尽却一无所获。

三忌贪欲过多。有钓者扛竿一大捆，四处布阵，总抱着侥幸心理恨不能够将水中鱼儿尽收网囊。且不知若水中有鱼，一两根竿足够使用；若无鱼，就是钓竿在水中多得竖起篱笆也是枉然。常有这般情景，有的钓者到处插足，弄得手忙脚乱，常常是这边竿上的鱼儿刚脱钩，那边竿上的鱼儿又错失良机。而真正的垂钓高手却潇洒自如，稳如泰山。独钓寒江雪，洒脱如神仙，反而总能钓得大鱼，创出非凡奇迹。

作为钓者，表面的虚张声势，咋咋呼呼，无助于内在要领。其实，鱼有大小，种类不一，各有各的食性，各有各的钓法。有的垂钓高手其貌不扬，钓具寒酸，为何总能钓到大鱼，其悟性在于精心准备。就像文人常说的一句话——准备不足。

四忌高谈阔论。钓者需要一个安静的环境，鱼儿亦最忌喧哗吵闹。特别是在静水与浅水处垂钓，那些高谈阔论者是惹人厌烦的。在神秘莫测的水天之间，人们看的是悟性和钓术，而不是看谁说得好。

五忌强求速取。鱼儿上钩，若是小鱼便可一提而就，若是遇到大鱼便不可强拉硬扯了。钓者在这当儿要有足够的勇气和信心，握住钓竿不紧不松，沉着应战。待大鱼筋疲力尽翻出水面，便可用抄捞子拖到边沿处，即可大功告成。常常浅薄的钓者，遇到大鱼便呼天喊地，慌里慌张，强拉硬扯不自量力，结果线断竿折，鱼儿也逃之夭夭。

我见过一位真正的垂钓高手，他一提竿，忽然觉得鱼大得惊人，于是迅速拿出小剪刀把线儿剪断了。我问他，为何放跑了这条大鱼？钓者说，那条鱼不是我的，如果强求势必线断竿折，何苦呢？老者平静地笑笑，拴上鱼钩又重新垂入水中。这位钓者虽然没钓得大鱼，但却使我想了很多很多……

想到钓鱼之忌，我常常感悟人生。古往今来，许多学者都借钓鱼隐喻人生。姜太公直钩钓鱼，说的是愿者上钩；老百姓说放长线钓大鱼，指的是凡事都要有个从长计议。而《摩诃止观》中说道：随其远近，任纵沉浮，不妨误入邪境，方能登入大道。则指的是古今成大器者的雄才大略，驾驭事态的能力。

据古书《阙子》记载，有这样一则故事：公元11世纪之春，鲁国王城护城河旁芳草萋萋，碧波粼粼，群鱼游弋。一位青年翩跹而至，从他华丽的服饰、众多的随从，使人一看便知他是名门望族（高干子弟）。当青年出示钓具和饵料，使得踏青的官绅仕女们不由得一阵喝彩。这年轻的钓者以牡桂为饵（一种极贵重的药材），用黄金作钩，更令人羡慕的是他的钓丝，竟是用峨眉山翡翠鸟的羽毛纺成，正当围观者骚动之际，钓客中一位退役的老将军说道："贤侄不谙渔事，不明鱼阵，不懂钓术，如何能钓得鱼也？"这青年傲慢地答道："老伯差矣，想我乃钟鸣鼎食之家，列土封侯之族。出者兮朱轮华毂，归来兮肥饫锦裘，岂非斯民可比？钓之务理应与草泽渔夫不同。”

老将军听罢苦笑一阵之后，只碍于世交的爱子不便责备，帮他选好钓位，伫立一旁冷眼睥睨。风动青萍，波光潋滟，待到天边日落时分，这青年才钓得一条小鱼。

后来这个鲁国护城河钓鱼的故事不胫而走，被一位大哲人写进其著作《阙子》。其原文如下：“鲁人有好钓者，以桂为饵，锻黄金之钩，错以银碧，垂翡翠之纶，其持竿处位即是，然其得鱼不几矣。故曰：钓之务不在芳饰……”

“钓之务不在芳饰。”鲁人好钓者的这段记载，或许说的不仅仅是钓鱼。

现代人当然要考究科学的工具，服饰的色彩，外表的风度。但假如人被自己制造的一种假象蒙骗自身，生存在自己制造的泡沫里，表演生活，表演爱，表演起来给别人看，岂不可怜兮兮。

我还看到了一些生活中的钓者，他们已全然失落了属于自身的那份体验，一味地追求流行和时髦、公共形象，热衷于抛头露面，寻找最佳社会角色。就像今天的一些大众文化明星，无所不知不晓，借助大众传播媒介喋喋不休地布道，谆谆教导你如何生活，每日引导你前进。这使我想起鲁人老将军的话：不谙渔事，不明鱼阵，不懂钓术，如何能钓得鱼也？

知识的无知性，也常使生活中的钓者迷惘，于是钓者便这里钓一下，那里甩一竿，弄得无所适从。就像人们发明了种种健身饮料最后又说世界上最好的饮料莫过于一杯清凉的泉水。人们毫无选择地接受各种信息，就像电视广告给人们带来的强迫症——看，代替了大脑；听，代替了思维，人类又回到看图说话的童年，失去了构思未来生活之新的种种可能性。当然真正的垂钓高手，或许本身就是孤独的。

年少的时候喜欢看热闹，阵阵落不下，一场未赶上，悔得肠子青。而今50有余，心不那么好胜了，感到只身独处有些孤独，可置身茫茫人海依然孤孤单单。既然如此，那就自己走自己的路吧。

当然，我作为钓者，又与寻常的钓客有所不同。钓得到鱼，钓不到鱼，对我并不重要，重要的是我在钓了。

孤独的隐居者

我在读研究生的时候，有一天跟隔壁的老博（博士生）谈起中国近代文学，他们竟然首推女作家张爱玲，而且说她可以进军瑞典皇家学院领取诺贝尔文学奖。我大惊之后，悄悄躲进图书馆重新捧起了张爱玲的作品。

圈里的人都知道，张爱玲是20世纪40年代初崛起的上海女才子，其小说集《传奇》、散文集《流言》，轰动当时文坛，且为内行叫好称绝。当我读了张爱玲以后，把她的作品与鲁迅、沈从文、老舍等艺术家相比觉得毫不逊色，甚至独具风格。我认为“张爱玲是近代中国最重要最值得研究的女作家”。她的《秧歌》在中国小说史上是不朽之作；她的《金锁记》是中国自古以来最伟大的中篇小说。她不可替代的卓越贡献是汉字语言的运用和精美绝伦的文学描述。我读她的作品，有一个突出的感觉——汉字语言所形成的语感能有如此大的魅力，甚至能达到一种音乐节律上的享受。随便翻开她的作品截取一段便知“……她红了脸，声音低了下去。她举起手帕来，这一次真的擦了眼睛，而且有新的泪水不停地生出来，但是不往下掉，晶亮地突出，像小孩喝汽水，舍不得一口咽下去，含在嘴里，左腮凸到右腮。”（列女传之一《殷宝滟送花楼会》）再如她的散文《有女同车》中的一段描述：“电车这一头坐着两个洋装女子，大约是杂种人吧……说话的这一个偏于胖，腰间束着三寸宽的黑漆皮带，皮带下面有圆圆的肚子，细眉毛，肿眼泡，因为脸庞的上半部比较突出，上下截然分成两部。她道：‘……所以我就一个礼拜没同他说话。他说“哈罗”，我也没说“哈罗”。’”

读张爱玲的作品，需把她的语言绕在舌尖上细细品咂。她写江南的雨，会使人感到空气都能拧出水来；她写女人的服饰，会使你触摸到滑腻的质感；她写食品能让人嗅到气味；她写花卉能让人看到缤纷的色彩。

天才就是天才。“天才是和模仿的精神完全对立着的。”“天赋才能的独创性是构成天才品质的本质部分。”（康德语）在我看来，就文体而言，张爱玲的作品是无与伦比的。60年代，她先是对台湾小说的发展产生了巨大的影响，而到了今天，世界各地研读中国文学的学者，无人不知道张爱玲。她在大陆也重新走红起来，受到学界、评者的重视。

张爱玲的主要作品大都写于三四十年代，有人说她天才地开始也很快天才地结束了。日本侵略战争为她带来的，如她自己所说，不过是物价的升动而已。我对她这句话有过崇高的愤怒。但半个世纪过去了，许多作品反倒被她的娓娓呓语所覆盖，她不为任何时事风云所动，仍旧沉湎在她比战争更为荒芜的情感世界里寻找她的归宿。她的准确又精美的叙述能力，为文学的永恒和旷世提供了有力的范例。对于古典名著《红楼梦》、《金瓶梅》、《醒世姻缘》通俗式或精美的叙述传统，张爱玲用高超精妙的技巧来书写堕落的情欲是无人可比的。

我不想对张爱玲的作品有过多的评论，因为那是批评家的事。而像迷雾一样笼罩在我心头的是她的死，这使我更想走近她，走进她孤独寂寞的情感世界。

1995年仲秋前夕，这位传奇女作家在她洛杉矶独居的寓所里悄然辞世。据台湾《中央日报》报道：“根据洛杉矶西洛市警察分局在8日中午所接到的报案电话指出，一位住在靠近加州大学洛杉矶分校附近公寓中的中国老太太，多日没有露面，唯恐她发生意外，警察闻讯赶抵公寓之后，发现英文名叫 Eileen Chang 的张爱玲，在室内空调依然打开的情况下，平躺在卧室的地板上，显然已经过世几日，却没人发现。”

张爱玲这位超人的才女，晚景却绝世的凄凉。她在整个后半生把自己封闭在一个孤独的空间，谢绝一切社会往来，可以说做到了大的拒绝，把生命完全投入到自己营造的情感世界里，享受孤独，享受痛苦。但我无法理解这种近乎于跋扈的自恋！ 这造成了她身心的残缺，也影响了她文学作品的超越。正如批评家所指出的：“作为叙述者，张爱玲从来不曾，从来不想，从堕落中自拔出来，升华在题材之上，促生出叙述的高度，卓越的小说家们所具有的距离意识，张爱玲似乎并不在乎。她的眼睛虽然寒冷透彻，语音却是沉溺性的，而且可以沉溺到自虐、虐待和被虐狂的地步，不但不建筑尊严，反倒冷静地和人物一步步塌陷下去，一起落入无光的深渊，她的故事里只有可怜则没有可爱的人。”

这位批评家有他的道理，但我后来读到的材料，又使我改变了看法，甚至为张爱玲的遭际而流泪。

张爱玲35岁时移民美国，不久便与一位欧洲移民美国的并无作品发表的作家赖雅结婚。十二年后，赖雅去世。可以想象，那一段婚后生活可能是张爱玲的好日子，因为当时她的生命充满着活力，一面为香港电影公司写剧本，一面努力于英文写作、翻译。她以赖雅为姓，证实她对丈夫的怀恋与恩爱。但好日子过去了，回去的路是没有的。1971年秋天，张爱玲搬居洛杉矶后，再也领不到供她写作的薪水和奖金，又找不到任何工作，而她的身体也一年一年地转坏。她成了孤独的隐居者，死亡的恐惧缠绕着她，灵魂与肉体的痛苦不停地扭曲着她。

张爱玲出身名门望族，祖父张佩纶为清末名宦，祖母是李鸿章之女。张爱玲1938年毕业于上海圣玛丽亚中学，翌年入香港大学攻读文学。她7岁开始写故事，20岁成为才女，使这位清瘦俊俏的女才子登上“高处不胜寒”的境地。然而到了1973年冬季，她不要说上班工作，能对付日常生活——买菜、付账、看医生、打电话——就把她累坏了。于是她彻底地陷入孤独，走入一个寒冷无人的世界，她开始使用录音电话，在隐居的寓所附近的杂货铺建立信箱，连朋友寄来的信件也不能及时拆看。几年之后，她不仅感冒照旧，牙病齿疼也是永远看不好的，骨头脆弱，一不小心手臂就断了。最可怕的是她新添了一种皮肤病，浑身瘙痒，而且觉得屋子里到处是跳蚤，身上永远发痒。为了跳避虫患，她不停地搬家，每次都遗失和丢掉些东西。最令人揪心的是，她把译稿《海上花》在搬家中丢失了，三四年的心血付诸东流。

张爱玲在给夏志清先生最后的一封信里，这样写道：“一直这些时想给你写信没写，实在内疚得厉害。还是去年之前看到这张卡片，觉得它能代表我最喜欢的一切。想至少寄张贺年片给你，顺便解释一下我为什么这样莫名其妙，不趁目前此间出版界的中国女作家热，振作一下，倒反而关起门来连信都不看。……事实是我一直为疾病所苦，都是不致命而要费时间精力在上面的，又精神不济，做点事歇半天。过去有一年多接连感冒卧病，荒废了这些日常功课，就都大坏。好了就只顾忙着补救，光是看牙齿就要不断地去两年多，迄今都还在紧急状态中，收到信就只看账单……”

看来，不管是放恣才华与爱悦自己，还是超然越世的精神贵族，人所面临的都是生存状态和不可跨越的死亡和疾病。由此反观人的自身，逢场作戏是一种表演，而故作深沉离群索居也未必不是一种悲哀。用中国老百姓的一句土话来讲就是——自己难受自己知道。

我在读了张爱玲之后，内心无限怅然与悲悯，同时也感到大罪在身。许多时候和场合，我慷慨呼喊，文学青年要甘于清贫、甘于寂寞，成大事者必有大拒绝、大孤独，在绝望之中体验人的深层痛苦。于是我感到不安和惶恐，人世间的烦恼与苦闷已经够多了，为何还号召人们下地狱呢？这些年来，许多朋友离我远去，或许是我不能给他们带来欢乐吧。

我爱张爱玲的作品甚至到了崇拜的地步，但我无法走进她、理解她，溶在她的生命中和感情世界里，因为我们毕竟是不同时代的人。

1995年12月24日

活着，并且高贵地活着……

我对网上的东西到底有多少是真的，产生过怀疑。在这个所谓全球经济一体化重商的世界里，我们被一种假象包围，人们变得唯利是图，所有的新玩意儿都加速使道德下滑、人文主义精神沦陷。就说网上聊天吧，大都用虚假的名字，大胆地倾吐内心的龌龊，制造一些虚假的泡沫。当然，我本身是一个崇尚大自然的信徒，我一直不明白，人们干吗坐在那个机器制造的方框屏幕前，一坐就是几个小时，弄得头昏眼花，而不出去看看天空、草场，刮过来的风，掉下来的雨呢？

对于上网，我与妻子一直争论不休。我不是怕花钱，也不是怕她有什么网恋，我是怕她一坐就是几个小时，长此下去会伤了她的眼睛，影响了她的健康。还有，我一直搞不懂，有多少话要说呢？一聊就半天，老布什决定打海湾战争也不过十五分钟嘛。

终于有一天，妻子对我认真地说，你能停下来，看一点网上的东西吗？我看她那么真诚，就说，你选择一点有意思的给我下载一点我翻翻。她说，好吧。

局（石油管理局）蓝色之声论坛网站，实话实说栏目：

［主题］请看详细——大庆（泰康）一穷苦人十指冻烂，白骨外露寸余，三口之家露宿野外荒弃渔房，谁来管？

昨日我回泰康乡下看望老母，听老母说一儿时泥友如今三口之家露宿野外，荒弃渔房，其十指由于冬季被冻坏，无钱医治，至今已溃烂殆尽，我闻后特去看望，见其简陋草房低矮潮湿，两扇窗户被破旧塑料布围挡，室内蚊蝇布满，偶可见小鼠沿墙角出入，两米不足的炕上，行囊已分不出颜色，家中唯一值钱的东西是三年前买的价值十二元的小收音机。……为治病外出乞讨一个月，仅讨得二十元……仅此与大家探讨，我亦想替其向社会求助，我们不应该视而不见！

We　2/90　2001-6-25　9：57：00

我不知WE是何人，或男或女，或老或少，但我为他（她）至善至美的良知所感动，也为我说过网上发东西给稿费吗而懊悔。我想起一部美国电影，写一些人救助一个掉进水泥管的淘气孩子的故事。当孩子救出，记者在采访时问道，你们谁是英雄？一个人答道，这里没有英雄，没有姓名，只有一些好心人。

《实话实说》栏目：

[回复]天堂里的每一天

（请允许我省略）

……

只是生存，你在那双眼睛里看到了什么，只有生存。

当然我们很清楚还有更多像他一样的人，还有我们无能为力的人，同样我们也不能将他接到家里。但是他们对于我们来说就是那些在大海退潮后，无数留在沙滩上的小鱼中的一条，我们救不了所有的小鱼，但我们拾起这条小鱼扔进大海，这条小鱼就会获得生命。这就是最重要的，小鱼很在乎。

WE已经在成基大厦502室设立临时捐赠处，联系电话50×××93

现在LUNAR已经把WE的录像资料挂在网上。

我是黑鹤，我已经与WE联系过，我可以保证此事的真实性。

也许就在一分钟前，你还在与自己的朋友讨论目前市场上哪种牌子的盒装奶粉更有营养，价值更高，但就在同时，与我们并不遥远的乡村里，一个农民的十指正在溃烂，当然有一天我们也会看到自己的骨头。

黑鹤　　3/90　2001-06-29　11：06：00

他（她）们做这件事远比行政部门效率高得多，因为不到一天就有许多网友回帖子，那真是来自天堂的声音。大部分人表示，愿以实际行动捐助。这使我想起那些自称作家的人，制造的一些文字垃圾，在街头的书摊上混同于小市民，讨个好价钱，用下流的文字污染着人们的灵魂。而他们很真实，甚至有人回帖子问这符合法律吗？但我想，WE这两个英文字母的含义是我们，我们是世界——我想我们应该代表一个温暖的世界。

大约在7月初，我在《大庆晚报》上看到了记者对这位贫苦农民的跟踪报道，并配有十指溃烂的照片。这证实了网上的真实性，也证实了那些善良的人们。

蓝色之声《实话实说》栏目：

[回复]经过努力，农民姜德巨已经入住大庆中医院。

在这里向所有伸出希望之手的朋友表示感谢！

黑鹤　135/0　2001-07-10　17:37:00

[回复]今日中医院为姜德巨施行手术。

黑鹤　1340　2001-07-12　08:55:00

[主题]《静静地生活》

痊愈出院的泰康农民姜德巨昨天已经回到家中。

(省略)……

在近一个月的时间里，我们共收到以下捐助：

一个没有留下名字的朋友	200
LUNAR	20
琰溪	50及衣物
黑鹤	100及玩具
明媚	100
风鬟雨鬓	100
夏日里最初的歌唱	100
李诚	100
丁大伟	100
三星800	100
不怕秀才的兵	100
妲己	100
YQD	100
风满袖	100

QQQQ	100
王梦吟	100
阳光满天	50
秋韵	100
明雪	100
……	
六厂一下岗女工	30
未留下名字的母女	400及衣物玩具

请原谅我没有把名单抄完，也原谅我不该公开他们的网名，因为他们是高贵者，不艳羡世俗贪图蝇头小利。据统计共有49人，捐款5340元，中医院免费为农民做手术，捐助了13681元，衣物170余件。让我发笑的还有两个名字——坏人捐款100元，老酸菜汤捐款100元。这一切使我感到高贵，一种德行的力量。这种财务公开，远比一些权钱交易的人，被强迫公布财务来历不明罪，有着天壤之别、高下之分。

许久了，我看到多少人正忙于为卑微正名，为委琐辩解，为无耻进行开脱，还说这是历史进步的必然阶段。专制下的冲合，铁蹄下的恬淡，精神上的沉沦，行为上的气节，私生活的庸俗与卑污，寻找刺激并把它一步步升级而变得毫无节制……

11月4日是妻子的生日，我问她能为她做点什么？她说她唯一的要求就是要我陪她去见一个人。她说，这个人就是蓝色之声论坛《实话实说》栏目的创始人和版主。尽管那天剧组正忙得不可开交，我还是欣然答应了。

当日下午2点多，我和妻子赶到了八百垧3—5号楼。

那是一楼的一个单元，进到屋里，光线很暗，没有声音，过了一会儿我的眼睛才适应过来。他在睡觉，被叫醒后，我与妻子坐在他的床边，就在这一瞬间我的心紧缩成一团。

原来所说的《实话实说》栏目的创始人、版主"情鸟"，就是我曾认识的季吕祥啊！五年前，我在八百垧编《碧绿湖丛书》，与季吕祥一起工作过，那时他体重有将近200斤，是个文学悟性极好，对人宽厚大度且乐观的小伙子，而今他至少瘦下去五六十斤，面色苍白，手有点抖，头发有些蓬乱……

季吕祥幼年患小儿麻痹，1998年患尿毒症，今年又几次心衰，可以说是一个面对死亡而活着的人。就是这样一个人创建并主持了《实话实说》论坛的吗？就是这样一个用自己的生命关爱别人的人吗？真有这样的人吗？

他的眼神像纯净的水一样透明，他的微笑依然那么平静。他把一个库尔勒香梨放在我的手上，说吃吧，这种梨很甜的。我接在手上，迟迟地不肯下口。我望着他找不出一句恰当的话，眼角里充满着泪水。我突然感到一种苦难中的崇高，死亡面前的高贵。这是怎样的一个人哪?！他的病痛与危难远比那个十指溃烂的农民大得多。因为一个是生存，另一个是死亡！如果一个人面临着死亡的威胁，还在关爱别人，那将是一种什么境界？我想只有在死亡面前仍关爱别人的人，才更加接近到达天堂的顶点。

后来，我知道了许多，季吕祥主持的《实话实说》栏目中，网友们还发起了救助失学女童的“春蕾计划”，有19人参加救助，李龙霞、李红芳、梁瑞玲等失学女童重返校园。当然这个“春蕾计划”，是第四届世界妇女大会通过的《北京宣言》所发起的承诺，但那爱的海洋，是由每一滴水构成的，而对季吕祥来说，那是每一滴血和生命……

在他被病魔困扰的日子里，他开办了“心灵港湾”心理咨询热线，他把自己的一片爱心给了那些需要帮助的人，为他们打开心灵的一扇窗口。电话常常在夜里响起，这对一个健康的人来说，都是一件不容易的事，对他，就更是不可想象了。可他依然是那样从容、那样快乐，细心地接待着每一个来访者。

一天夜里，一个外来的打工妹被老板强暴了，使她产生了轻生的念头，她在自绝前试着给“心灵港湾”打电话。季吕祥还没说几句话，电话就放下了，为了救这个素不相识的女孩，季吕祥从来电显示中找到了女孩的电话，一次次和她联系，经过几个小时的耐心劝导，让这个女孩重新鼓起了生活的勇气。或许人在干蠢事时，仅仅是一念之差，就如你摔倒之后有人将你扶一下，或是在孤独绝望的时候，你可以找个人倾诉一下，也许你就不想死了，活的理由就战胜了死的念头。

我在季吕祥的床头没坐多久，也记不清说了些什么话，大概是说了些，你创造了生命的奇迹，或者你会好起来之类的俗话。因为有许多网友要来探望他，于是我匆匆地道别离去，在我走出屋子的时候，我清楚地记得我的眼角有一股浑浊的泪流出。

我只想对自己说——活着，并且高贵地活着……

我也想对周围的人说——救助别人就是救助你自己！

2001年11月26日

两张旧照片

前几日，夜里，我在自家的旧书堆里翻资料，无意中发现了两张旧照片。不知怎的，我呆呆地停了良久，整整吸了一支烟。

在我面前的这两张老照片：一幅是四十年前的；另一幅是二十年前的。我喜欢老照片，尤其是那些黑白的老照片，因为在那黑白之间透着无穷的奥秘和深深的回亿。

四十年前的那幅老照片，是铁人王进喜指挥人拉肩扛的场面，由于多次翻拍变得颗粒粗糙如同岩石雕刻一般。而二十年前的那幅老照片，是江苏民工在大庆会战村建第一批楼房的情景。当然，那照片也变得卷曲发黄。

铁人！我的父辈，想起你的名字便让我落泪。他说，宁可少活二十年，拼命也要拿下大油田。他做到了，他死的时候只有47岁。他用他的生命向共和国作了一次虔诚地承诺。他没看过彩色电视，没住过楼房，没洗过热水澡，就连吃过的细粮也很少。可他却向我们后人展示了一个伟大的民族的气节。47岁，现在看来是多么年轻啊！如今我已经是50岁的人了。

那旧照片上是怎样的一个场面啊！钻机运到了，没有吊车，就用人的肉体和灵魂支撑起钢铁。八吨重的泥浆泵要推上两米高的平台——绳子拉断了，撬杠撬弯了，脚下的大头鞋蹬碎了，肩头磨出了血……铁人王进喜举起双拳，瞪圆双眼，呼喊着——同志们哪！跟我上啊，铁肩就是吊车梁啊！大个子的闷着头，小个子的挺直腰，千军万马一个方向，万马千军一个步伐。喊声震落了星月，迎来了初升的太阳。

不要轻易地否定，那不是耻辱和无知——那是苦难中的崇高，那是狂风中的站立。那是四十年前一个被外国人嘲笑和封锁的最寒冷的冬夜。我哭泣，是我在那黑白之间看到了中国人的尊严和一种精神。

在那幅老照片上，只有铁人王进喜面对我们，而其他所有人都只留下了背影。他们是谁呢？他们现在在哪里？他们连名字都没有留下，只留下一片隆起的脊背和肩头——像一层黑色的石头支撑起共和国的大厦和我们今天的城市。

二十年前的那幅老照片更让我动情。有一个老人（邓小平），他说他是中国人民的儿子，他来到大庆，走进了石油工人居住的低矮的干打垒土屋，他的目光变得很凝重，甚至有点心酸，他说要建设一个美丽的大庆！如果工人生活的条件这么差，我就再也不来了。他的话打碎了那种吃一辈子高粱米，住一辈子干打垒，艰苦奋斗一辈子的疯狂。于是才有了这张老照片，来自南国江苏的建设者（外包工），在一片沼泽和荒原，挖开了城市建设的第一锹土，树起了高楼大厦建筑的第一根脚手架。

天还未亮，大庆人就听到了他们劳动的号子声；而平原落日像火山口喷发的最后一缕熔岩的时候，他们的吊车又挑起了一弯新月。

我很想对他们道一声歉，因为那时我们习惯地把他们称为江苏外包工。

石油工人要到很多地方去勘探找油，而秋天等他们出去回到大庆，石油工人已住进了新楼房，有的人打听，我的家在哪儿？当妻子儿女从楼里走出来迎接他，他的泪水便模糊了眼睛。他说，真没想到……他们的活儿干得那样快，他们也是铁人。

我感动，有一份真实的资料，在江苏建筑队伍为大庆工作的十几年里，有18人因工死亡，有96人负伤致残，几乎都是在工地上流的血汗。那个脚手架上的小伙子是谁？那个搅拌泥浆的老师傅姓啥？我们全然不知。我很想送一束鲜花，代表他们远方的爱人；我很想递一杯热茶，代表大庆人的心。

时间或许是盲目的引导者，一切都停不下来，一切都将过去。缺少感恩和容易忘记的现代人，很少回过头来看看我们自己，看看我们的遭际。那两张老照片已经成为遥远的过去，对生活优越的孩子们也只是一个传说和童话。

现在大庆油田已经进入了开采的中后期，大平原上有成千上万台磕头机（抽油机），我常常观望那些钢铁的骆驼群。都市很喧嚣、很热闹，而只有它们，默默地匍匐在大地上，带着喘息，不知疲倦地工作着。像一群人跪在大地上，朝拜着远天的太阳；朝拜着祈祷着人类的和平与安宁；祝福着善良与良知的永存。

而今，每当我走在大庆繁华的大街上，看到那些步履蹒跚的老人，我总忍不住向他们回头凝望。透过他们的侧影，沉默不语的表情，使我想起一些人来。或许他们就像四十年前，王铁人指挥人拉肩扛而没留下姓名和容貌的父辈；或许他们就是二十年前，儿子、丈夫牺牲在工地的母亲和妻子。

就这样，走着走着泪水会突然模糊我的眼睛。

就这样，走着走着我的心灵会突然颤抖。

我更加珍爱那两幅老照片了，它像一面镜子，常常照照我那即将失去热情的灵魂。

薛柱国与《我为祖国献石油》

前些时候，我一直为两件事愤愤不平，总想说点什么。一是《我为祖国献石油》这首歌在北京获“金唱片”大奖，没人提起词作者；二是一位歌唱家来大庆搞《我为祖国献石油》盒式带的首发式，居然也没有提到词作者，而词作者就在大庆。我不知道这是有意忽略，还是忘了一首歌首先应该有歌词。不然《马赛曲》和《义勇军进行曲》也就成了无标题音乐了。

我总想，历史就是历史，它不是任人打扮的女孩子。尽管这是一个崇拜明星大腕的年头，但总得该怎么回事是怎么回事吧！

我是1973年4月借调到大庆文工团创作组的，在那里我正式结识了薛柱国。当时，油田上习惯称比自己年长几岁的人为“师傅”，各行各业都称“师傅”。

薛师傅60年代初，由玉门老文工团转战到大庆。他为人谦和谨慎，幽默诙谐，写作上十分勤奋。或许是他风霜万里、转战南北的亲身经历，才使他写出“头戴铝盔走天涯”的词句吧。几十年来，薛柱国共创作了200多首歌词，最著名的要数《我为祖国献石油》、《踏着铁人脚步走》这两首。它曾鼓舞几代人高唱着这些歌曲，走遍天涯海角、大漠荒野，去拿下大油田，为祖国奉献着热血一般的石油。

薛柱国是石油人喜爱的歌词作家，他对中国近代石油工业的发展，有着不可磨灭的独特贡献。说句实话，就这一首留给石油人的歌，就足够我们恭敬他一辈子。因为《我为祖国献石油》这首歌，是石油人的骄傲！也许，当石油这种不能再生的物质消失的时候，只有这首歌作为文化留给了历史。我们石油人应该自豪，因为国人都会唱这首歌，这在其他战线是不多的。

1983年秋天，老2号院旁边的机关住宅楼，我跟薛师傅分到了一个单元，他住四楼，我住一楼。我们又在新组建的文工团创作组一起共事，每到周三例会的时候，大家从家里带来一些菜和酒一同小聚，每到这时薛师傅总要来几段笑话，那是一段难忘的日子。

1991年以后，薛师傅的身体越来越糟，双目几乎失明，血压居高不下，且伴着多种疾病。我常常看见他独自坐在门前的马路井盖上，等我走到他面前，听到我的问话声，他才笑着说："我一点都看不清了……"

"嘉陵江边迎朝阳，昆仑山下送晚霞"，"我当个石油工人多荣耀，头戴铝盔走天涯。"听到这些词，我总是心热，因为这些词是跳跃的、流动的，让人打好行装随时都准备走的。可现在看来，薛师傅是走不了了，也许他将永远留在这片土地上。

1996年4月5日

渴望公平

不久前的一个晚上，几个朋友约我出去吃饭，我们在酒桌上谈起了新时期的好法官顾双彦。我打算写一部关于她的剧本，我很想听听别人对于她的看法。

因为在座的有律师、企业家和诗人。

我说，律师，你对这位年轻的女法官怎么看?

他笑了一下，他说她职业精神很强，办事执法可以做到独立判案，自由心证……只是一些人很不理解她。

我说，正直的人也许是孤独的!

大老板哈哈大笑，他说还是作家看得深刻。

诗人问我，你打算写她什么?

我说，渴望公平，遵循公正！这是她生命中背后的动力！我还说，不能不承认我们今天的生活，要比改革开放前好多少倍，可为什么现在人们心里不平衡，就是因为在诸多方面存在着不公平。所以我为顾双彦的事迹感动，因为老百姓渴望公平!

诗人开始了他的崇高的愤怒，他大声说:公平？公平只是人们的愿望，而人类真正历史是残酷和肮脏的。想要公平的人都是傻瓜！盗匪明抢，贪官暗夺;包工程的偷工减料，倒楼塌桥;做买卖的挂羊头卖狗肉，假冒伪劣;演艺圈的虚情假意，在后台点完钱，到前台就唱爱的奉献;搞法律的吃完被告吃原告……公平何在?

我说，不对！像顾双彦这样的法官就真实地存在着!

企业家为平息这场争论，说喝酒喝酒。

我干掉一杯酒，停顿了许久。我想，从什么时候开始，有的人为无耻进行开脱，为卑微和委琐进行辩解。他们嘲笑英雄，藐视崇高，精神上沉沦，行为上变节，还声称这是历史的必然阶段。

顾双彦是平凡的、伟大的！她用她那女性柔弱的身躯撑起一种法律的力量——公平！她把一颗正直公平的心放在了法律的天平上，使一切蝇营狗苟、鼠窃狗偷都失去了分量。

我想，我们大家该帮她支撑起这种力量，树起这种浩然正气！

假如我们全部用金钱和新技术武装起来，而却失去了人民大众渴望的公平，如果那样，再华丽的大厦也要倾斜；再庞大的舰船也要失去稳定。

是啊，顾双彦没办什么惊天动地的大案，也没判决省部级的大贪污犯，她只是为那个身无分文的青岗农民讨回了该属于他的公道；她只是为那对孤儿寡母查找到了原始笔迹，要回了应该属于她们的八千元钱；她只是给那两个为几斤毛线而打得不可开交的人，按颜色按质地一斤一两地分清楚。她一天开过八次庭，一个月结过六十二起案件，十六年办了两千多起案件，无一起发回重审，使一位傲慢的律师在输了官司后，也不得不对她肃然起敬，称赞她让人心服口服。

为了公平，顾双彦把亲情、友谊埋在心底，忍受着巨大的煎熬。她曾拎着礼物去给她亲如姐妹的好友赔礼道歉，然而一道铁门却把她挡在了外面，她久久地站在那里，任泪水顺着两腮滚落。有人说她没朋友，可我要说，所有正直善良的人们都是她的朋友！

顾双彦不会忘记在她转车的小站牌下，那一双慈母般的眼神，只为了看她一眼；她也不会忘记那些起死回生的企业职工的笑脸。出污泥而不染才更加高洁，清贫淡泊才能宁静而致远！

顾双彦的同事给我讲了这样一件小事，让我落泪。

去年快过春节的时候，已是农历二十九了，两人相约到商场转转。女人嘛，买副对联，给老人孩子买点礼物。可她却站在服装摊前对着几十块钱的衣服挑来挑去，舍不得多花一块钱。同事站在她身后感慨万千，说，这个双彦啊，房子是借父母的钱买的，高档衣服一件没有。我们管辖的让胡路区，国有大中企业、私营企业几千家，她又是经济庭的庭长，每年解决的诉讼标的金额几千万，帮助困难企业清理债权债务，挽回经济损失几百万，她要收钱收物，还用吱声吗？

可顾双彦没有！ 人们已经习惯了不给她送礼送钱了，因为她能做到拒绝！ 在这崇尚金钱的时代，她却甘守清贫，不是因为她清高虚假，也不是她不食人间烟火。是她深知，只有守住这份清贫，才能守住法律这份公平，才能守住心中的这份信仰！

我最近想去采访顾双彦，但又怕打扰她。有时我想，该让她宁静地生活，做一个好法官，做一个好妻子……或许她太累了……

2002年10月24日

（注：新时期的好法官顾双彦当选为中共“十六大”代表）

旅游淡季

一

9月下旬。松花江。

一个40岁的男人独自坐在江湾的堤坝上。他似乎在看，然而却什么也没看见。他感到眼睛不舒服，就眨了两下，像长镜头聚焦似的落到悠悠的江面上。

猛然，他听到有人在呼救，并看到江面上有一顶粉红色的泳帽一沉一浮，甚至令他产生某种奇怪的联想。

这个40岁的男人，疯了似的跑下江堤，甩掉疗养服外衣，在没膝深的水里踉跄了一下，接着就奋力地向那红色的泳帽游过去。

“你需要帮助吗？”他喘着粗气问。

她从水里钻出头来，甩了一下湿漉漉的秀发，那珍珠般的水珠伴着咯咯的笑声溅了他一脸，使他不知如何是好。

“我？ 你是在问我吗？”

他有种被欺骗的感觉，那种悲壮浪漫一下的愿望一扫而光，剩下的只是疲惫和沮丧。

“真对不起！ 我是在朝他喊叫。”

他顺着她指的方向看过去，发现江湾里一个男人正在很豪华地钓鱼。显然，她是在向他呼叫或撒娇。

他在往回游的时候，显得很吃力，江水把他冲出去老远。

松花江在这儿分了一个岔，像一个仰面躺倒的女人，劈开两条性感的腿，圈出一片温柔的土地。矮脚的柳树毛子，藏着羞于见人的秘密；淡褐色的沙滩留着情侣们的串串足印。这无疑是旅游的好去处，也是带着别人的女人或是带着别人的男人和干脆是陌生的男人和女人产生激情的地方。而恰恰在这个美丽而宁静的江湾深处，懂得文明而又会生活的政府机关修建了一些干休所和疗养院。

时进深秋，江湾浴场有点荒芜，遮阳伞和遮阳篷也都疲劳过度地东倒西歪，一些小船如同挤在一起的小鱼儿靠在岸边。连绵不断的秋雨，使天气变得有些阴冷潮湿。每到这个季节，松花江的游人便渐渐地稀少起来。这个40岁的男人爬上岸，脸色苍白，浑身发抖，下巴骨有节奏地颤动着。他赶紧寻到他的疗养服披在身上，蜷缩着，像一只冻坏了的猴子，蹲在堤坝下的石头上。这时，他发现一双漂亮女人的脚站在浅滩上，停了一下，然后朝他走来。

"不过来喝一杯吗？暖暖身子，也算答谢你对我的救命之恩。"

"以后，少他妈开这种玩笑！"

"对不起了，行吗？"她带着嘲讽的口气说，"可你在这儿干什么？"

"你管得着吗！"

她打量他一眼，走到帐篷前，蹲下身来把篝火捅旺。

"你冷吧？"

"那还用说。"

"过来烤烤火吧，我给你倒杯酒。"

他坐在篝火旁，仔细地端详着那女人的动作，他发现她是一位非常年轻美貌的女子，看上去还不足30岁，正处在显示女人魅力的年纪。那两个奶子翘翘的，腹股沟下兜着的神秘三角区鼓鼓的。

女人将一杯酒递给他，转身走到帐篷前撩起帘子，故意露出一辆宝马牌小轿车的红色车帮。

"这是你的私人汽车？"

"是他的！也是他给我的。"她用下额努努江湾里钓鱼的男人，不无骄傲地点点头。接着她又指了指树杈上挂着的意大利皮夹克、俄罗斯礼帽、双筒猎枪和一架高级望远镜。沙地上还堆着应有尽有的各种食品饮料。

"你们从哪儿来？"

"你干吗要问这个！"

"我是说，要是早点，你们晚上住在这里会更舒服。现在天气凉了，游人也不多……"

"可我们正是希望人少一些！"她很坦率地打断他的话，"到处都是人，都是一双双眼睛，还没受够吗？"

"这些东西都是你们的？"

“当然。”她的目光望着远处钓鱼的男人，“你还想打听点什么？”

远处的堤坝上，站着一位头扎白方巾的女护士，男人立刻站起身，头也不回地走开了。

“可你是干什么的？是警察，还是篮球教练？”

他翻过江堤跟女护士走了。

二

第二天上午。江湾沙滩上。

天空蓝得醉人，松花江带着秋的金黄流向远方。

那个40岁的男人又独自坐在堤坝的石头上。他的右边不远处是正在梳头的女人；他的左边更远处是起早钓鱼的男人。

过了一会儿，他身不由己地朝女人的帐篷走去。那女人开始收拾昨夜吃剩的东西和空酒瓶。

“砰”的一声，女人将一个细脖儿大肚子的法国香槟空酒瓶摔在石头上，细碎的玻璃碴儿在太阳下闪着光。

“哼，你真会玩呀。”

“听个响儿。”

“听响？要是孩子踩上就得把脚扎出血！”他说着走过去，将碎玻璃碴儿拾起来，扔进一个陶瓷熊猫垃圾桶。

“别跟我装！”

“你不也在这儿游泳吗？到夏天，这儿游泳的人很多……”

“到涨水的时候就看不见了。”

“在水下面更危险。”

她突然沉默了，她觉得眼前这个男人有时很粗野，有时心又很细，可她更多的怀疑是觉得这男人在她身上打主意。

“你也是来旅游的？”

“我在这儿疗养。”

“是当官的？”

“我是个钻工。”

“钻工？”

漂亮的女子歪着头，怔怔地瞅着这位又瘦又高、双眼深嵌在宽大额头下的男人，好像无论如何都不会使她相信，一个钻工能到松花江的别墅区来疗养。

“你是劳模，还是人大代表？对了，你一定受过不少奖励，获得过各种勋章！抢救落水少女，为孤寡老人端汤喂药，为灾区捐款……”

“你少来这套！我什么都没有。”

“没有？”她仍不相信。

“没有。我是钻工，到过许多地方，渤海湾、克拉玛依、海拉尔……不是去玩，是打井，十八年……就这回事。”

“您怎么称呼？”

“就叫我老刘。”

“老刘？你看上去也就四十多岁。”

“四十多岁在井队已经是老人了，长年在野外，转战南北……”

“你们的领导真不错，能安排你来疗养。”

“我很感激党组织的关怀。真的。”

他瞥了一眼她那匀称美丽的腿，她不由自主地拉了拉长裙的下摆，把腿遮住了。

“您多长时间回一次家？”

“我们离婚了……”

“啊哈！”她来了个洋范儿。“您看样子不像说谎的人。不过，这可以理解。你们所有来这里游泳疗养的人都说离过婚或是家庭不幸福。啊，可怜的男人，多么需要女人的温存呀！……哼，算了吧！”

她蹲下身去，拨弄了一下篝火。他站起身来，瞅着她狡猾地笑了笑想离开。

“别不好意思。说说，您怎么离的婚？我看您能不能编得更合理一些。”

“没什么。她挺好……”他不笑了。

女人把捅火的棍子摔在地上，漂亮的脸充满着揶揄的神情。

“挺好？哈！多高风亮节呀！我算看透了你们这些臭男人了！把人家睡了，说一声，再见！还假模假式地说，我不配你，让我孤独地度过一生吧……哈！临分别的时候，还说，给你的父母兄妹问好，祝你幸福。……狗屁！”

他忍不住笑出来，觉得这漂亮的女子挺火爆的。可他却不知该如何跟她解释，或者他根本就不打算跟一个陌生的人解释什么。

“你说的没错。可有些事不像你想的那么简单。就拿我来说，老婆为我做出很大牺牲。”

“什么样的牺牲呢？你不在家的时候，她独守空房，还是跟别的男人在一起？”

他觉得自己很尴尬，一个男人让一个女人牵着鼻子扯来扯去，拖得七零八碎，像把井打喷了，弄得一团糟。

他抬眼看了一下远处钓鱼的男人，而恰巧那个钓鱼的男人也在朝帐篷这边眺望。

“你干什么工作？”

“什么干什么工作？”

“我是说，你在哪个单位……”

她抬起明亮的眼睛望了一下蓝天，好像让绷紧的情绪稍稍放松一下，接着她点燃了一支女士烟。

“我的工作嘛，就是哪儿好玩去哪儿玩，哪儿好吃去哪儿吃，哪儿住得舒适去哪儿住。怎么样，不错吧？”

“真不错。可你的来源……”

“什么来源？假如你有一千万元，即使是放在银行里，一年的利息也有几十万。你还需要做什么呢？你永远也用不着干什么，只要幸福地生活。”

“我明白了。这就是富人跟穷人的区别。看来，你很有钱。”

“不。是他有钱。”

这次她没有指江湾里钓鱼的男人，而是漫不经心地将烟蒂弹到沙滩上，然后坐下来，让两条性感的腿并拢到一起，把身子朝后仰着，随手打开了收录机。

天地悠悠　过客匆匆　潮起又潮落
恩恩怨怨　生死白头　几人能看透

那位系白方巾的女护士又站在堤坝上，他看了一眼，默默地站起身。

“我该回去了。”

“急什么，再喝一点嘛。”

“其实，她们不让我喝酒。”

“对。您在疗养。”

这时，她从树杈上摘下那架望远镜，朝江湾里钓鱼的男人看了看。

“您最好马上离开这里，他已经拎着渔具朝这边走来了。”

她拿出俄式红肠、面包、饮料等高档食品，看来是为钓鱼的男人准备午餐。而他却成了一个多余的人，站在那里不知该立刻走开还是说声再见。

“我走了。”

她没吱声，也没抬头。

三

傍晚。寂静的江湾。

血色的残阳洒在江面上，满江都漾着红色的锡箔，各种船只的桅杆如同美丽的白桦林，黄昏的松花江流淌着一江诗韵。

钓鱼的男人回来了，今天马宝才满载而归。他也四十多岁，过早发福的肚子显得不太严肃。他此生独爱钓鱼，用他自己的话说：把一个希望扔在水里，任凭风浪沉浮。

年轻美貌的女子腆起丰满胸脯，颤颤地跑过去，接过马宝才手中的两条大鱼，然后像电影里表演似的在他的面颊上吻了一下。

“李娜，给我弄个鲜鱼汤！”

“好的。”

叫李娜的女子转身走进帐篷，倒了一杯烈性酒，又回到他身边。

“真舒服！”他接过酒一饮而尽，然后将酒瓶里的酒倒在手掌心上一些，用它揉擦着滚圆的胸口。“今天大鱼很爱咬钩！”他坐在篝火旁，把火拨弄得旺些。在火苗的映照下，他精神焕发，红光满面。

“你早晚让大鱼拉进大江。”

“笑话！多大的鱼也逃不过我的钩。”

马宝才说着，一下将李娜抱起来，亲吻她的眼睛、鼻子、嘴和乳房。他的激情使他按捺不住地将她抱进帐篷，放在气垫子上，双手上下忙乎着，一手撕下她的内裤，一手解自己的腰带……

“别别！有人……看的……”

“管他谁！我要……”

那两条鲜活的鱼在海滩上挣扎着，并张着嘴喘着粗气，发出“咕咕”的声响。

夜幕悄悄地降临，江面越来越暗，只有远处陌生的都市亮起万盏灯火。

一切都静下来，帐篷里传来他和她的说话声。

“你怎么了？”他感到有点不对劲儿。

“没什么……”她淡淡地说。

“你好像有心事，想什么呢？”

“真的没什么。我只是厌倦了……”

“厌倦了？”

“这就是我的生活？”

“这样的生活你还不满意吗？该有的你都有了。作为一个女人……”

“可我觉得我什么都没有。……我们离开这儿，换个地方吧。”她突然很伤感地说。

“为什么？这儿鱼很爱咬钩，又很僻静，很少碰到熟人，不是很好吗？”

他们停顿着，良久，他把身子挪过去吻着她的后脖颈儿。她的背紧贴着他，像是要在他的身上寻找依靠，他那强有力的手臂紧紧地搂着她。

“我知道，你不会抛弃你的家庭、老婆孩子，这我不在乎，可是……”

“这一切都明摆着的。”

“可你是什么人？这一切都是怎么来了？可靠吗？你的全部聪明，也仅仅是不被抓住罢了！”

“说这些干啥！我只知道我爱你……”

“别说这句话了！我厌倦了！受不了！”她几乎喊起来。

“我看到有个男人常到这儿来……”

“这跟他没关系！”

此时，夜色笼罩着大地，到处变得一片漆黑，滔滔的江水不停地拍打着堤岸，浪涛声在空旷寂静的江湾里显得格外响亮。柳丛频频摇摆，帐篷也在秋风中瑟瑟抖动。李娜突然害怕起来，内心深处有一种莫名其妙的恐惧。

四

又是一天上午。阳光特别好。

李娜醒来的时候，马宝才已经起早出去钓鱼了。她散漫地走进没膝深的浅滩，把秀发飘洒开来，轻轻地撩起水滋润着颈脖和面颊。这时，她听见岸边有沙沙的脚步声，就猛地转过头去。

“啊，是老刘。”

“正是在下。”他笑着。

“今天天气真好。”

“早晨很凉。在井队上夜班要穿棉袄了。”

他们相互望了一下，然后就走到帐篷前坐了下来，李娜冲了一杯热果汁就着点心吃起来。

“你平时的生活怎么安排？”他问。

“吃吃东西，听听音乐，看看电视。”

“还有吗？”

“睡大觉！”

“可我总是失眠，昨晚几乎又一夜没睡。妈的，我养成了一个坏毛病，不听着钻机响，睡不着觉，可能是习惯成自然吧。”

“这可真是个怪毛病。说有一个女人，不听着丈夫打呼噜睡不着觉。”

他和她都笑起来。

“我想，你一定很幸福，他也很喜欢你。”

“喜欢？”她显得严肃起来，“是呀，他救过我的男朋友，使他免于进监狱当囚犯。”

“那他真够意思！”

她沉默片刻，显然不想再说下去。但她看到那一双真诚信任的眼睛，就不忍心拒绝他。何况，他是一个在油田打井的工人，对他没必要保守秘密。

“可这完全是个圈套！”她冷冷地说。

“圈套？”他惊讶地问。

“我的男朋友研究生毕业，搞了一项设计，在投产试运的时候，引起了爆炸。…… 本来要进监狱的，是他给保了出来。他说，科学试验和艺术创作都允许失败。”她边说边朝江边走去，显得有些惴惴不安。

“那你该感谢他。”他跟在她后面。

“感谢？当然。”她回过头来，眼里充满嘲讽的神情，“我投入他的怀抱，男朋友远走天涯。可后来，他向我说了实情：不是设计出了问题，而是原材料出了毛病！”

“他为什么要这样干呢？”

“他太爱我了，就这么干了！”

“这太过分了！”他突然愤怒起来，“你怎么还能容忍跟这样的男人在一起？”

她站住了，愣愣地瞅着他，然后放肆地大笑起来，几近疯狂。

“那么和谁在一起？和你吗？”她反问道。

“至少要离开他！”

“离开他去哪儿？去钻井队吗？……”

“去荒原，去沙漠，去死！……”

“天哪！美丽的松花江来了一位多么高尚的革命同志呀！快收起你这一套吧，这种事儿还新鲜吗？”她又笑了起来。

“你笑什么？”

她仍笑个不停。

他也不由自主地跟着她笑起来。

“我知道你是在骗我，一个精彩的故事。我真笨透了，还信以为真！”

“你别装了！”

“我装？……”

“你们这些男人都是一路货！绞尽脑汁装正人君子。怎么，我说得不对吗。我们第一次见面，你就偷看我的大腿。”

“我，我是无意中……”他无言以对。

“哼，算了吧。你以为我会跟你走吗？会背着他跟你钻进帐篷吗？你打错了主意！”她一下脱掉外衣，露出流线型的肌肤。“瞧，我的身子多美，眼馋去吧！马上给我滚开，再也别到我这儿来！听明白了吗？疗养员，病号！想入非非的病号！”

“别把人想得太坏。……”

“你是忌妒，才来这儿说三道四！你给我走开！走开！我再也不想看见你！”

“我看你过得不怎么好……”

“好！好好！就是好！你管得着吗？”她疯狂地打断他的话，神经质地狂呼乱喊，像是要发泄点什么，然后就“呜呜”地哭起来。她哭得很是伤心，像一个受了委屈的孩子。

他赶紧躲开她，就像躲开一条疯了的小狗，但他没有走远，而是坐在江畔的堤坝上望一眼……

五

当天下午。江湾钓区。

马宝才将四把豪华钓竿扇面形地甩进江湾里，他点燃一支烟，非常得意地哼起了俄罗斯民歌。就在这时，他听见驻地帐篷方向传来一声枪响，他下意识地哆嗦了一下，知道李娜在紧急呼叫他，于是他赶紧将钓竿固定牢靠，飞快地朝帐篷处跑去。

“怎么啦？”他急问。

“我要问你一件事？”她由于激动，漂亮的脸都有些扭曲了。

“什么事？”马宝才惊慌地望着她。

“原材料是你批准购进的？”

“当然。我是经理嘛。”

“为什么购进不合格的材料？”

“别这样瞅着我！你的房子、汽车，还有我们每次出来的费用，这都需要钱！……我知道你会原谅我，才把实情告诉你。如果翻船，我们是在一起的！”他毫不隐瞒地把一切都告诉了她。

“我要是……”

“别闹了！ 鱼儿正在咬钩。”他说着要走。

“站住。你同意跟我结婚吗？”

“又来啦。…… 我说过，真正的爱就是要给双方充分的自由。如果我们闹得满城风雨，非要结婚建立家庭，那就会伤害许多人，甚至我的威信，何苦呢？……”他从背后抱住她，亲热地吻着她的秀发，显得极其真诚。

“我们走吧，离开这儿……”

“到哪儿去呢？……”

李娜没再说什么，她坐在篝火旁呆呆地望着悠然远去的江水。

马宝才走后，李娜下意识地朝江堤上望去，她像是在等待什么，但很快就有一种绝望的情绪攫取了她的心，因为堤坝上空无一人。

傍晚，从江堤上走来一位女护士，她走到帐篷前，李娜见了她不知为什么突然心跳剧烈起来。

女护士将一个打拳击的丑娃娃递给李娜。

“他让我把这个给你。”女护士说。

“他怎么没来？”李娜急切地问。

“他不能来了……”

“那他为什么送我这个？”

“怎么对你说呢？ 他要走了……”

“去哪儿？”

“怎么对你说呢？”女护士看了一下手表，决定坐一会儿。“…… 他是在一次制止井喷中身体出的问题。听他们领导和同伴说，当时，油气冲上几十米高空，十几位当班的同伴就在周围，如果不马上抢关防喷闸门，井场随时都会大爆炸，那样一切就都完了，井毁人亡。…… 他是钻井队队长，还能想什么呢？ 他冲上去，钻到泥浆喷射的井口底下，把防喷闸门关住了……”女护士的眼里闪着泪光，她低下头。“…… 别人把他从泥浆里扒出来，送到医院…… 医生说，油气泥浆渗透到他的血液里、肺里，穿透了他的胸膛…… 在医疗上已经没有什么办法了，他快死了……”

她使劲地把丑娃娃抱在怀里，泪水从眼角滚落到两腮，她很想能见到他，对他说些宽慰的话，并请他原谅昨天的失礼，但她却一句话也说不出来。

女护士掏出一封短信递给李娜。

“这是他让我转给你的信。再见！”

女护士说完，快步离开了。

李娜慢慢地展开了那封短信。只见上面写了短短的话：请原谅，那天我偷看了你的腿，不是无意的，而是想看……

李娜转身回到帐篷里，她开始收拾自己的东西，决定离开这儿，尽管她还没想好该去哪儿。

这时，一辆救护车从江堤上驶过，那里面伸出只手，不知朝松花江还是朝那美貌的女子摆了摆……

等待足球

我想，足球是什么？足球就像男人，它该软的时候就得褪烬虚火，放松下来；该硬的时候就要像座山，坚如磐石；而该射门的时候就应射出全部激情和烈火！

体育是运动，而运动之王是足球。世界可以没有战争，但不能没足球！一场精彩的足球赛是力与美的较量，是生命的节日。

国际米兰的德约卡夫，一记剪式的凌空倒钩抽射，将球打入网内，创造了竞技运动最美好的生命瞬间；黑珍珠维阿从中场带球80米，越过四名防守队员，长驱直入将球怒射入网，被誉为97意大利甲级联赛最佳入球；而拜仁慕尼黑的马特乌斯，曾在一场比赛中，接到一个后点开出的角球，他在20米开外不等球落地，飞起一脚，球如流星般坠入死角，使观看这场比赛的球迷和看电视转播的亿万观众目瞪口呆。许多年以后，足球皇帝贝肯鲍尔还在赞叹说：这个球，一百年才有可能出现一次！

我在等待足球，或者说我在等待一种人的力量和崇高。

现任巴西国家体育部长的贝利，是足球运动史上最伟大的天才，全世界的人可能不知道巴西总统的名字，但没有人不知道贝利！他在二十一年的足球生涯里，共参加1366场比赛，踢进1281个球，这个记录目前还无人企及。更令人震惊的是，他改写了许多足球史上不可能出现的奇迹。有一场比赛，贝利接连晃过四五名凶狠的防守队员，起脚射门，球打在门楣上反弹下来，裁判员一声哨响判入球，对方球员一哄而上，认为此球没有入网。裁判说：当然，这个球嘛，是可以不判进的，但贝利这一连串的表演实在太精彩绝伦了！你们听听球场上的狂欢声，好了，就这样吧，别争了。还有一场比赛，由于贝利对裁判的一项判决有些争议，结果被裁判判罚下场。这时，愤怒的观众冲向场地，向裁判强烈抗议。在场地四周警察的保护下，裁判才算逃之夭夭，并新换了一名裁判。但是人们山呼海啸地要求贝利重新上场，不然就不允许比赛继续下去。为了避免流血事件，比赛当局作出了足球史上空前的一次让步，否决了第一位裁判的判决，让贝利重新上场。这个事件并不是发生在巴西主场，而是在哥伦比亚。最令人不可思议的一件事是，贝利挂靴之后，许多崇拜者因受刺激而致病。一位名叫卢瓦卡的面包师自从看了贝利的告别比赛后，因失去了心中的偶像而一蹶不振，最后瘫痪在床。1987年1月，贝利重新出现在“贝利杯”赛的赛场上时，卢瓦卡竟然一下子站立起来，奇迹般地痊愈了。医学家把这种现象称之为“神奇的贝利效应”。

贝利！贝利！世界可以不要偶像，但足球精神不能没有贝利。而后来我才知道，贝利这名字在土耳其语里是“笨蛋”的意思。他的本名叫：埃德逊·阿兰德斯·德纳斯齐缅图。在巴西，虽然种族歧视不那么严重，但在巴西包鲁那个小地方，一个踢袜袋的穷孩子，要想出人头地，成为职业球员，那还是被有钱的土耳其人看成是“笨蛋”、“傻瓜”。但贝利为了父亲的苦难、母亲的自豪、民族的尊严，他把全部苦难当财富，以超人的毅力和人所能达到的境界，成为巴西的民族英雄。

1997年，中国的喜事接连不断——香港回归，大江截流，诸如此类，可说捷报频传。而唯一的坏消息，就是中国足球冲击世界杯再度失利。从沙特放水到黑色三分钟，兵败伊尔比德，“5·19”长镜头，倾斜的球场，到这次兵败“金州”。

有人说我们的足球是输不起了，问题是我们从来就没赢过。我们总是在总结经验，说下一回会有长进，也就是无休止地等待。一般来说，童年时总是希望明天，就像农夫，今年年景不好盼来年，孩子小时盼长大。而我们的许多事情，总是支得很远、很远……十年以后，五十年以后，我们一定能成功！而50岁的人就不太指望明天，因为昨天已经过去，明天还没有到来，我们能把握的只有今天，或者说此时此刻。

现代派戏剧里，有一部名著叫《等待戈多》，它以本质的真实和形式的荒诞，描述了人类的一个普遍现象：那就是我们正处在一种空前的尴尬状态之中。大家都在等待，等到最后，谁也没来，谁也没走，什么也没发生。只有大连金州赛后的足球场上，那个小男孩从观众席上拣一面面被踩脏了的小国旗。那是整个1997年中国足球给我留下最深的一幅画面，他让我的心在颤抖、在流血……

时间是从什么时候开始的，它将在什么时候结束，对于永恒的宇宙毫无意义，而对每一个人，时间的长度就是具体的。当痛苦成为记忆，泪水也会晒干，于是我们又开始一种新的等待，等待着出现英雄和崇高。或许我们的足球太缺少男人气了，该软不软，该硬不硬，该射门的时候又缺少果断和激情。就连承担责任的勇气都没有，而是让一位女发言人出来，为中国的男足或男人定位——叫初级阶段。

我只能等待，在死亡中等待。我们太缺少信仰和崇高了，甚至缺少点宗教式的体验，因为我们的动员会和誓师会远没有卡塔尔的祷告起作用。在需要英雄的时候，没有黄继光堵枪眼；在需要承担苦难的时候，没有背起十字架的耶稣。这使我又想起伟大的足球英雄贝利。

贝利参加的第一场正式比赛是巴西包鲁市少年足球冠军赛，他代表阿美利钦阿队出场，他们获得了冠军。

赛后贝利对妈妈说："妈妈，你该去听听那些人是怎么为我叫好的，他们大叫我的名字，贝利！贝利！妈妈，我第一次拿到赏钱，有36个克鲁赛罗！"

当时的36个克鲁赛罗，对贝利一家来说是不少的钱了。它可以买6公斤大米、6公斤豆子和9公斤咖啡。可是贝利的妈妈却郑重地说："你不是单靠自己就能赢得这场比赛的，吃完晚饭后，你去把钱分给伙伴们。"

贝利拥抱了母亲说："谢谢你，妈妈。"

贝利参加的第一个职业足球队是巴西圣保罗的桑托斯队，在教练瓦德玛的带领下，他养成个习惯，就是不看电视、新闻，尤其是不看报纸的体育版，因为他不满足一条赞美的评论和一张小小的照片。贝利的父亲对他说："教练的半句话你都要听！"最后贝利认识了自己：假如地球是个足球，那他就让世界在自己脚下。在一个男人的脚下！

1970年6月在墨西哥，贝利和巴西国家队第三次获得世界杯足球赛冠军，让我震惊的不仅仅是狂欢的巴西人和墨西哥人，也不是巴西总统那红毡铺地，用接待国王的规格迎接足球英雄，而是贝利在赛后独自躲到房间里的祷告。他让我知道了除宇宙空间的博大无限以外，原来一个人的内心也可以做到无限与博大。

1970年6月21日，墨西哥的爱芝泰卡足球场有11万人，球迷们都疯了。狂欢的声浪像野火从这端烧到那端，全世界有9亿人收看收听了这场球赛的实况转播。开赛不到17分钟，巴西队首开纪录。这个球由利维连诺高球传中，越过意大利后卫，贝利如低空轰炸机般赶到，头球破网，全场一片沸腾，狂呼一个名字：“贝利！”“我们的贝利！”

最后巴西队以4：1的比分大胜意大利队。

巴西队第三次赢得世界杯，因此可以永久保留朱尔·里梅杯了！贝利是世界上有史以来唯一一位得了三次世界杯冠军的球员。

爱芝泰卡运动场里的观众潮水般从看台上一拥而下，完全没有把看守球场的警察放在眼里，如同恶狼一样向巴西队的球员扑来，不到几分钟，除了一条内裤之外，贝利的衣服被抢夺一光。如果哪个球迷撕下的布块稍大点，那还要拥上一群人抢夺，哪怕留下贝利身上的一条布丝也好。贝利只穿着一条短裤在警察的护送下，跑回了更衣室。然而，疯狂的记者们冲进了浴室，即使贝利在淋浴他们也毫不在乎，那一时刻简直是天下大乱！

这一日的时间似乎特别长，狂欢的人们无法停止下来。巴西队的队员们终于挤上了回宾馆的汽车，但车子淹没在人海之中，每一个人都想亲吻他们，哪怕抚摸他们一下也好。

在人们狂欢的长夜中，贝利悄悄地回到宾馆里自己的房间，他开始默默地祷告：“感谢天主让巴西队的队员没有受伤，也感谢天主没有让对方的球员受伤。请天主保佑所有参加比赛的朋友在归途中，一路平安！”

世界可以不要偶像，但不能没有英雄；

中国可以没有贝利，但不能没有贝利精神！

我依然在等待，在我活着的时候……

1998年1月于大庆家中

普通党员

在这个叫做人世的地方，我有时会感到一生很长；有时又会感到很短暂，甚至觉得只有几天，只做了几件事，只记住了几个人……

1964年初冬，我刚来油田的时候，被分到南二矿的采油44队，在那里我认识了一位普通的共产党员——他叫黄长路。

我第一次见到他的时候，就产生了这样一种疑问——他年轻过吗？他很瘦、很黑，说话声音也很尖，分不清他是安徽人还是江西人？听别人说他当过兵，是部队转业的一名普通党员。

那时候采油二厂刚组建，石油大会战的劳动强度，几乎超出了人的承受能力。各项工作没有仔细分工，哨子一响有活就干，不分白天黑夜。累得年轻人连衣服都不脱，倒在大通铺上就睡。当时给我印象最深的是——老黄总是在深夜拎着掌鞋的钉拐子，默默地走进宿舍里，轻轻地把我们脚上穿破了的大头鞋收起来，然后拎到材料库的小门斗里叮叮当当地掌起鞋来。同志们轻声说：老黄不愧是个党员。

后来老黄当了材料库的保管员，他管一屋子的新工服、新工鞋，而自己却都穿旧的。那时粮食定量，他总是把饭票细粮省下来，给我们这些营养不良的年轻人。而当我们感谢他的时候，他总是笑笑说：我是个党员。

1967年3月，我们队第一次奖励了五个涨工资的名额。在开评选会的时候，大家一致推举他享受这个涨工资的名额，而老黄又是笑笑说：把这个指标给同志们吧，我是个党员。

1979年11月，油田竣工了第一批住宅楼，由于楼房少，要的人多，大家争论得很激烈，后来房管部门拿出了分楼房的办法，论工龄、论资历、论贡献大小打分，我们队的老黄自然排在前面。可是当房管人员把钥匙交到他手里的时候，他却笑笑说：把这户楼房分给最困难的同志吧，因为我是个党员。

1983年5月，南二区五丙二十八井作业时，拖拉机压裂了油管线引起爆炸起火，喷射的油气很快蔓延到井口，如果不及时抢关闸门，那将给油田造成重大损失。这时在人群中老黄第一个站出来，他大声说："我去关掉总闸门，保证完成任务…… 因为我是党员！"

老黄冲进了火海，他冒着生命危险抢关了总闸门。大火扑灭了，油井保住了，老黄却重度烧伤…… 当我们去看他的时候，他还是笑笑说：谁让咱是共产党员呢！

几年后我也写了申请书，要求加入中国共产党，并把这个夙愿写信告诉了我当矿工的父亲。父亲回信说："你想好了吗？共产党人可是吃苦在前，享受在后啊……"

再后来，我离开了那个采油队，调到文化部门工作。许多年过去了，可我却常常想起老黄，想起那些和老黄一样工作在基层的普通党员。尤其是看到有些党员干部贪污受贿，为自己修建豪宅甚至是包养情妇，我就更加思念老黄师傅，思念和他一样的基层党员，而那思念常常让我彻夜失眠……

老黄还在吗？他还活着吗？也许他已经走了…… 但无论如何我都不会忘记…… 有这样一个普通的共产党员！

2001 年 6 月 6 日

土　屋

在现代化住宅楼群的夹空儿里，斜插着一间小土屋。看上去极不协调，仿佛像穿着西服的人拖一双破草鞋，有伤于大雅，有损于市容。不仅如此，这种强烈的对比，使漫步在这座初具现代化规模城市里的人禁不住有一点悲凉之感。还好，这间土屋里住着的，只是一位快要过世的孤苦伶仃的老人。

老人姓马，眼神不好，老像睡不醒，无论冬夏眼睛总像减价处理的烂杏儿。因此，人们都叫他马瞎子。老马头年轻的时候没娶上妻子，半路搭伙的老伴又因他在运动中有敌特之嫌而逃之夭夭。没儿没女，自然连孙子孙女也就耽误了。前些年，人们还可以看见这位孤寡老人拄着拐杖趔趔趄趄、蹒蹒跚跚地到处瞎转乱走，可是这两年却看不到他了。有人说他病重了，眼睛看不见了；可也有人说，他像出生的婴儿刚学会看东西那样，守着他那笔数目可观的财产；说得活灵活现的还是卖冰棍儿的女人李大嘴，她常挤眉弄眼地对邻居们说："马瞎子，哼！你别看他眼神不济，可一见钱眼就开了！"她放下冰棍箱子，手伸进钱袋，"他常半夜起来数钱，累得捯气儿、吐血！"尽管李大嘴这样煞有介事地述说，可邻居们还是半信半疑，因为小屋里谁也没去过。只是每天夜晚人们才从那纸糊的小窗户里，看到一点昏黄黯淡的亮光，这就更增加了这间小土屋的神秘感和传奇色彩。

前些时候，民政部门的领导带着慰问品几次来动员老人进养老院，而且明确提出这间土屋影响市容，要推掉。可是老人一听这话就死死地抓着身下的破被破褥子，吭哧瘪肚地说："谢、谢政府，我、是是快、快要死的人了……就、就让我在这儿凑、凑合几天吧……"

早年闯关东的人常说："跑腿的行李，大姑娘的腰。"这都是碰不得的。人们逐渐相信了李大嘴的话，认为马瞎子确实有丢不开的东西，甚至是金银财宝。邻居们这样怀疑是有些道理的。因为马瞎子在年轻力壮的时候，在满洲里一带的乎毛河淘过金，冻掉过半口牙；放过山，磨掉过脚趾盖儿。

后来当过胡子，做过宪兵……自然年轻时候也嫖过娘们儿，进过赌场。至于马瞎子到底有多少金银财宝，众说不一。

人到了晚年，加之重病卧床，对于生死似乎不那么看重，而最可怕的是孤独。孤独可以改变人的性情；孤独可以使人对生活失去勇气。可是善良的人们，常常把施舍送给那些不会招来非议的过路乞丐，却不愿意接近这位据说有很多金钱的老人。是怕人说长论短，指为图谋私利。

在这间土屋斜对过的楼房里住着一家人，男的是烧茶炉的。他平时少语寡言，别人习惯叫他王老蔫。王老蔫干烧茶炉这一行，并不是因为他年岁大，而是"文革"时由于一次闹肚子，撕大字报擦屁股给人发现了，被棍棒教训了一顿，至今留下了永久的纪念——脑震荡后遗症，在别人看来他近乎于缺心眼。就是这样一个缺心眼的人，最近成了所有邻居们的议论中心。有不少人开始对王老蔫有新的认识，说他不但精明而且很有远见，不久将要发一笔大财。因为王老蔫担负起了那位丧失生活能力老人的全部护理工作。邻居们开始用另一种眼光看待王老蔫了，那目光是鄙夷的、轻蔑的、不怀好意的。可也有不少人这样说："老马头有没有钱，咱们先不管。王老蔫主动担负起他的生活是对的。"还有人这样说："王老蔫老婆是乡下户口，没工作，又有两个孩子，生活那么紧，还欠着李大嘴的债。侍候老马头端屎端尿、送水送饭也不容易。老马头一病就是好几年，现在也说不太清哪天才能断气儿，就是亲儿子也熬不起。"

四年了，王老蔫总是偷偷地照顾老马头。尽管他缺心眼，也还是怕别人说三道四。只是近几个月老人病重了，肝癌晚期腹水，浑身疼痛难忍，常常呻吟不止，生命到了最后时刻，王老蔫才终于撕开面皮，公开服侍老人了。他除去每天上班烧茶炉外，剩下就是请医送药，为老人做口可心的饭食。

小土屋除去一张老式的木床，还有一个没上锁的木箱。箱子里放着许多年前发了黄的几封信，还有一张老人与一个远方侄儿的合影。地上放着便盆，床头上摆着残剩的食品。尽管王老蔫每天用心收拾打扫，可这间土屋里的气味还是令人窒息。老人身上长了褥疮，大小便失禁，常常蹭得到处都是。王老蔫就一点一点地擦洗。有时老人神志似乎清醒了一阵，老泪纵横地抓住王老蔫的手，下意识地拍拍他身子下的破褥子，嘴里含糊不清地说:“这……这……”好像是告诉他这里有东西。

这天早晨，王老蔫的家里发生了一件事儿。孩子哭，老婆叫，弄得四邻不安。准备上早班的邻居们，挤在一楼的过道里偷听着。

“钱呢？啊？哑巴！……”王老蔫问。

“呜……呜……”这是王老蔫小女儿的哭声。

“孩子够苦的了，拿了你五毛钱买根冰棍，值得你发这么大的火。”王老蔫的女人嘟哝着。

“滚！没你说话的！”

“我走！这个家的日子没法过，你一个月的工资不见影，床下的几个零钱孩子抠出来买根冰棍吃，你差点把我们娘儿们吃了！我走……”

“走吧！把孩子带上……”

“爸爸，别叫妈走，我再也不吃冰棍了……”

暂短的停顿伴着哭声，不多一会儿从屋里传来一阵极微弱的数硬币的声音:“三毛五,四毛，四毛五,五毛……这钱，别哭了，下个月开支，爸给你两角钱买个大冰糕吃。啊，这钱，我……”

楼道里的邻居们默默地散去，人们不清楚到底是为什么。像王老蔫这样一个为五毛钱跟老婆孩子大吵大闹的人，怎么能发如此善心去平白无故地照顾一个快要死去的老人呢？不，这不合逻辑。卖冰棍的女人李大嘴挤过楼道时，故意朝着房间大声地说:“别哭穷了！演那苦肉计给谁看？”她停了一下，“俗话说嘛，杀人偿命，欠债还钱。借人家钱半年多不还，还想该黄了？哼！”显然，李大嘴是弦外有音的，因为王老蔫年初时向她借了二十元钱。

这天中午，王老蔫满头大汗地从街上跑回来，他手捧着一片薄薄的西瓜，一下子闯进了老马头的小土屋，进门就嚷着:“弄来了！弄来了！吃吧，吃几口，这西瓜还是从你们老家南方运来的……”

人到快死的时候，能吃上他想吃的东西，这是一种极大的安慰。老马头在看见西瓜的一瞬间，那双人们不相信还是活人的眼睛，微微地亮了一下。王老蔫笑了，微笑中带点悲哀。然而，他没有说话，他没有说为凑买西瓜的钱打了孩子；没有说为弄点西瓜跑了多少水果店；也没有说这西瓜在北方的春天里是多么昂贵，售货员拿刀的手不知怎样切这几毛钱的西瓜；更没有说买西瓜时，身旁的人是怎样嘲笑和议论他。他什么也没有说，他只想到：老马头这会儿最想吃的就是他家乡产的西瓜。

这天傍晚，春的气息十分醉人，空气潮乎乎的，温柔的风轻轻地抚摸着劳累了一天的人们。李大嘴背着空冰棍箱子，扭扭搭搭地走回来，看来她今天的买卖很如意。她见楼前坐了不少领导，又嘲弄地看了一眼端着面汤走进土屋的王老蔫，议论的话题又涌上了她爱说的大嘴。

“看！面汤。伙食下降了……”她诡秘地看了看四周，接着说：“你知道这是为啥？哈！今天中午王老蔫高兴坏了，他从马瞎子屋里出来，怀里揣了鼓鼓的一堆东西。八成全是大白边，少说也有几千元！钱到手了……”

“人得凭良心，王老蔫要是钱到手了，就把老马头扔下不管，我非揍他不可！”一个小青年愤愤地说。这时王老蔫从土屋里端着一碗面汤，低着头默默地走出来，他想说什么，但终于没有开口。这时李大嘴又嚷着：“老蔫，你得请客呀，人别太贪了！”王老蔫扭过来望了她一眼，轻轻地说：“李大嫂，我欠你的钱，下月开支还……”“还用下月开支呀！回头我就得巴结你了……”李大嘴说完咯咯地笑起来。

死亡已经逼近了土屋里的这位老人。从王老蔫端回面汤的时候起，老马头已经滴水不进了。就在这时，老马头的一个远方侄儿，突然地像外星球来人似的降临了。来到之后痛哭一场，把老马头的破被子破褥子更换一新，待了两天，说由于他所在机关工作太忙，正搞经济改革，准备立刻动身返回。临走时他在楼前含着泪水对邻居们说：“阿叔病重，我公务繁忙，不能尽孝，拜托大家关照。王师傅为我阿叔吃了不少苦头，我万分感激。待他死后，全部家产和房屋就都归他一家吧！”王老蔫要说什么，但他终于没开口。等邻居散后，他才拽住老马头的远房侄儿。

“你，你要走了……”

“走，工作实在脱不开身。”

“老人死的时候，要不要再给你打电报了？”

“不，不用再发去电报了。就求你代劳吧。”

老马头死了。就在他远方侄儿给他换好新被褥离去的第二天死了。6月的天气已经热得像下火，为了尸体不腐烂，王老蔫立刻动手主办了全部丧事。他叫儿女们戴了全孝，自己默默地守了一夜灵，第二天租了汽车，买了花圈，一起送到了火葬场。晚上回来，他买了酒菜，请帮忙的邻居来吃，在饭桌上没人提起老马头到底留下多少财产的事，王老蔫也没做任何解释，人们就这样默默地用了一顿晚餐。

不久，王老蔫把妻子和孩子送到了乡下，送到他岳父母那儿去了。他除了每天上班烧茶炉以外，还去做一些帮工。随着时间的流逝，人们也很少再提起老马头留下多少财产的事。卖冰棍的女人出出进进，也不像以前那么多嘴多舌了。有一天晚上，她轻轻地敲开王蔫家的门，说了一句话："那二十元钱，就算了吧……"

事情过去了，像老马头死去一样，这个世界还是热热闹闹，看不出多谁少谁。偶尔还能听到邻居们提起旧话："老马头到底有没有钱？"

"无利不起早，没钱他能伺候那老头？……"

土屋早就不在了，老马头死后不几天来了一台推土机，不到半小时就推得像这里从来没有过房屋一样。只有王老蔫在傍晚常常坐在楼前的小木凳上，怔怔地望着那片空地：他想起了父亲，临死的时候身旁没有一个人……

亮亮的白光

包括对他有意见的人都来看他了。他觉得自己完了，像一件什么事情快要结束了。

窗外，一片浓重的晨雾，空间的各种实体，都变得模糊不清了。

他想起昨天晚上，那些即将上任的工程处领导班子成员在他的房子里，都像患了精力过盛症似的，连坐着都不老实，说话时还一翘一翘的，好像地球烫脚、烧屁股……个个都显得那么宽怀大度，说了一大堆让人听了不舒服的恭维话。什么，老一辈是财富啦，要学习老同志的革命精神啦，传统啦……屁！别打一巴掌还给几个甜枣儿吃，都不是孩子了。

这一整天他都闷在房间里走来走去。

松市工程处的党委书记纪鹏宇这样想着，一下子苍老了许多。

夜里，他躺在床上彻底地失眠了。不知怎么的，他好像从一个黑暗的深渊里浮起来，在绝望中用软弱无力的双手拼尽最后一点力气，划开浓浊沉滞的水，钻出头来，第一次从那讨好声的包围中，从那马拉松的长跑运动中停顿下来，有时间细细地想想自己，想想自己的一生……让思维的过滤器筛选一下过去了的事情。

没有星光的黑夜，树也是静止的。纪鹏宇却觉得一切都在动，四周都是亮亮的白光和旋转的风。他好像总生活在白日里，已经停不下来了。

他恨自己失去了许多次到大学里深造的机会，一直以自己是军人出身的干部为骄傲，那些年党也这么说。可是现在突然讲起文凭来了，好多重要的岗位都要充实知识分子，年龄是本钱，文凭是金牌，要是戴过“右派”帽子那利息就更大了。搞技术的来当干部，没有文凭的也都套了职称，而且还到这个班那个班、这个大那个大的搞了花花绿绿的文凭。纪鹏宇感到委屈，政治工作苦干了这么多年给个什么职称呢？政工技术员？政工技师？唉，弄得革命一生，有职务而没专业。填表职务是干部，专业没有，反正到哪儿也是干部，归组织部管理，归党调动。

纪鹏宇虚岁60了，身体并不坏。尽管秃顶的人失去头发，不再会被收回来。可他在那些年月里是个大忙人，整天许多人议论他，大事小情喊他的名字，搞运动，抓典型，工人阶级领导一切，高唱跃进歌，心似一团火！工地上的沙石、水泥、钢筋、脚手架……搞生产也要请示他，都要他批准才能调动……一切都要他指挥，可真忙啊！连生病的权利也没有，工程处离开他就不转了。一个人的价值不就是别人的需要吗？“这事儿，要请示纪书记！”“这事儿，要纪书记定。”这声音犹如美妙的音乐，人前背后塞满了耳朵。有一位大学毕业的女技术员，长得漂亮，档案里记着男女作风问题，多少次夜晚她找他倾诉衷肠，还有多少次……纪鹏宇几十年如一日忠诚于革命事业，心中唯独没有他自己。可这会儿，他总觉得缺点什么，是什么呢？不知道，反正他没干一次破格的事儿，任何本能的冲动他都克制了。他准确地接受指令，坚定不移地以上级允许的方式执行，仅仅以允许的方式而已。他尽力克制自己不要感情用事，他教育别人也不要感情用事。人可以没有感情，但不能丧失原则。他有一句常用的警句：“你别激动！”全工程处的人常用这句话：“你别激动！”有一次仓库起火，报告的人急得说不出话，他叫那人坐下，又倒了杯水，说：“你别激动。”后来人们把这当成笑话，不管婚丧嫁娶，生老病死，天灾人祸，都用这句“你别激动”。这话着实没毛病，用在哪儿也合适，反正大家都别激动。激动也没有用。

不过，最近纪鹏宇确实地又激动起来了。前不久，局里的任命没有他，调研员的顾问的堆儿里也没有他的名字。上级领导找他谈话，说是待分配，等。还劝他“你别激动”，不知这话是说给谁听的。

纪鹏宇年轻的时候是个极富于情感的人，激动的时候落泪，烦躁的时候大嗓。后来不知是麻木了，还是官当时间久了变得成熟了，他不落泪，也不发怒，总是那么心平气和的。这次的激动和不安情绪他自己也说不清为什么。

说是等。等就等吧。纪鹏宇有一种莫名其妙的心理，他不认为自己是拼得筋疲力尽地退下来了，他觉得自己是在等，像许多人一样都是在等。等什么呢？不知道，反正是在等。前些年等文化大革命结束，后来又等“四人帮”垮台，再后来又等三年大见成效。而今又在等，谁也说不清在等什么，总之是在等。等好希望，等明天……都睁大了眼睛在等。小儿子说是在等待戈多（他不知戈多是谁），大儿子说等就是惰性（他也不知惰性指什么）。有时纪鹏宇想，要是来一场运动也许会振奋一下精神……他不敢想下去，因为上面说不搞运动了，有的叫活动。他常常苦恼，人学奸了，世俗了，不听话了……五八年大跃进，六六年文化大革命，上边一句话，下面千军万马。现在花钱雇红卫兵去武斗，大凡也没有孩子去做了。现在不知搞些什么，也不那么紧张，说是改革，感到饭碗不稳，现在又稳下来了，走一步看一步，小步前进，务求必胜。纪鹏宇望着窗外，他惶惑地感到自己在下沉，对一切都那么陌生而恐怖。窗外的天，怎么会是这个颜色！

他近来常常重复一个梦，尤其是这几日，那梦老是不断地出现，起初他无法理解，如果这梦预示着什么的话。

那年他16岁，在北方的穷山村里放牛，整天光着脚丫，身上穿着打满补丁的褂子。天刚冷的时候，他把双脚插进热粪里，嘴里嚼着又酸又硬的山梨。在充满阳光的高坡上，有片柔软的草地，他喜欢把牛儿放在那坡下，自己躺在枯黄的草地上，像倒过来看世界。望蓝汪汪似海的秋空，看白净净似浪的云朵，那阳光亮亮的，亮亮的……

有人说，梦里是不会见到阳光的。可纪鹏宇总是梦见那亮亮的白光。有时他感到可怕，夜里做梦醒来，周围亮得很。更恐怖的是，有时从梦见阳光的地方醒来，周围反倒是一片暗夜。白天、夜晚，他常常混乱，有时需要使劲儿镇静自己才能辨认清楚是日还是夜。有一次他醒来，其实还是在梦中，他觉得他死了，因为周围那么亮，他使劲地镇静自己，可四周还是暗不下来，于是他感到自己进入了另一个世界。这个世界并不痛苦，只是落寞得令人无法忍受。

16岁参军。纪鹏宇竟然想到这个16岁。他准备到派出所户籍科去，要改动一下自己的年龄。当初，为了革命、打天下，自己是虚报了两岁才参的军。“怎么现在革命胜利了，要用年龄来卡我退休呢？当时，怎么没因为我年岁小就不让我上前线呢？腿上子弹打的洞伤疤还在，那里长出了思想，我成熟了，当上了党委书记。”

纪鹏宇极力地想着。他觉得党和人民已经不再看得起他了，人虽然活着，生命却意味着结束了，活受罪……纪鹏宇想哭。前些年，他在大会小会上拍着胸脯儿讲："查查，我老纪祖辈三代放牛，后来参军打仗……"现在比这更光彩的是，"某某毕业于什么大学，某某年被打成右派。"在办公室里，找他的人越来越少了，直到自己成了多余的人。那个有男女作风问题的女大学生居然成了总工程师，在办公室里穿着裙子，露着雪白的大腿晃来晃去。纪鹏宇感到这是一次残酷的报复，是一次彻头彻尾的翻案。

他透过窗子呆呆地望去，到处都极不协调。道路挖开了，说要加宽；房屋推倒了，要用那场地筑新楼。小学生走路看书，农民赶车进城。一切都乱糟糟的，整个城市都被破坏了。刚刚获得的平静，这么快就打碎了……

早晨，上班的时候，是挤交通车的高峰。纪鹏宇有点失态，车一停下，他就随着人流拥向车门。他平时坐小车，没有挤交通车的经验，几次都被抛出来，但他还是拼命地向前挤，他觉得不能落在后头。落下了，就得等下一班车，下一班是什么时候，不知道……上车，上不去车就办不成事儿，要在户籍科里第一位解决关于那虚报的两岁年龄问题。

纪鹏宇气喘吁吁，大汗津津，在一堆肉体相撞的人群中挤上车去。还不错，他竟然在最后的一排席位里占到一个座位，可后上来的人很快地包围了他。一个妇女抱着个穿开裆裤的娃娃站在他对面，那两瓣白嫩的小屁股蛋儿，在纪鹏宇的脸上蹭来蹭去。他想躲开，可是不行。左边是个青年拎着录音机，紧顶着他的腰眼。右边是一个赶火车的外包工拎着个大行李，压着他的半边身子。抱娃娃的女人，一手举着奶瓶子喊叫着。他想站起来给那妇女让座，可站不起来，连动都动不得一下。那妇女用嘴叼着奶瓶子，换出一只手来支撑着后排座上的扶手，猫着腰，撅着屁股，顶住后面拥挤的人群。位置差，使小孩子的屁股与纪鹏宇的脸贴得更亲密了。

他感到一种气味，想不出这是什么味儿，这使纪鹏宇感到刺激。他想起自己的两个儿子，小个儿，妻子抱着，他的儿子在小胖腿间掏鸡儿吃。儿子都大了，娶媳妇的，上大学的，在一起的时候多半是沉默，比吵架更令人不能忍受。小儿子嘴臭，说话带刺儿，一次从外边回来自语着："过去交通车见站不停，这会儿承包了，有多少装多少！拉土豆还怕蹭破皮儿，何况人乎！"

汽车跳着行进。纪鹏宇想这娃是男孩子还是女孩，猛然地发现在孩子的屁股蛋儿下是那年轻妈妈的腹部，腹部下面就是两腿中间那最明显的部分。由于拥挤不堪，那女人的腹部露出白白的一截，纪鹏宇偷看了一眼，心也随之抖动了一下。他想，这女人那地方和自己老伴的一样吗？可当他发现自己的大腿正夹在那妇女两腿中间的时候，他慌了！有一种犯罪的感觉攫住了他的心。好多年前，他处理过一个流氓事件。他们工程处的一个工人在交通车上耍流氓，说把生殖器顶在女人的臀部，被执勤民兵抓住打得哭爹喊娘。后来经他亲手批准开除公职，遣送回乡。事隔不久，他听说那工人从未竣工的十层楼上跳下来自杀了。衣袋里掖了一张纸条，上写：“我不是流氓，是人多……”

客车在一个临时站停下，只开一个门儿，本来文明的男人和女人们一下子失去了界限……

纪鹏宇想起小儿子的话，这交通车上怎么会有这样多的人？那年工程处职工会餐，冷冻车拉来的冻肉条子就是现在这样的密度。这些人都去干什么？有多少事情去做？纪鹏宇想不出来，他觉得离开办公室世界上的一切事情他都不可理解。

两岁，七百三十天……纪鹏宇不能动的手，指尖凭感觉在掐算着。

上次在市里开会，客运公司党委书记不是说到这个城市的交通设施比解放前增加了三倍吗？眼前，那个瘦瘦的乘务员姑娘，在没有缝隙的群体中挤来挤去收票钱，那汗水沾了乘客一身，大家都骂她服务态度不好，可她挣多少钱？纪鹏宇呼吸困难，血压升高，他有点坚持不下去了。此刻他忘记了修改年龄的问题，只想怎么能把气儿从呼吸道里喘出来。他喊叫停车。

马路牙子上坐着两个小青年，不时地看一眼过往的行人。像是没考上高中的学生。

“走吧。”男的说。

“不去。”女的回答。

“上自由市场？”

“没意思。”

“看录像？”

“你去吧。”

"要不找个地方跳舞？"

"更没意思。"

有一群人挤在一起朝里看，大家谁也不知道里面发生了什么，反正都伸长了脖子踮起脚儿往里瞅，两只眼睛瞪得好大。那男孩喊了一声："快去看！"两个人便跑了去，希望看到奇迹。纪鹏宇愣愣地瞅着这对小青年好一会儿，他不能证实这些行动说明什么。本来他是搞政治工作研究人的，可这会儿他对人却有一种迷蒙和惶惑的感觉。

纪鹏宇快走到家的时候，又看见工程处的几位退休老工人，围在楼角的荫凉处聊天。他听见了几个字儿："共产党……"等他走近了就都不说了。纪鹏宇尴尬地站了一会儿，苦涩地说："你们聊，你们聊。"他的心一阵酸痛，这些从前熟悉的人离他似乎远了，总像背着他在议论什么。

回到家里，他看到屋子里的摆设都原样，就连花盆旁的一小片枯叶也是原封不动的，几个房间里静悄悄的没有一点声息。纪鹏宇不知该做些什么，他靠在沙发上微闭着双眼，就那样呆了足足有十几分钟。楼下一有汽车响，他就下意识地跑出去看，是不是来接他的，可总是失望。桌上的电话铃响起，他也同样猛扑过去抓紧在手，希望上级或是办公室找他，可这电话常常是错拨了号码的人打来的。多半是找计划生育指导站的，因为这个单位的电话是33503，他的电话是33053。而那些妇女总是纠缠着说他不负责任，还大叫什么环的……

纪鹏宇突然感到很惊讶，他批阅文件的写字台，怎么这样乱呢？看上去极不顺眼，那文件、材料、旧笔记本、铅笔杆、坏铅笔、请柬、牛皮纸信封、明信片、曲别针……这些从前忙乱时一件一件地堆积起来的。他想，这是他一生堆积起来的，需要进行整理。因为这些乱七八糟的东西塞满了他的记忆，使他看了就不舒服。

纪鹏宇在地板上铺了一张报纸，小心翼翼地把每个抽屉里的文件、讲话稿和学习材料都倒在报纸上。把所有有用的挑出来，其余的就准备包起来扔掉。但不知为什么，在他挑选有用的材料时，太阳穴的血管猛烈地怦怦跳着，他立刻感到心跳猛地加快了。他手里拿着的那些讲话稿，他似乎从未见过，这奇怪而又荒唐的标题使纪鹏宇的双手发抖。他想不明白，这些颠三倒四的讲话，是从他嘴里出去的吗？这就是他这些年对工人的号召吗？要是把这些话连在一起，把短暂的停顿去掉，这不纯粹是一个精神病的疯话吗？《保卫文化大革命胜利成果，促进工程建设》、《批判三自一包，防止资本主义复辟》、《反击右倾翻案风，抓好工程质量》、《彻底否定文化大革命，加快四化建设》、《搞好经济承包，加快改革步伐》、《党员要带头富起来》、《纠正党内不正之风》、《调动工人积极性，奖金上不封顶》、《禁止滥发奖金，不要向钱看》、《提高生活质量，改变消费结构》、《发扬艰苦奋斗精神，保持优良传统》，纪鹏宇手里拿着这些新的旧的讲话稿，心里紧缩成一团，他害怕别人看到，即刻跑去把门锁死。纪鹏宇不相信这些话是从他一个人嘴里出来的，可眼前的事实使他不能不承认，这就是他的历史。纪鹏宇当党委书记十几年，就是按阶段讲了这些话，而且每次都是那么虔诚，那么认真，好像每一次都是正确的。他想到这些，一下子感到自己的可怜与可笑。去年一位工人说："纪书记，你在说第三句话时就把第一句忘了。"他认为这是恶毒的诽谤，暗中报复了他，使这位工人光长胡子不长钱，老婆闹了离婚。

纪鹏宇瘫软地坐在地板上，他从来没有像此刻这样疲劳，这样乏力，一汪老泪溢出眼窝儿。他就像一个人从噩梦中醒来出了一身冷汗，四肢发软，神志不清，不知该怎么办才好。他做了什么？哪些是有价值的？那些稿子从纪鹏宇的手里散落下来，像一张张给死人烧的纸钱……纪鹏宇挣扎着从地上爬起来，他把火柴盒儿都攥扁了，他想把这堆东西甚至连同房子一起烧掉，连自己在内。

阳台上透进来一丝清新的风，夹着杨树叶子淡淡的苦涩，吹进纪鹏宇的房间，他像婴儿第一次尝到母奶那样贪婪地吸吮着。停了许久，他找来垃圾桶把所有的稿子、材料连同他的记忆一起烧掉了。然而，头脑还是停不下来，他又想起上大学的小儿子跟他的那次不愉快的谈话。小儿子从学校给他写了这样一段话："没有回忆的人，不过是一具尸首。这么多的人在我面前走过去了，他们记得的仅仅是官方许可他们记得的事件——而且仅仅以官方许可的方式。"说这是一个什么大师说的，叫肖斯塔科维奇。"畜生！"当时纪鹏宇气得骂了一句。而这会儿，纪鹏宇像一个麻木了的失去电源的机器人，呆望着那灰烬，似乎在搜索着自己的生命的残骸。

他，又彻夜失眠了。恍惚中，他又梦见那亮亮的白光，在一片白色的沙漠里，太阳永远不落地照射着那滚烫的沙海。他极力地躲避着白光，寻找着暗夜，渴望着水源，最后在一棵大树下碰到一个老人，那老人告诉他："临死时栽一棵树也不算晚，自己尝不到果实还有子孙……"

睡觉！纪鹏宇命令自己，想让头脑变成空白，可是不行，一些混杂的东西立刻又包围了他。两岁，就是两年，要让人意识到自己的存在。两年，七百三十天，用自己的头脑而不是用脚，也会创造许多奇迹！他决心明天挤第一班车再去派出所修改那两岁由于革命而虚报的年龄。

夜深了，远处老式的有轨电车的摩接器闪过一道道弧蓝色的光，整个世界都静了下来。纪鹏宇躺在床上，内心平静了许多，他觉得他从空中落下来，躺在一片软柔的草地上，有了人的知觉。他困了，想睡，迷蒙中他又遇见沙漠里的那位老人。老人约他钓鱼、下棋、吃酒，并在沙漠里种了草和树，又埋进了许多蚯蚓。那蚯蚓爬得到处都是，钻进了他的血管，痒得他大叫起来。纪鹏宇突然感到好笑，去争什么，用那两岁去跟一个38岁的党的知识分子去争那两岁？在人前，在拥挤的交通车上。他放弃了，不知怎么，他浑身一阵轻松，头脑也很兴奋，甚至想吸烟，想到外边走走……

夜悄悄的，有点凉，他披了披衣服，漫步在婆娑的树影下。他好像第一次觉得世界这么美，尤其是这黑暗的夜晚，更是令人心旷神怡而富于沉思。他不敢想，如果太阳不落，世界没有夜晚，永远是白天，永远是亮亮的白光，那这世界该是怎样的惨白呀！该是令人怎样的烦躁和不安哩。

一年以后，在一条长达800米的工人住宅的街道上，起早跑步锻炼身体的人们，发现了一个扫街的老人。起初，人们无法理解那老人总是用破帽子遮住自己的眼睛和目光。后来，人们终于看到那老人脱去自己的破帽子，露出熟悉的眼睛和微笑的目光。

人们感到他的存在，并在经过他身边的时候，用朝霞染亮的目光投去深深的敬意。

昨天，是面镜子

省医大附属医院肿瘤科主治医师乔梦，是应北方石油管理局的特别邀请，去为一名病人作最后的确诊。同时还有她的老师林启开教授和她的丈夫。

冬晨，天色灰蒙蒙的，能见度极差，北方乡土小景都沉浸在一片朦胧之中。乔梦斜靠在挂满霜花的车窗边，不知为什么她心里有一种奇妙的感觉，这感觉使她越来越不安宁，呼吸也觉得缺氧。她似乎觉得是在重复从前的一个梦，或是这种梦在她的生活中出现过，或是将会有这样的梦出现。总之，那奇妙的感觉和不安的心，在行进的列车上颠簸……

乔梦的丈夫姓杜，是省某烟酒公司的业务室主任。老杜这次是到油田洽谈生意而陪同夫人一道前往的。他有着一副极好的胃口，过早发福的肚子已经影响了他脚下的视线，肥胖的身体为公共设施的座位提出新的课题，啤酒加工业也要大大的发展，因为他每顿饭没有几瓶啤酒是吃不下的。因而他的同行们常开玩笑说："老杜喘气儿都带酒糟味！"对这些老杜是不屑一顾的，可对自己的身体状况却引起了他极大的重视，妻子提醒过他的寿命问题，胆固醇增高，心血管粥样硬化，还有……这几年老杜正以顽强的毅力加紧身体锻炼，每天早晨坚持练减肥操。妇女们练减肥操是保持青春的活力……在家的时候，老杜练完减肥操总问一声妻子："我的肚子好像小了点。"

列车转过了弯道，更快了。

老杜正在列车的洗漱间里对着镜子做减肥操，后面排了不少拿着牙具的旅客。老杜有点不好意思，他尴尬地笑了一下，说了声"对不起"，就匆匆地朝自己座位挤过去。

林教授在翻阅外文资料。乔梦靠着车窗仍在沉思中。老杜挤过来从座位下掏出啤酒，催促妻子和林教授到餐车用餐。

"走吧，餐车快开业了，得早点排队。"

"快到站了，来不及了吧？"林教授说。

“抓紧时间，吃点，喝点，我这儿带着新产试销的名牌啤酒。”

乔梦猛地回过身来，瞅了一眼丈夫，她的心微微地抖动了一下。是的，这就是她的丈夫……他们共同经营着一个温暖、舒适的家，尽管这个小家的面积不足五十几平米，但每一寸适用面积都有过精心的设计、巧妙的安排。他们在两个沙发中间立着淡绿色的落地灯，灯下摆着镶有玻璃的茶几，两边是很讲究的沙发。窗台上放着几盆名贵的花草，君子兰、马蹄莲、紫罗兰……这些花草象征着一个家庭的高雅程度和主人的艺术鉴赏能力，窗子的日照光线不好，可花儿还是静静地生长着。大衣架顶端放着塑料制成的小鹿，酒柜里摆着各种各样的优质酒，商标都保持得十分新鲜。家里的一切安排与管理，老杜要比妻子乔梦的心血花得多，他常常在家里摸摸这儿，碰碰那儿，修修花，摆摆草，他从不埋怨妻子下班回来得晚，一切都为她准备好，让她欢心……晚上为她铺好床……

列车通过了一个小站，站台上有不少农民在搬运冻甜菜，风雪扑打着他们的脸，嘴上挂满霜花，喷出一团团白气儿。

快要到站了，老杜干掉最后半杯啤酒，摆在乔梦面前的夹肉面包一点未动。她在餐车上，透过结满霜花的玻璃窗一直朝外望着，那原野，无依无托的原野，在灰蒙蒙的天空下显得特别神秘。她感到陌生，陌生使得她有些慌乱，慌乱中又出现那种奇妙的感觉，似乎在什么时候路过这里，在童年……在刚刚走向生活，在进入青春萌芽的时代……总之，好像十分遥远，但又依稀可见。

列车到站了，上下车的旅客开始忙乱起来，而乔梦却呆立在站台上，她不相信自己的眼前会出现这般壮丽奇观的景象。啊！一座沸腾的油城，到处是新型的现代化建筑。楼房高低错落，公路四通八达；一座座洁白的油井、泵站星罗棋布；远处的化工基地呈现出神话般的轮廓。从前的荒凉消失得无影无踪；往昔的贫瘠不留一点痕迹……乔梦突然有点紧张与害怕，是怕下错了车，还是怕走错了路，她不清楚……仿佛很早以前有人对她说过，这里会是这样的。可是几年前她路过这，并没有发现什么……只是今天那种预言才神话般地出现了，乔梦怔怔地想着，站台上广播找人喊她的名字她都未听见，直到老杜跑到妻子面前高兴地告诉她，外面有车接我们，乔梦才回过神来。她随着林教授和丈夫走出了站台……

当天夜里十点多钟，小轿车来接林教授和乔梦去油城第一医院高干病房参加会诊，临出招待所房间时，乔梦看了一眼丈夫，老杜心领神会道："你去吧，我保证把吃剩下的东西打扫干净！"乔梦站了一下，将围巾掖在呢子大衣领里面，匆匆地跨进汽车……

会诊开始了。院长、科主任、林启开教授和乔梦一起来到病人床边，当掀开病人的被子进行全面复查时，乔梦不由得后退了一步。她看到的这个人已经瘦得像一具骨骼标本，全身的静脉血管都是暴露的，每个骨关节显得特别肥大，一双眼睛深陷在前额下，稀疏的头发覆盖在宽阔的脑门上，显出病人大脑的发达和知识分子特有的风度。本科主任将全部检查结果和病历递给了乔梦，乔梦一眼就看到了病人的名字：

钱光达：46岁，地质师，1965年4月21日胃切除四分之一，1977年6月8日胃切除五分之二，手术后仍有轻度溃疡……

乔梦感到一阵眩晕，差一点跌倒，她第一次觉得自己是个不称职的医生。多年来由于职业的习惯，她的感情已经不那么脆弱了。然而今天，她……

整个临床复查过程中，乔梦只觉得耳边响着林院长的问话声，她一句也未听清，直到走出病房来到办公室里她的心才稍微平静了一点。

研究病人最后的确诊和治疗方案的会议开始了。石油管理局党委的张书记也前来参加会议。各种有资历的人围着沙发坐了一圈，房间里静静的，几乎连每个人的喘息声都听得见。乔梦还不完全清楚，这个油田的普通地质师，怎么会引起这样的重视。这时，石油管理局方面的张书记，要求第一个发言：

"我说点与病情无关的话，"他停了一下，"钱光达是五九年毕业于莫斯科大学地球物理系。回国后就参加了松辽盆地的石油勘探。起初他并没有引起人们的重视，可是随着油田的开发，他所论著的《非背斜油藏的构造及开发》这篇论文，越来越显出他的卓越见解，以致现在还有不可估量的价值。后来他又与油田某些技术人员指出《油田早期注水的效能》、《地层原始压力与采油速度》等建议，这些对油田长期稳产高产起到了重要作用。在油田进入现代化管理开创新局面的形势下，我们局党委已经任命他为油田副总地质师，他又与几位老总共同提出《松辽盆地的二次勘探》的新课题。这样为我们油田的命运，打开了一扇新的窗口，前景非常可观。就在这时他倒下了……”张书记从提兜里掏出一个用塑料袋装着的几块碎碎的饼干摆在桌子上。他的声音压得很低，有点沙哑，“他今年46岁，没有家庭……胃切除两次，只剩下拳头大小……医生告诉他要少吃，增加次数，他就嚼这饼干……工作着……”张书记激动起来，“想想，同志们！一个人吸收多少热量，而散发出来的又有多少，他的胃只有拳头大，可他的思想却驰突26万平方公里的松辽平原上。他设计的勘探侦察图纸，我没带来，我也带不来！那要用汽车拉……现在他负责的项目不仅仅是外围勘探，还有过渡带、断裂带、稠油带、泥岩裂缝油藏、浊积岩性油藏，对松辽盆地层的地震考查，查清基岩内幕，详查敖古拉断裂带，英台砂体前缘带和明水斜坡大构造……当然，这绝不是他一个人在干这些事，可是这样的人手本来就不够用，眼下……我这个党委书记可以在党员中选出几个、几十个……可像钱光达这样的技术骨干，让我上哪儿去找呢？啊！……”张书记眼里在闪着泪花，“我不想让他死后追认党员，什么特级劳模！我只想让他活着，哪怕再挺几年，等我们缓过手来……各位专家，求求你们了……”张书记说不下去了。

林教授摘下眼镜轻轻地拭泪，他随手拿过了各种化验单、报告书，仔细地分析着，乔梦在躲避着每一双朝她射来的目光，她似乎像一个被告坐在席上受审一样，脑子里冲腾着如梦如烟的幻觉。她不认识这个病人，病人也不认识她。然而，却不能摆脱这种不认识的心理。在病房，乔梦那双躲在口罩后面的双眼与钱光达那双深沉的目光相遇时，也完全是陌生的，没有任何一点相通的信息。此刻，乔梦在抚慰着自已，慌什么呢？为一个病人……

病情分析开始了。每个人的理论根据都是比较充分的。最后林教授综合了大家的意见，提出了自己的看法：

“癌变是溃疡病变发生质的变化，目前认为胃溃疡癌变的为百分之五，十二指肠溃疡癌变的极为罕见。从钱光达的临床诊断及各种常规化验，显示出一些癌变的可能，诸如疼痛失去原来的规律，大便的化验潜血阳性；再加上饮食减少，消瘦，疲乏无力，贫血等等，这些信号使大家提出了癌变的可能性。”

室内静极了，像爆炸前的炮弹。林启开教授推了一下眼镜，从病历袋子里掏出一张病理切片报告书，停了一下继续说："但是，我推翻了癌变的可能性。依据是，从胃透和病理切片来看，没有癌细胞的潜在活动；我认为病人是由于溃疡侵壁造成破裂，溃疡愈合不好所遗留的斑痕使胃的出口变窄，形成幽门梗阻，长期溃疡腐蚀血管引起胃出血，造成病人极度痛苦。"

院长与张书记下意识地站了起来。

林教授合上了全部病历，果断地说："为了不导致其他病变，应该立即考虑第三次胃切除手术。"

院长和张书记又下意识地坐了下来。在座的人都沉默了……

"能不能有……"张书记在恳求。

"不能。如果没有其他意见，现在应该决定由谁来担任这次手术。"林教授不容置疑地说。

坐在林教授身旁的乔梦脸色显得苍白，她像是在躲着什么，就连她自己也不清楚这种心理……

林教授望了一眼坐在身旁的乔梦，很自信地说："我来推荐一个人，希望乔梦同志负责做这次手术，她经验丰富，判断准确，动作轻捷，态度细致，这样的大型手术她做过上百例。"

大家一致同意林教授的意见。最后张书记走过来握住乔梦的手，充满希望地说："谢谢。"乔梦沉默着，内心却极不平静地翻腾着。她还能说什么呢？既然大家信任……

乔梦不知道自己怎样上的车，也不知怎样下的车，当她走回自己的房间，手表的指针已经是夜里十点多了。丈夫没有睡，他斜靠在双人床的床靠上，地下放着痰桶，头上放着湿毛巾，嘴里发出"哼唷哼唷"的声音，满屋子是酒的气味。乔梦感到一阵恶心，随手打开了房门。

"喝、喝多了一点。血压有点高……还好，没、没当众出丑……"

"我跟他们求情，说我胆固醇增高，心血管粥样硬化，他、他们还是不放我……说什么也要喝透了，还要站着进来爬着出去，搞什么国际喝法，吹喇叭……最后是他那个经理溜桌子下面去了，我还是站着出来的……"

“……”

“乔梦，上、上床吧 ……”

“你累了 ……”

“不累。我，我还是，是，精力充沛的 ……”

乔梦伸手拉灭了灯，坐在黑暗中 ……

“梦，你别担心我会犯错误。我懂！今天一举起杯，我就说‘为党风根本好转而干杯！’……”老杜坐了起来，胃里的东西有点往上撞，“现，现在搞经济承包，我是用得着的人物，批点销路好的货 …… 啊！……”

“你睡吧！”乔梦不耐烦地说。

“我是跟货物打交道，你是跟病人打交道，职业习惯告诉我们，都不能太、太认真了 …… 今天他们的总经理就有点不给情面，推脱有会，滴酒未沾 …… 使大家很扫兴 …… 他们为搞点销路好的货，给我摆了百鸡宴，我老九也给他们杀了回马枪！他们在油田，不给我搞几吨汽油，不弄几个汽罐，这买卖就别想做成。你知道上次林教授的儿子结婚，新房子里就缺汽罐。还有我们公司汽车要定量，私用一下车司机不高兴，要是搞几吨油，朋友用个车，那，那是不成问题的 ……”

乔梦的心像铅块压着一样沉重，她再也听不下去了，就故意打断丈夫的话。

“太晚了，你该睡了 ……”

乔梦坐在黑暗中，仿佛看到两个人：一个胖子正从瘦子的嘴里往外抠东西 …… 她觉得事物是那么不合理，是那么不平衡！她就这样坐在黑暗中思考着，追寻着，对比着，让自己在青年时留下的伤口里，长出思想 ……

早晨。乔梦醒来，才发现自己在沙发上睡了一夜。她站起来，感到身子特别沉，眼睑都有点浮肿，身体的每一个关节都像锈死了一样。这时房间里的电话铃响了，是林教授打来的，说院里已经决定今天上午10点钟钱光达进手术室。这消息使乔梦的心紧缩成一团，她慌乱地跑下楼，看见接她去医院的小轿车已经在大门口等候多时了。

乔梦来到院长办公室，林教授急切地说：“这个决定好像突然了点，可是病人不能再拖下去了。他的身体越来越虚弱，如果不及时手术，恐怕有生命危险。”

护士长走进来向林教授报告，血浆、氧气、手术器械都准备完毕。

乔梦嘴唇颤抖着，眼里闪着暴怒的神色，她第一次向自己的老师林教授发起火来。

“胡闹，这简直就是胡闹！这么大的手术，进行得这么仓促，我做不了！”

“你……你来干什么？仓促，难道要准备半年，那把病人送进火葬场好了！”林教授也发起火来。

乔梦感到自己刚才说的话简直是发疯了，她望着自己的老师，眼里蒙上了一层泪水，停了好一会儿，才轻轻地说：“我昨天夜里没睡好，身体疲惫，精神上……能不能……”

“你自己去和院长、张书记讲。”林教授说完扭头就走。

“等等！老师，能不能改个时间……我……”乔梦恳求着。

“这是医生说的话吗？如果我没记错，你在一夜里做过两例这样的手术！”

乔梦不再说什么了。是的，她曾在一夜里做过两例这样的手术。可是今天她也不完全清楚为什么这样胆怯，像个第一次上手术台的实习生，是因为病人是个特殊的人物，还是因为别的什么原因……乔梦感到浑身发软，脑子里嗡嗡作响，她艰难地来到更衣室，换好了衣服，开始对自己身体接触部位消毒。

10点钟病人被推进了手术室，麻醉师开始为病人进行全麻。手术室外传来走动的脚步声。乔梦脸上渗出大颗大颗的汗珠，双手抖得十分可怜。林教授一双眼睛，像剑一样窥刺着乔梦的变化，此刻他感到自己的决定有些盲目。护士把排列整齐的手术器械递给了乔梦，乔梦接过了手术刀，在暴露于白色罩单外的肉体上用那不听使唤的手，准备下第一刀。就在这时，乔梦的眼前突然出现了一种神奇的幻觉，撕天裂地的风雪，在茫茫的荒野上滚动；千万层雪流像条条跌扑的银蛇，千万堆篝火像鲜血在大地上跳跃；钻塔像黑色的森林，人流像爬动的蚁群。乔梦惊厥地叫一声，昏倒在手术台旁……

当乔梦醒来的时候，发现自己躺在一张单人病床上，只有林教授守候

在身边

“你，好些了……”

“我请求组织给我处分，我失职了……”

“一个医生，在病人面前，你就是上帝！你应抛弃一切杂念，履行你神圣的职责。这一点你很清楚！”

“我不能。”

“为什么在……”

“不，不为什么，我请求换一个人担任这次手术。”

“如果，没有特殊原因，手术将由你继续进行！林教授说完，站起身来欲走。”

“老师……我……”

乔梦潸然泪下，停许久才喃喃地说：“老师，我求你做这次手术。”

林教授猛地回过头来，惊讶地望着乔梦，他们似乎觉察到了这其中的微妙关系，他觉得应该了解到真实的情况，否则那是不负责的强行命令。

“你认识他？”

“是的，我不能忘记……”

“他是……”

“我的，过去的丈夫……”

乔梦突然失声痛哭起来，林教授低着头轻轻地坐在床边，不再说什么了。又停了好一会儿，乔梦才慢慢地回忆起来……

“二十三年前，我与钱光达一起来到这个油田参加了初期建设，那时我们已经结婚了……可是，在艰难困苦的生活面前，我当了逃兵，抛弃了他……记得当时逃跑的人很多，包括我们战地医院的党组副书记。有一天，我去找钱光达商量今后的生活，他很强硬，说在我和油田之间，他只能选择自己的事业。因为在灯红酒绿的大街上，是找不到石油的。我很生气，告诉他我要离开这个鬼地方，舅舅已经在省城给我安排好工作。他说：‘在这里有更多的人需要你看病治疗，别走，我求求你，工人们也……’但我还是走了……我总以为用我爱的力量会使他屈服，会使他离开这里，我甚至用了离婚这样的手段来恫吓他，可是我错了……在一个风雪天的夜晚，他送我，哭得不成样子，他说：‘我这样的人不配有妻子，不能尽一个丈夫的责任，只有让大地岩石来陪伴自己，倘若我是一颗灾星，那就让我孤独地度过自己的一生吧……'我们就这样分手了……

"回到省里以后，我一直在等待……第二年春天我又偷偷地去过一次。记得当时下着雨，我满身泥水地赶到前线地质所，他正在漏雨的帐篷里，打着雨伞设计井位图，身旁放着许多接雨水用的大盆小罐，地上长着青草，床下跳着青蛙……他瘦得不成样子，图板上摆着剩下的半块窝头……我鼻子一酸，眼泪就滚了下来。可是他却兴奋得不得了，上前紧紧地抱着我：'我知道你会回来的！'我也一下子变了脸，噙住泪水大声地说：'我是让你跟我走，懂吗！这是最后的机会！'他愣住了，像不认识我似的瞅了我好久……我扭头走出了帐篷，这次他没有送我，也没离开他的图桌……

"回来后我大病了一场，不久接到了他的一封信，信里寄来了证明，上面有他的签字。后来舅舅为我提了一门亲事，男方有房子，在市中心。而且在当时是暴发户，他管烟酒、副食……那年月一个熟土豆要五毛钱，一斤烟叶18元……我一赌气同意了，从此有了温暖的小家庭，在别人都勒紧裤带吃饭的时候，我家也不断米面，虽然……我结婚五个月就生了女孩，丈夫也从不追究……乔梦说到这儿，停了一下，才用那低得听不清的声音说：'老师，我没勇气见他，我怕……不知为什么，其实他一点也没认出我来……可是我心里，如果我不离开他，也许……'"

"手术由我来做！"林教授果断地说。

"老师……"乔梦像一位小学生扑到老师怀里，那大颗大颗的泪水洒在林教授的胸襟上。

当天下午，病人又被推进了手术室，林启开教授亲自为病人做了胃切除手术。术后恢复十分理想，这是所有人都不能理解的。只有乔梦在暗地里、默默地感谢着自己的老师，并对钱光达虔诚祝福。她向院领导和林教授提出，自己要亲自担负病人的术后护理工作。

夜晚，乔梦坐在尚处于麻醉状态的钱光达床边，输液管里那一滴一滴的药剂，像是乔梦的泪水，不断地注入钱光达的血管。她仔细地凝望着他，想为他做更多的事。可是不行，乔梦清楚，虽然床头柜上摆了那么多罐头、水果和高级饮料，但病人在近期是什么也不能吃的。她只好坐在那里难过地望着他，望着……不知为什么，变态心理使她下意识地拿出小刀，不停地把一个个苹果削去皮儿，切成了瓣儿，然后又把一个个橘子剥去了皮儿，掰成了瓣儿，轻轻地放在钱光达住院时带来的图板上。乔梦心里不停地说："他该比别人多吃一点……"

夜深了，有点凉，乔梦把病人的被子掖了掖，突然从床头上掉下一本手写的报告。题目是：《应该大力开掘石油后备储量》。

乔梦拿起报告，走到窗前，望着油城的万盏灯火，心里轻轻地说："明天，我就要回去了，再一次地离开你……你能原谅我吗？"

石油花

青年采油队队长林大栋和工人新村的小大夫项华，刚结婚三天，大栋就带着队伍开赴新油区去了，一别就是几个月。

这天项华正在卫生所给小孩子看病，突然接到一个电话，要她选几个家属组织一个环境美检查小组，负责油田新区那一片的春季爱国卫生检查工作。事也凑巧，检查的第一个单位，就是她丈夫领导的新建采油队。

汽车下了公路，碾着刚吐芽的草地朝大雁湖驶去。项华坐在车上一阵阵为自己的丈夫担心：大栋好几个月没回家了，给他捎去的衬衣他换没换？那被褥还是去新区前拆洗的，不知现在是个啥模样儿了？在这次环境美检查中，问题会不会出现在他身上？会不会给她这个当医生的妻子丢脸……

当项华和检查小组的同志下了汽车，在工人们的欢迎下开始了卫生检查。在检查中，这个队的卫生情况使项华和检查小组的同志大吃一惊。一位小媳妇悄声地对项华说："你看他们帐篷里的床铺多整齐呀！被子的棱角一条线，绳子上的毛巾一条线，甚至床下的鞋子、脸盆里的牙刷把儿都一条线，这也许就是石油工人在艰苦创业年代造就的过硬作风——'五条线'吧！"另一个胖大嫂也嘘声地赞叹着："啧啧！真能耐，新油田工作这么忙，他们还保持解放军的好传统。"胖大嫂咬着项华的耳朵又说："说不定他们的队长，是个老八路哩！"项华听了这些话，嘴上不吱声，心里却是美滋滋的。她那块悬在心上的石头，也不觉落了地。心想：大栋，你干得不懒，这个队的一类卫生合格证是十拿九稳了。

最后检查队部了，项华一下子想到了林大栋：哦，这是他经常研究工作的地方，也是他每天晚上休息的地方，会怎么样呢？

鬼才知道！就在这个当儿，青年工人张旺正在队部的里屋忙得大汗淋淋。他用袖口抹了一把额头上的汗水，忙三火四地把一套行李往床上一铺，"这回就由不得你了，亲爱的……"张旺正忙乎着，猛一抬头，哎呀，只见卫生检查小组的大嫂子们，吵吵八火地闯了进来。张旺立刻慌了手脚，猛地又把行李卷起来，想扛着冲出，可是已经来不及了。

“丑媳妇也得见婆婆，别走哇！”一个家属打趣地说。

“我……这个……他是……”张旺的嘴掰不开镊子了。

“是嘛，可别忘了当老实人哪！”项华也故意将了一军。

“反正这是特殊情……况，你们要查……就查吧！”张旺一着急，话全走板了，那心里别提多别扭了。他猛地把行李往床上一摊，一屁股坐在地上。

项华一看这套行李上面沾满了油污，蹭了不少泥，好像睡觉的人经常不脱鞋。等项华再仔细一瞅，脑子里“嗡”的一声，哎呀！这条新婚花被拿到队上，才几个月，就变成了这模样了。这时那位打趣的家属又开腔了：“哦，怪不得你夹起行李就想溜，你是想逃避检查呀！全队的卫生让你一个人给破坏了，还强调特殊情况！”

项华一听这话，耳朵根子就像针扎了一下的，火烧火燎的不好受。汗水从光滑的小鼻子上渗出来。她把火一下子都集中到张旺身上。

“你们队长哪？”

“上井了……”

“叫他回来！就说因为他的影响，卫生合格证不发给你们了。”

卫生检查小组的同志被这突如其来的事弄得丈二和尚摸不着头脑。张旺还从来没听过有人竟敢如此放肆地指责队长，而且还是那么大的口气，一时火也压不住了。

“你有什么理由不发给合格证？”

“你们队长不带头！”

“什么？我们队长不带头，你别不了解情况乱开火。队长原来是我师傅，我最了解他！”显然张旺并不知道面前的项华正是林大栋的妻子。

“你是他的徒弟，我是他爱人！”项华一赌气什么话都冒出来了。可是话一出口，脸也顿时红了起来。可这句话，却把张旺给噎住了。他真是有口难言。想往下说吧，又怕一两句说不清楚；不说吧，又怕队长受冤枉。他气得眼睛睁得圆圆的，一把撩起帐篷帘子蹿了出去。

一看这阵势，检查小组的家属们都纷纷议论开来：有的怪项华不冷静；有的主张合格证发给他们，唯独项华一定要坚持队长当众检讨。

傍晚风刮大了，帐篷外传来大雁湖浪击油井栈桥的响声。

林大栋敞着怀，袒露着胸脯，大步流星地往队上赶。天边一缕橘红色的晚霞，把他映照得分外矫健。林大栋望着那大雁湖上新投产的油井，心头甜滋滋的。

当林大栋来到队部，一掀帐篷正碰上卫生检查小组在七嘴八舌地争论着。他知其中的奥妙。林大栋像往常一样大大咧咧地跟大伙打招呼。

“大嫂子们好，欢迎检查指导。”检查小组的人都忙站起来让座。唯有项华憋着气不吭声。大伙一看项华的爱人驾到，都琢磨让他俩交换交换意见；再者几个月没见面了，好让他俩说几句暖心的话儿。家属们互相使个眼色，便都找借口出去了。帐篷里只剩下这对新婚不久的小两口。

项华一看林大栋消瘦的脸颊和深陷的眼窝，心里又是疼又是气，接着就埋怨起来：“你看你，身上的油，鞋上的泥，脸上的胡楂子，哪有个队长的样儿。”林大栋嘿嘿一笑说：“你说队长还要个什么样儿？”“你别在我的话里钻空子。项华一把扯过摊开的行李，“看吧，你当队长不要个样儿，影响了队里的荣誉我可跟你没完！”项华这是第一次和自己的丈夫红了脸。

“我有错，应该接受你们的批评，一会儿我就跟大嫂子们说去。”

“想得容易，队上人多嘴杂，大伙会怎么说，亏你老婆还是个搞卫生工作的。”

“错了，你也得容我改呀！不过有些事情，你还……”林大栋把话说到这儿，突然收住了，他觉得再说下去就是强调客观了。“好了，我现在就改，从刮胡子开始！”林大栋从办公桌里找出刮胡刀，对着小镜子干刮起来，他痛得直咧嘴。边刮边自语：“哼！你不让我露脸，我不让你露头！嗞……”项华想笑，可她把嘴捂住。望着小镜子背面她和林大栋结婚的纪念照，她心软了下来，嘴却硬了起来。她板着脸说：“你让一个小伙子把行李卷起来，想藏到外面去，逃避卫生检查……”

张旺走到队部的帐篷前，正欲进门，忽听里面高一声低一声地争论着，就停住了脚步。当听到项华说，林大栋想让一个小伙子把行李藏起来，逃避卫生检查就再也忍不住了。张旺“呼啦”一下把门帘掀开说：“嫂子！你说什么呀？那行李是我刚从井上偷回来的，你咋能说……”张旺好像被什么噎住了，使好大劲儿才接着说：“反正不关队长的事，要批评就批评我吧！”

林大栋的眼睛注视着被大风刮得“忽搭忽搭”直响的帐篷，眉毛锁起一个疙瘩，那大雁湖里传来的浪涛声像是拍打在他心上一样。想到栈桥受到风浪的威胁，他站起来看了看手表，着急地说：“这是我的过错，别讲客观了。张旺，你们班快准备好，担任今晚的护桥任务。我得马上去看看！”说着，林大栋哈腰卷起行李往外就走。

张旺一看急眼了，上前扯住行李死死不放，口里嚷道：“队长，今晚你说啥也不能上井了，护桥的任务有我们。”两人正相持不下，项华走过来说：“你把被子留下，去忙你的吧！”林大栋顺从地松开手，大步迈出门去。张旺在一旁急得干瞪眼，冲着项华就喊起来：“你有什么权利把他放跑了？别看你是他爱人，可你知道队长这几个月是怎么过来的？”“得了！你别给他表功了，不管怎么说，他一个人影响了全队的荣誉就该批评。”项华毫不让步。

张旺一听这话，那憋在心里的话恨不得一下子倒出来，不等项华开口，他就像吵架似的数叨开了。

“我们大雁湖上的油井是怎么投产的，你知道吗？”

“去年冬天，林队长带着我们几十个人，在大雁湖畔支起了帐篷，那大风雪差点儿把我们给吞了。有人敲打说：‘新官上任，火三把呀！倒霉的还是咱哥们。’也有人说：‘80年代了，艰苦奋斗过时了，上级怎么决定就怎么干嘛，何必逞“大眼儿”。’难听的话可真多……”

项华听着张旺的数落，动手开始拆被子。她找出面盆，把被单放进去，又倒了一大桶热水。然后，她看见水面上漂起一片花朵——那是石油之花。

女篮六号

一

市体育馆的大厅里座无虚席，省职工篮球赛女子队已进入争夺冠亚军的决战时刻，观众们狂热地大喊大叫着，掌声像森林里的野火，从这端烧到那端，旋风似的在大厅的上空翻卷着、震荡着……

“六号！”

“刷！”

松江代表队的女篮六号，只要场上的小个子中锋喊一声“投”，她无论站在前半场的哪一个位置，球就像长了眼睛似的，直奔篮筐而去，观众们为这位身材修长、体态优美、高个儿的女篮六号赞叹着、品评着、猜测着……

我陪着我的顶头上司董主任坐在最前排的领导座席上，低垂着头，微闭着双眼，极力地回忆着那些过去了的事情，像是要把丢掉的东西找回来似的。

突然，那位女篮六号带球从边线在我们的座位前面通过，她在寻找同伴的时候，一下子发现了我。我看得出，在一刹那间她的脑子空白了，双手一抖，球被对方夺去了。观众们立刻爆发出一阵惋惜声，教练员下意识地从座位上站了起来！

我再也坐不下去了，几乎想钻到别人的脚下去。董主任回头望望我，他那双浮肿的眼睛好像在安慰我：别太动感情了！是啊，让过去的过去吧，何必为往事去撕裂良心地哀怨，面对现实要欢欢喜喜地活着。可是不行！我的心在急剧痛楚，我的思想在敏捷地追忆着逝去的岁月……

二

五年前，我在一名叫徐宝的朋友家里发现了一张照片，照片上有一个少女，她穿着紧身的运动衣，肩头搭着冰鞋，头上戴着风雪帽，背景是北国特有的玉树银枝。

“她是谁？”

“家乡的一个同学，叫薛霞。”

“她现在……”

“不知道。怎么？你看上了……”

“怎么说哪，她好像抓去了我的灵魂。”

“我去封信，问问看。”

我万万没想到我的这位实诚的老兄，把我没加思索的一句玩笑放在心上，当成了正经事儿写了一封长信寄给了薛霞，而且很快得到了答复，同意在适当的时候会面。我的天啊！难道我真要做那有缘千里来相会的戏剧人物吗？

正是柳绿含情、碧桃如火的盛夏，我把一年一度仅有的探亲假，变成了一次爱情上的冒险旅行。一路上我的朋友徐宝谈了许多关于薛霞的事儿，说她从小一直长在省城，父亲是现代军事大学的讲师，母亲是一个归侨。文化大革命开始不久，她的父母就被下放到兰县郊区的一个小镇落户。薛霞从小就爱好体育，她曾获得全县的乒乓球冠军，而且还是地区的篮球队主力。按说要不是她的父母的问题，早被省女子篮球队抽调去了。

傍晚，我们来到兰县郊区的一个小镇上。在徐宝的一个亲戚家里吃了晚饭，就到薛霞那里去。

这是一个农家小院，两间旧草房，屋里空无一人。不一会儿薛霞回来了，徐宝给我们做了介绍后，便悄悄地溜走了。我们俩在屋里静静地坐着，坐着……谁也没先开口。我不时地窥望着她。她是那么天真无邪，像天边的晚霞一样美丽动人。我终于打破了沉寂。

“你爸爸妈妈都好吧？”我问。

“他们都到乡下去了……”她淡淡地说。

“你现在做什么？”

“做临时工，在粮库扛麻袋。”

“为什么？！”我几乎叫起来。

“为了生活！”她的声音很低。

我愣住了。我几乎不相信，一个刚开始走向生活的姑娘，用她那柔嫩的肩膀担负起这么沉重的担子。不知是同情还是爱情，我开始被她感动了，我以一个男子汉特有的宽怀大度，向她表白了我的内心。她突然激动起来，像海水一样深沉的眼睛闪着晶莹的泪花，她的嘴角微微颤抖，好像要说什么，可话到嘴边又咽了回去。接着她的脸由激动变成平静，由平静变成冷淡。

“你来前没有接到电报吗？”

“什么电报？”

“让你们不要来了。”

“这……”

“实在对不起，我现在没有权利……那封信是我一时冲动，请你原谅，原谅我……”

薛霞咬着唇边，含着泪水走了。我茫然地望着墙上的老式挂钟，不解其中之谜。徐宝低头走了进来，对我说：“她的父亲定案了，被赶到乡下，她是怕连累你将来的进步，才狠心这样做的，其实……”

夜晚我与徐宝睡在一个炕上，不知是什么感情使我彻夜失眠。我开始感到，从那张照片到今天的初会，爱情已经闯进了我的心，我清楚地意识到，我真的爱上了她。

“她家离这儿远吗？”

“不远。”

“你带我去找她。”

寂静的小镇睡去了，只有薛霞家里还亮着灯光，我敲门进去，使她大吃一惊。

“你……”

“我来了，不要赶我走。一切我都了解了，相信我是诚实的，相信我会给你温暖和力量。”

薛霞没有赶我走，她把一把椅子擦了擦，然后倒了一杯开水，里面还放了糖。

我们一直谈到深夜，谈爱好志趣，谈理想人生。我说：“不管发生了什么，我决不动摇！”我还比喻：哪怕你化成一块石头掉到江河里，我也要变成一条鱼，循着江河追逐到大海的尽头！我的话使这位单纯而质朴的姑娘哭了，可是她克制着自己，让那感情不要突破应有的界限。

三

在那动乱的年代里，我因为“根红苗正”，笔杆子又硬，受到顶头上司的青睐，当上了市革办的秘书。

在我到勘探队蹲点的第三天，突然接到佟主任（原来的佟科长）送来的一份提干登记表，并一再嘱咐说，对组织要无限忠诚，把一切都写清楚。

我要当科长了。我抑制不住内心的激动，马上摊开登记表，飞快地填了起来，然而，我的笔却在社会关系一栏中停住了。

我真不知道，我与薛霞的事情和社会关系，将怎样填写。写上去，组织还能提拔我吗？她的父母是我们的“敌人”……不写上去，如果组织上调查出来，那会怎样……离开她，不能！我曾用那么多诚实的话，赢得那位淳朴姑娘的芳心。我曾向她保证，我以革命者的誓言向她保证：即使大海与高山都失去了平衡，但爱情的砝码也决不能倒向欺骗！……不能离开她！可是，一股不可抗拒的社会洪流向自己袭来。如果这一步走错，从此将打入另一类人，还有比这更可怕的吗？！

我将怎么做？或许，我只有把诚实变为谎祸，既欺骗革命又欺骗爱情……

此刻有人轻轻地敲门，是勘察队的小办事员，连夜送来一份电报。电文上写着：“我到勘察队去看你，别来接我，我会找到的，像你当初找我一样。霞”

天哪！她真的要来了。这是我既盼望又感到发憷的事儿。我该怎样处理这件事，是欢迎她，还是宣布从此绝别。我第一次感到犹豫不决是一种最无能、最低级的表现。

第二天中午，当金秋的太阳给广漠的秋野那红的、蓝的、黄的花带来温暖的时候，薛霞像一只寻找花香的蝴蝶飞到了我蹲点所在的勘探队。

队里的小伙子非常好客，他们一窝蜂似的送来了热情，又一窝蜂似的飞去了。桌子上堆满了他们留下的苹果、茶叶和美酒。

“你们这里的人真好，我喜欢他们！”薛霞被小伙子们的热情感动了。

“他们都是工人，我是机关下来的。你来看我，要，要注意影响，看，看你穿的这身……”

“这都是妈妈过去的旧服装，有什么！还能给你这个大机关干部丢脸。”她像孩子似的说。

“正因为你妈妈是归侨你才要……”

“妈妈她……”她低下了头。

我知道我的话伤了她的心，连忙改口说：“你别往心里去，我不是那个意思。最近我要被提干了，组织上正在考验我，你要理解我的难处。”

“我知道我会给你带来麻烦，可是我不能不来，我……好像只有你才能给我安慰。”

“别太天真了。我也是现实生活中的人，有很多弱点，有时爱冲动，不讲实际。”

“我跟你一样，都有这个毛病。将来咱们生活在一起，你要多帮助我呀……”

我还能说什么呢，她是那样相信我，一点都不怀疑！因为我曾用革命的名义向她保证过。望着她朴实而俊秀的脸庞我又想起了我们最初相会的那些日子。

美丽的、古老的兰河，带着夏日的余晖，在我们的脚下静静地流过。我与她在那温暖的河水中畅游着，带着甜蜜的情爱和理想，朝着奇妙的彼岸游着。我这个爱恶作剧的小子，曾装作溺水的样子呼救状倒向旋涡，是她不顾一切地把我搂在怀里推上岸边。当我告诉她真相以后，她涨红了脸，使劲儿地捶打我的肩，是痛，是爱，是生活……

我正想得出神，董主任驱车前来，问起我那张提干登记表填得怎么样了。当着薛霞的面儿，我怎么说，我只能支支吾吾地说：“让我再考虑考虑吧。”董主任望了一眼旁边的薛霞，严肃地说：“好吧，你再想想，一个人千万不能感情用事，用牺牲原则换得的友谊是毫无价值的。”

我非常痛苦，在一刹那间好像我的正义战胜了私念，我觉得这是最后的机会，一定要使我从情网里拔出来，不能因为小节丧失了原则。我鼓起勇气对董主任说：“我，我想找你谈谈。”

我与董主任坐车回到机关，在办公室里长谈三小时之久，我向他表白我是诚实的，在这复杂、尖锐的阶级斗争年代里，我无限忠于党，一定分清路线。董主任满意地掀动着他那浮肿的眼皮说：“好！组织上相信你，我们就需要你这样老老实实的好同志。”

我在回来的路上，一种无名的苦恼在折磨着我，我老实吗?！我后悔没有在临别前跟薛霞说一声：“等我回来。”

薛霞走了，勘察队的小伙子们送她走了。听别人告诉我，她是含着泪水走的，怎么也留不住。我急忙跑到我那间屋子，桌上留着她新给我织的毛衣，里面夹着一张纸：“我不会再来打扰你了。假如我是一颗灾星，那就让我孤独地度过自己的一生吧！感谢你给了我初恋的甜蜜回忆……”

四

随着一阵暴风雨般的掌声过后，篮球赛在进行曲中结束了。

松江女篮获得了这届比赛的第一名。我的回忆被雷鸣般的掌声和议论声惊醒了。我急忙从座位上站起来往外走，准备去找我们来时坐的车子，生怕碰着我初恋过的姑娘。可是偏偏不巧，薛霞穿着运动衣，擦着满脸的汗水，从球场里退了出来，在休息厅里走了个对面。

我再也回避不了啦，只好硬着头皮搭话：“你……”

“怎么，不认识我了？”她伸出了手。

“我，我没看清，你好。”

她望着我，握着的手在发抖，我知道我又在说谎。

“你最近好吗？家里……”

“父亲母亲都平反了，我也参加了工作，在化工厂。总想写封信，又不知从哪儿说起，在招待所里打听过你，听说你现在是科长了？”

听了她这番话，我仿佛挨了一鞭子。我觉得我比那些在十年浩劫中受到磨难的人更不平静，我情愿用“科长”的官衔去换回我那丢失了的诚实和我那人生中第一次初恋的甜蜜。这时，从运动场里走出一位青年教练，薛霞一把将他拉住，说：“王教练，这就是我常跟你谈起过的科长。”王教练热情地和我握了手，说：“你们谈吧，我得去填写比赛记录。”说完，兴冲冲地走了。薛霞指着他的背影说：“王教练既是我的老师，又是我的朋友，前两年全仗他帮助我……”听了这话，我感到无地自容，脸上热辣辣的，心里却像吞吃了一颗苦胆。

吝人黄富

我刚到采油队的时候，每天夜里都听见从小材料库传来“叮当叮当”的敲敲打打声。一位热心的年轻人告诉我：这个队里有一名叫黄富的材料员，在穷鼓捣，这人是个小抠，领点东西比拿他家里的还心疼。唉！他那儿是杂货铺！每天都在敲敲打打，好像这就是他一生最大的爱好。还说：这位老工人八级工，家里没儿没女就老两口，但在生活上十分吝啬，花一分钱也要掂几个个儿。我听后没吱声，可心里却暗暗地说道：这有什么奇怪的，小农经济，守财奴，巴尔扎克笔下的葛朗台。

几天过去了，我对工作岗位都熟悉起来，队里的情况也略知一二。井长告诉我，下星期就要“岗位责任制”大检查了，油井上该刷的、该换的、该修的，都得准备好才行。不然，出了篓子影响了全队的荣誉，丢了传统可是大事呢。虽说，昨天家里来电报说母亲病重，但我怎么能在这个时候回家哪。

早晨，我把抄好的材料清单掖在兜儿里，来到了队里的小材料库。推开门往里一瞧，嗬！好新鲜，那大小配件、库材像节日的团体操一样，按大小排着队，横竖看去一条线，上面都有小标牌，摆得像花瓣似的。我好奇地想伸手摸一摸。

“别动！”

一个冷冰冰的声音冲进了我的耳鼓。我顺着声音把目光寻过去，正碰上一对细眯的眼睛，那目光从眼镜框的后面向我投过来。他不知在修着什么，弄得满手都是铁锈和油污，身旁放着一大桶敲直的旧钉子，每颗钉子的尖都用锉刀重新打过，闪着亮光。我敢保证要敲直这些钉子没有一点功夫是不行的。我仔细地端详着这位老师傅，感到有一种说不出来的味道。他人很瘦，个也不高，但显得很精干，在他身上除去铮铮的筋骨和肌肉外，没有一点多余的东西。他摘下了眼镜朝我走过来。

“新来的吧？”

“嗯。”

他伸手接过清单，从耳朵丫子上拿下来个比烟头长点不多的铅笔头，用舌头舔了舔，便像检查户口一样盘问起来。

“这个高压闸门干什么用？”

“往井口上换的。”

“嗯。换上新的把旧的送回来。”

“送回来还不是一块废铁。”

“你吃了鸡毛了，说话不沾地儿。一个高压闸门四五百元，你衬啥呀！”

我真是尽最大的忍耐力，领点东西像抽他的血一样别扭。看来这位黄富老师傅真是名不虚传的小抠。经过层层盘问，最后他又习惯地用那支铅笔头，在上面划了几下。等我把领的东西拿到手，黄老师傅才告诉我，要领的油漆少给二两。有什么办法呢，我只好瞅着他苦笑了一下，拾起东西耷拉着头走出了小库房。

来到队部的小院子里，正碰见一群年轻小伙子紧围在一起。干啥哪？我挤进去一看，啊！在摔跤呢。我立刻添了情绪，好胜的心，使我把领的那串配件往沙堆上一扔，冲着胜者叫起号来。

经过一番激烈的交锋，我终于获得了全胜，这心里该是啥滋味呀，年轻的伙伴向我投来敬佩的目光，好像说：有两下子。我推开人群，很潇洒地袒露着胸脯，毫不在意地拾起那串刚领的配件，走了。

第二天早晨，空气湿乎乎的，天像叫水洗了一样，蓝汪汪的。我在油井上接完班后，遵照井长的旨意，开始维修设备了。我进了油井房改了流程放了空，卸下了高压小闸门，准备把新的换上。怪耶！这个新闸门手轮上的小螺丝怎么不见了，哪儿去了呢？……啊！我猛然想起，可能是昨天当英雄的时候丢在沙堆上了吧。有什么办法，这是一个高压闸门的螺丝，任何东西也不能代替。我只好等到下班后，到沙堆去找找，或再领个新的。

下班后，我脸没洗，饭没吃，就跑到沙堆上找起来，眼睛像要掉出来似的，紧盯着沙堆上的每一公分地盘。上哪儿去找哇？那小螺丝比豆粒大不多少，在这堆沙子里真像海里捞针一样。算了吧，何必跟自己过不去，再领一个。

夜晚，我来到小库房，看库房里面还亮着灯，知道黄富还没回家，我轻轻地推开门，带着表演的笑容走了进去。

“嘻嘻，黄师傅……”

“啥？”他放下了手中正在修的一双鞋。看得出那是他自己脚上的，我真不明白，他管那么多新鞋就不换一双，还穿那双补了又补的旧工鞋。这位老师傅真是一分钱都攥出汗水来，他的金钱观念，简直令人不能容忍。

“嘻嘻，黄师傅，我领的高压小闸门……”

“怎么的？”

“其实也没啥，就丢了一个小螺丝，能不能……”

“你出去！”

妈呀，霎时间他的脸色变得好难看哟，嘴唇都颤抖了。而对着这样一个不讲理的老家伙，我真是火冒三丈。

“有什么了不起的，不就是一个小螺丝嘛，我赔！”我理直气壮地说。

“不过半两。”

“谁的？”

“不是你的，那是国家的、人民的！”

“正因为它是国家和人民的，你才没有权利把它随便丢掉，过日子，要有一厘钱的精神。”

“什么一厘钱，这是你头脑中的极左思想在作怪，你要好好学学报纸……”

“我没上过学，可报纸上的字我还认得，你要当‘四化’的败家子，我就揍你！……”他气得发抖。

有什么办法呢？要不因他是个老工人，我非和他干一架，辨清是非不可。我气急败坏地把门一摔扭头就走。

“等等，丢在哪儿了？”

“沙堆上。”我说这句话的时候，眼睛一下湿润了，在家里爹妈都没对我这样。我不是没找嘛，那么大的沙堆……

夜晚，我躺在床上，蒙着被子，眼泪偷偷地流下来，肚子也“咕咕”地叫起来。我这是何苦呢？母亲病了我都没请假，为了迎接岗位责任制大检查，起早贪黑地苦干，还落了一身罪过。不行！找队长去。我一翻身爬起来，一摸兜儿电报不见了。这时，有人轻轻敲门。

"进来！"我没好气地喊着。

一个老大娘手里端着一碗热乎乎的面条走进来。

"大娘，你是……"

"吃吧，孩子。"

一句话说得我心里热辣辣的。这是谁？像老妈妈一样亲切。

"孩子，别生气，我那老头子嘴硬心软，不会说话。唉……慢慢你就明白了。"老大娘坐在我的床头，爱抚地低语着。

我说什么哪，这不是打个巴掌给个甜枣吃嘛。我心里这么想，嘴上却说："没什么，大娘。"

"听说你母亲病了，想家了吧？"

我愣住了，母亲病了她怎么会知道呢？正在这时，队长又拿着一封加急电报走进来，我心里"咯噔"一下子提到了嗓子眼，"咚咚"地跳个不停，谁知道那电报里会传来啥样的消息。我真不敢立刻就打开看一眼，装着平静的样子和队长打着招呼。

"队长，这么晚了你还没睡。"我说。

"没睡。"队长用一种尊敬的目光望着黄师傅的老伴，亲切地说，"大娘，是不是又来执行黄师傅的使命来了。"

"唉，这老头，你要是不听他吩咐又要发脾气了。你们唠吧，我走了。"

黄师傅的老伴走后，我心里嘀咕起来：这老头，又打又拉，安的什么心？一肚怨气没处倒，哪还有心思吃面条。于是，便没好气地说："队长，我向你反映个情况。"

"说吧。"

"黄师傅哪样都好，就是太小气，这对'四化'建设是不利的。"

我自觉理由不足，说出的话也有气无力。队长似乎并未理会我的话题，只是淡淡一笑："你快看看家里来的电报吧。"

我不解其意地从兜里掏出那封队长刚送来的电报，打开一看，我立刻惊呆了。上写："母亲病情好转，你寄的50元钱收到。望安心工作，报党之恩。父。"

这种意外的转折，我几乎不相信自己的眼睛。我呆呆地望着队长，解不开这其中的奥妙。而队长却深情地望着玻璃窗外面油井上的点点灯火，自言自语地说："多好的师傅啊，而你并不了解他。他把人民的财产看做比生命还宝贵。正是为了加速'四化'建设，他一点一滴地为国家节约了几十万元的财富，几十万哪！同志。然而，他在生活中却把自己的工资常常寄给遭受自然灾害的灾区人民。可是现在有人还瞧不起他，觉得他太小气了，可惜，我们国家这样的'小气'人太少了！"

队长停了一下，又望了望窗外那万盏灯火，接着说："你想想吧，黄师傅单单是为了一颗小螺丝跟你发脾气吗？他这些天心里在憋着一股火，他是希望你们这一代能够懂得我们国家底子还很薄，可不能大手大脚呀。快吃饭吧，我明天再找你……"队长说完，起身走了。

泪花蒙住了我的眼睛，在朦胧中我的眼前顿时立起一个高大的形象，而感到自己是那么渺小。我迫不及待地跑出了宿舍，下决心一定要找到那颗小螺丝。等我来到沙堆旁，又一个神奇的事出现在我的眼前，那堆沙子平空不见了，好像有人用扫帚扫过一样干净。我猛然悟到其中的奥妙，飞快地跑到黄师傅的小材料库房，扒着窗户往里一看，只见在灯光下，黄师傅正端着筛子在一下一下地筛着那堆沙子……

还用得着说什么呀，眼前的情景使我一切都明白了，我一下子闯进去，激动地喊了一声："师傅！我……"

我再也说不下去了，望着他那饱经世故、历尽沧桑的面容，我心底涌出一句话，他是主人，无产阶级事业真正的主人，而我却是一个旁观着。我不能不痛悔自己，为什么会把他贬为守财奴、葛朗台呢！我深深感到了自己的罪过。

这天夜里，我和黄师傅像找金子一样，在这堆沙子里，过了大筛过小筛，过了粗筛过细筛。我知道黄师傅的心里，我们不只是在找一颗螺丝，也不是在找金子，而是在找比金还亮、还闪光的东西啊……

夜过大雁湖

“哗啦哗啦……”

直到这会儿，我才清楚地意识到我们的决定完全是轻率的、错误的。现在除去脚下蹚水的声音，周围静得可怕，给人一种透不过气来的感觉……

接近地平线，落日的余晖照在波平如镜的水面上，当我们两人蹚过之后，那波纹就一圈一圈的，无限大地朝远处扩散……我恨自己怎么能轻信那个牧羊老人的话，要不是他说蹚水过大雁湖比绕过去省一半的时间，我们绝不能做出这样荒唐的决定。唉，现在是进退两难……

天渐渐地黑下来，起了点小风。肚子的饥饿带来了全身的寒冷。大雁湖对岸的钻井架，还像立着的火柴盒那么高，显得十分遥远……我怕我们走不到目的地了，身体像要散了架子，望着泛着白光的水，有些头晕目眩。坐下来，没有一块干地；躺下来，更不可能，到处是水。还好，水的深浅没有多大变化，一直是刚没膝盖。被太阳晒了一天的湖水，温度适中，不凉也不热，水里的小鱼小虾游来游去，不时地啄我们的腿肚子，使我们痒得心焦火燎的。这片浩渺的水面美称大雁湖，其实是一片沼泽地，我们钻井勘探队转战到这里打井已经一个月了，我是由于护送一个伤号今天才赶回这里的。路上碰上了我们井队的徐烈，他是去钻井基地取材料的，我们结伴而行。在这水中行走，徐烈要比我艰难得多，他身上背着几十斤重的器材，有刹车垫子、柴油机缸套、防爆灯罩……像个逃荒的难民，可他一直走在我前面，一言不发，两眼紧盯着对岸井架上亮起的一串灯光，似乎那是希望的眼睛……

“还有多远？……”

“不知道，反正得向前走……”

“把材料扔下吧！明天叫汽车跑一趟。”

“井上等着用……”

天完全黑下来，风也大了起来。水越来越深，越来越凉。双腿由于在芦苇和泥水里反复摩擦，已经火辣辣地疼痛起来。脚板发直，不住地抽筋，浑身上下冷得直发抖。那些尖嘴长脚的花脚蚊子随风滚成一团，“嗡嗡”地糊我们一脸。我感到眼睛发死，脑袋发涨，脸上的肌肉有些麻木了……而前面，看不到岸头，远方熠熠发光的亮点儿，分不清是天上的星还是井架上的灯。

徐烈是我们井队公认的一大怪，他长着嘴似乎只是为了吃饭，而从未听见他发牢骚，议论什么。他是去年年底来我们钻井队的，是一个刚从监狱里释放归来的红卫兵领袖，其实他根本不是什么领袖，只不过在那司令多如牛毛的年月，被推举当过十一个人（包括他自已在内）的司令。据说，他家里很穷，父亲早年因公死亡，母亲拉扯他们姊妹六人，靠卖冰棍儿维持全家人的生活。他穿着补丁摞补丁的衣服读过高中，以过人的勤奋和天赋，夺得全校第一名。可是就在他要进入大学的时候，一场风暴到来了，他没有怨恨、没有惋惜，以他质朴的感情和幼稚的冲动，投入了这场风暴。他像一头发疯的狮子，迅猛地拼杀着，他被碰得头破血流。直到著名的太平川劫持军火列车事件的发生，他被逮捕进了监狱……

徐烈得以提前释放出狱，是在前两年复查与“四人帮”有牵连的人和事中了解到，他完全是出于义气替别人承担了罪过。其实他只不过是一名不知真相的小卒罢了。上级为他平了反，考虑到他身体虚弱，给他安排了比较轻松的工作，可他执意要到偏远的地方，用自已辛勤的汗水换来劳动成果，弥补那些年造成的损失和不幸。这样，他才一个人背着行李，到钻井勘察队报到了……

“扑棱——”一群水鸟被我们惊飞了，我吓得倒退了一步，一个趔趄倒在水中，徐烈赶紧把我扶起来。这时，我感到脚趾像断裂了般疼痛，我扶着徐烈的肩，把右脚伸出水面，用手摸一把，一股比水还浓的液体，从脚丫缝儿里流出来……

“糟了！脚扎出血啦……”

“抓住我这只胳膊，别倒下……”

我死死抓住他不放，好像徐烈是我生命的一根支柱。我看了一下表，现在是晚间九点，其实我们在水中才行进了两个多小时，但，感觉是那么长久，令人难以支持。看来，按那个牧羊老人说的，再坚持两个多小时，我们才能接近那灯火——我们的井队。不知为什么，我们仿佛嗅到了井队小食堂里开锅的高粱米饭和葱花爆锅的香味，同伴们偷偷用大海碗喝着高粱酒，津津有味地咬着咸菜头儿；躺在列车房里的二层铺上，香甜地睡大觉，耳边响着那轰轰隆隆的钻机声……可是，还有两个多小时的水路，我真担心我与徐烈能否坚持到对岸。我后悔，不该在一下水的时候，在岸边贪玩，捡了那么多大雁蛋，像一锅一锅白白的馒头。刚才我劝徐烈把材料扔下，可我却舍不得把身上背的大雁蛋扔掉。我想，不能再增加徐烈的负担了，我把背包里的大雁蛋和一些不值钱的东西丢到水里，"扑通！"水面翻了一个浪花……

"徐烈，把材料扔了吧！"

他回头看了我一眼。

"我们能回去就不错了……"

"没那么严重……"

"这个该死的老头，简直是个幽灵。他不是说水都是一个深度嘛！可这会儿……"

"他没错，这地带是湖中心……我想，我们已经走了……"

"天哪！真是艰难的一天。我们坐了四个小时的汽车，又走了两个小时的土路，现在在水里又……"我用手胡乱地抹了一把，那些吃得胀鼓鼓的蚊虫，弄得我手上和脸上都是血。我感到一阵恶心和头晕。我站住了。

"我实在走不动了，让我站一会儿……"

"来，"他站定了，"到我背上趴一会儿，会好些……"

"我……"

徐烈不由分说，将肩上扛的材料放到水里，他那高大的身躯和粗壮的大手，像提一个钻头似的将我搭上了脊背。而他却像一头毛驴弯下腰，放平脊背……我清楚，他是让我尽量舒服一些。不知为什么，我浑身感到一阵热，鼻子有些酸……

徐烈来到我们井队后，给我的感觉，他像一个虔诚的忏悔者，这与他那高大的身躯、粗犷的性格很不相称。长年的井队生活，长年的艰苦奋斗，使这里的人们都有些粗野和暴躁。而他不，他像一个听话的孩子，给我们这些年轻伙伴们打洗脚水，拆洗被褥，缝补衣裳。全队几十号人，不管是谁，只要一张嘴，他保证按别人的要求把事办好。在站台上，哪里最危险，他总是第一个冲上去，似乎不这样做他就活不下去。去年全队一致推选他当先进生产者，可他得到处跑，像一个精神病患者。在队部的办公室里，他规规矩矩地站到半夜，逢人就说：“我还是有罪的，只要让我工作……”老队长气得直喊：“徐烈，这不是监狱！大家选你是信任你，你别不识抬举！”老队长停了一下说：“红卫兵也不只你一个栽了跟头，爬起来再干！”徐烈常常为这些话感动得落泪，但还是诚恳地说：“我……我还是有罪的……”

徐烈，毕竟不是狂热时代的孩子了，他成熟了！不管别人愿意不愿意承认这一点，他同这一代年轻人一起，必定逐渐成熟起来了。他像一头沉默的狮子舔着自己的伤口，又重新起步了……不是吗？正像我们在这浩浩的水中艰难地行进一样……

我趴在徐烈的脊背上，感到他的心脏在强有力地跳动，血是那样热。然而，我也觉察到，他双腿在轻轻地颤抖着……我知道，他双腿承担了多大的重负啊！我为徐烈赶着蚊虫，用袖口替他拭着汗水……

“哗啦哗啦……”

徐烈扶着我又出发了。

我们都沉默着，感到灯儿比刚才还亮，也许，我们走近了它……可是我突然发现那钻塔上的灯光似乎抖动起来，钻机的轰鸣声也短促起来，会有什么情况呢？

水，又变浅了。大概我们已经蹚过了湖底，我想，到两亿年以后，这里会是什么样呢！大概我们蹚水的湖底会变成地层深处的油层了吧！那微生物不正是石里所含的有机化合物吗？大自然的变迁，人类的繁衍，沧海桑田的变化……倏地，我想到徐烈还没有妻室儿女，我记得他今年已经34岁了。怎样安排今后的生活，尤其是家庭……记得去年秋天，有一个非常漂亮的姑娘到井队找过他，那件事轰动了整个井队。姑娘穿的是一件藕荷色的连衣裙，长得白嫩恬静，惊得井队的小伙子们眼睛发直，心里发痒。可那姑娘高高兴兴地来了，却含泪而归……这件事至今在全井队还是个谜，包括队长也不知其中的奥秘。我想，此刻向徐烈打听这事儿他也许不会拒绝吧，我们眼下的情形是生死患难的兄弟了……

“去年秋天，那女的……”

徐烈朝我歪了一下头，把肩上的东西耸了耸，似乎不愿意提起这些。

“我一定替你保密！”

“也没什么……”他停了一下，“十几年前，我抄过她的家，她父亲是一位副局长……”

“副局长……”

“当然，很有权。由于父亲的问题，把她也裹进去了……有一个造反派头头，借口她窝藏了其父的黑材料，把她抓了去。其实是动了兽心，唉，当时那姑娘虽然才16岁，长得就像成年女人一样丰满，也许营养过剩……”徐烈长嘘了一口气，低下了头：“唉，万万没想到，那造反派头头是想奸污她……记得那天夜里很黑，那家伙起了兽性，要她答应他，不然就杀死她，从四楼上扔下去，而后说她畏罪自杀，那年头常用这词，很保险……”

“后来……”我问。

“我巡夜遇上了，用匕首把那头头刺伤了，好像左臂。他流着血，号叫着……我没管那么多，就把那姑娘放跑了……此后她到处打听我，尤其她父亲复职以后，听说，她等了我许多年……”

“那你为什么，又把她……”我急切地问。

“去年秋天她拿着父亲开好的调令来找我，要我离开油田，离开钻井队，一切都为我安排好了，只要我走！可我……”

“傻蛋！上哪找这个机会……”

“不，我对井队有感情。这里的同伴、师傅、老队长……他们理解我，不把我当‘三种人’对待，我生活得很幸福，别人不会理解的……”

“你呀！……”

“她生气了，把调令撕了，说我不懂生活，也不懂感情。我也很难过……”

一切都沉默了，只有蹚水的声音。天凉了，蚊虫飞走了。我的心却被什么揪住了一样，我觉得我脸上有小虫儿在蠕动，用手摸了一下，不是虫，是泪水，是我激动的泪，滚到腮边……

“哗啦哗啦……”

蹚水的节奏越来越慢，泥泞的水底铺满了缠人的水草，我们的步履更加艰难。我意识到，这最后一段路更难了，血肉之躯怕无法支持到终点的，只有我们顽强的精神，在支持我们的肉体向前，向前……

可就在这时，对岸井架上的那串灯光突然熄灭了，周围一片漆黑，黑得令人窒息，好像把我们装进了一个巨大的铅罐里。我跟徐烈不约而同地停住了脚步……

“停电了……”

“大概柴油机出了问题！”徐烈警觉地说。

“怎么搞的，妈的！”我气得开口就骂。

“这个班该打到设计井深了，这会儿停电很危险。”

“没目标了，怎么办？”

“靠近我。先停一会儿，灯会亮的。现在往前走，很容易走偏方向……”

我们俩就这样站在黑暗中，周围没有一点动静；有一丝风。如果不是凭感觉意识到对面站着徐烈，我好像觉得这世界上只有我一个人存在。我真想哭，可又觉得难为情。别人说：宁走十步远，不走一步险。这话真有道理！我又后悔起来，不该听那牧羊老人的话。要是绕着大雁湖走一夜到天明，我们也不至于弄成现在这个样子。唉！都怪徐烈回井队的心太急了……此刻，我双腿抖得不听使唤，腰像断裂了似的疼痛。我好像有一种错觉，周围不是水，是一片草地，柔软干爽的草地。不知是什么声音，总是在我耳边轻轻地催促我：太累了，躺下吧……我一直警惕着千万不能让精神垮下来。但是，我不自觉地“扑通”一声倒在水里，还没等我叫出声，水便隔绝了我的呼吸……

“站住！别倒下……”徐烈喊着，一只强有力的手把我架起来。

“我……”

“挺住！……”

徐烈说得很轻，但很有力。他似乎想到了什么，停了一下又深沉地说：“有时人喝醉了酒，不是心里不清楚，而是清醒的神经被麻醉的肉体俘虏了，如果你咬咬牙，振作起来，就会好些，就会让精神统治肉体。神经，精神，这是人的支柱，往往在一念之差，就会走向相反的方向……”

我睁大眼睛，听着徐烈这番带有哲理的话，觉得他不像我想得那么简单。他很冷静，他有自己的体验，自己的追求。无疑，是生活给了他面对生活的勇气……

我紧紧抓住徐烈的臂膀，好不让自己的身体倒下去。头脑比刚才清醒了，可我的手无意中触到了什么东西，徐烈不由得抽搐了一下。

“你怎么了？”我问。

“伤疤……”

“怎么搞的？”

在黑夜时我听见徐烈的喘息声。

“……我把那姑娘放走了以后，我被群专指挥部抓了起来。那个被我刺伤的头头，开始了残酷的报复。本来，我已经死了，可是我又活过来……”徐烈沉默了一下，接着又说：“我一下子由造反派成了保皇派，真滑稽……他们把我关在一间六平方米的地下室里，剥光了我的衣服，用匕首蘸着盐水在我身上扎了十一刀，说是纪念国庆。我喊着、叫着，希望他们往我致命的地方扎一刀，结果了我，别让我……可他们认为这样太便宜了。……我想，人生能经过死的考验也好。乡下人有句话，再大的灾难莫过于死……”说到这里，徐烈停了一下，我以为他回忆那段痛苦的往事，说不下去了。然而，他的声音倏地大了起来：“四天以后，我觉得伤口由火辣辣的疼痛转为肿胀和发痒，我借着灯光看着自己的伤口，发现脓血里钻动着蛆虫……我想死，可在那一刹那，我的神经突然震动了一下，有一缕光从我心底强烈地升起来，我第一次感到生命的可贵：小时候，爸爸因公去世，过年的时候工会主席给我家扛来了一袋子白面，还给我30元的压岁钱。在幽深的夜里，母亲把我揽到怀里，她泪眼闪着喜悦，对着灯花向我述说今后日子的安排……我有过母爱，在贫困中的母爱比别人更强烈……”

大雁湖对岸的灯亮了，那一串金色的灯光，像深山里盛开的腊梅花；像雾海夜航的灯塔；也像母亲张望的眼睛。我和徐烈不知为什么，浑身都增添了力量。我甩开了徐烈，迈开麻木的双脚，跌跌撞撞地朝灯光冲去……

“哗啦哗啦……”

我们没有言语，也没有暗示，执著地向前走着。脚下留着一片蹚水的声音……

突然，“轰”的一声巨响，对岸井架的灯光又熄灭了。紧接着传过来大地发抖、撕裂钢铁的撞出声。这声音仿佛是从地球深处冲出来的，带着泥浆，带着沙石，呼啸着迅猛地扑向夜空，要把整个黑夜撕碎……

“井打喷了！”

徐烈高喊着，不顾一切地朝那巨响的方向冲去，我紧紧跟随……

这个紧急的信号，把我们脚下的这段小小的距离拉近了，使我们很快到达了岸边。这里离钻台只有几百米，在黑暗中可以模模糊糊地看见老队长和同志们抢险的身影。可是，我们俩一踏上岸边，就觉得头重脚轻，两腿发飘，像一棵要放倒的圆木似的一头栽在草丛里。但，我们的神志是清醒的，目标是明确的……我们不顾一切地朝井场爬去！我们清楚，不及时阻止井喷，引起大火，在井场的同志们全都将化为灰烬，这个油区也要喷垮，形成低压区，打成的油井也不能自喷，那就等于毁掉一个油田啊！不能想象……此刻，我看见徐烈像一条黑色的蛇，在草丛里飞快地爬行，他身上仍然拖着那些生产材料。他时而站起来，哈着腰踉跄地向前跑去……

等我赶到井场，井喷已经制止了。钻塔上又亮起了灯光，一切都恢复了原来的样子。老队长开始清点人数，他拍拍这些年轻的勇士说：“行！关键时刻都还顶得住。”

“报告！抢险的人都在，没有一个重伤。”

“是谁关掉了井口的防喷闸门？别不好意思，我给他记特等功！”老队长笑着看了大家一眼，“说嘛！别不好意思，啊！”

可大家都相互地望着，没有一个吱声。老队长突然皱起眉头。

“人数清点够了吗？”

写给朋友的文字

说点什么……

《岁月》的朋友来信说："书彰的三个中篇，二十期一起下稿，你说点什么吧……"

昨夜睡得晚，今晨未吃早饭的，起床后胡乱地泡了一碗方便面便坐到桌子前。隔壁的本科生宿舍里，没完没了地放着那首歌："我是一匹来自北方的狼，走在无垠的旷野中。……我只有咬着冷冷的牙，报以两声长啸，不为别的——只为那传说中美丽的草原……"是的，只为了那传说中美丽的草原。

我是什么时候认识的书彰呢？记不起来了，似乎很久很久以前就认识他，我来到这个世界上或许就是为了结识他。他像古老的俄罗斯人，像永远长不大的孩子，带着真诚，带着幻想，带着淡淡的苦涩生活在他的情感世界里。初次遇见他的人，也许不会对他有过多的好印象。他——貌似粗鲁，大大咧咧，说话伤人（因为是实话），但却有一颗坦诚的、毫无防范的童心。

"十载风雨，两番来去，大利难得，小欲何求。"书彰七八年考入中央戏剧学院本科，毕业后又考上艺术硕士研究生，师从著名学者谭霈生先生。他的学生宿舍一直挂着给他的条幅：桃李春风一杯酒，江湖夜雨十年灯。每当我泡方便面的时候，我就想起他。十年哪！他是怎么熬过来的呀。一介寒士，清风两袖，高墙外红男绿女，纸醉金迷；高墙内苦读寒窗，追求艺术。嗐！难怪有人说他傻帽。然而，就是这样一位才华横溢，为人耿直，极重情感，有着非凡的艺术鉴赏力的硕士毕业生，终于打起行李卷回到了北方——那片无垠的大雪地——冰雪的摇篮。

记得要离开北京的那些日子，他总是用沙哑的嗓子哼唱着"……我曾是豪情万丈，归来却空空行囊。那故乡的风，那故乡的云，为我抚平创伤……"我从来没有听到过这么动人的歌，他使我落泪，使我无声地哭泣。

什么都停不下来，一切都将过去，只有那褪色的记忆冷冷地攥在手里。他走了……带着许多悔恨和遗憾走了。北京——这座中国的艺术金字塔在他的眼前模糊了，渐渐地远去了。他还会回来吗？他将以什么样的姿态和面目回来呀！我多少次为他默默地祝愿：你要回来，要带着你的收获回来！

我真的感谢《岁月》编辑部为我的朋友一下子推出三个中篇，这是令我怎样激动的事情啊！或许，这个伟大的起点，将推动着书彰走向新的里程，将打碎他那温柔的迷梦，让他长大……

书彰有着北方大汉的宽怀和幽默；也有着女人般柔情似水的细腻。他出身名门望族，可却有一身乡土之气；他满腹经纶读过大书，却有着普通人的淳朴。书彰上过山，下过乡，在剧团当乐手，在山野土地上做力工，生活磨炼了他，干啥都是行家里手。是的，长在岩缝儿里的青松才坚强；开在沙漠里的花朵才美丽。

这些年书彰发表、编辑了许多作品，《外国戏剧名篇选读》（与人合作），论文《中国新歌剧》、《对戏剧情境再认识》，歌剧本《鸣凤》、《北大荒婚礼》、《茶魂曲》，译著《女人的力量》等等。可有一点我最清楚：尽管他常对朋友谈起他的几部得意之作，但我看得出他是用这些掩饰自己内心的空虚和不满足。用我的话说："咱们心眼笨，多寻思一会儿呗！"安徒生的丑小鸭，最后还是以天鹅的姿态起飞了。

作为朋友，我不能不说书彰有一些弱点。他有才气，甚至有着别人不能复制的天资灵性，可他有时缺少耐心，不甘于公开孤独。他太重情感，太重友谊，总希望在朋友那里得到安慰和赞许。

10月初他匆匆来到北京，我俩一起坐在学院的停车场上。记不清那天的月亮是什么样了，只听他说："我们可能是这个世界仅存的一批情感怪物。人类的情感已经走向死胡同了……""可能别人比我们先进，可我们不能没有情感生活。"作为新观念、新名词，他比别人清楚得多，钻了十年的书堆嘛。可还是那么重感情……有时我想，他的弱点也许是他的优点。人，为什么要根据什么观念重新塑造自己呢？让他保留自己内心的一点不受侵犯的小天地吧。我们只有一个刘书彰！全世界只有一个刘书彰！

爱梦想的老牛仔

读子扬的诗集，让我惊叹！不仅为诗的本身，而是我想不明白，这厚厚的两部诗集是什么时候写的呢？子扬与我等作家不同，常常处于清贫与寂寞，而他是经历着浮华、喧嚣、掌声，甚至被讨好声所包围的情境里。前年春上，我到中央电视台影视部想见见这位老弟，上海的一位朋友告诉我说他已经等了两天了，见他要提前预约。晚上在梅地亚他去看我，谈不了几句话，手机传呼响个不停。我曾绝望地想，他停不下来了，他悬浮在空中，他还是我从前认识的子扬吗？那一腮漂亮的胡子，笑起来两眼是向下弯的月牙，嘴角却是向上翘着弯月儿。那个让北方人骄傲的、孝顺的儿子，忠实的朋友，对艺术、大自然、风土人情都有着宗教般虔诚和信仰的艺术家吗？这个世界有两种东西把人搞疯了，一是金钱，二是电视。时间就是金钱，这不知是谁说的。时间怎么是金钱呢？时间是从什么时候开始的，它将在什么时候结束，若是分分秒秒都想到金钱，那真是一件挺可怕的事情。时间是盲目的引导者，对个体生命来说，就是《半敞的门》和《提灯女神》，一次性的生命，时间是感知情感的形式。我说电视会把人搞疯，不仅仅是受众一方，而是电视人本身。电视这个血盆大口太贪婪，吞吐量太大，它会把所有有才能的电视人掏空，智力透支，最后变成看图说话的幻童。因为这种现代机器造成的幻影，使人患了一种强迫症，使人误以为这就是我们生活的全部，而忘却了人是从何而来，将要去往何方？即使我们获得整个世界，却要失去个性和独特的感知，那不是等于把一顶王冠戴到苦笑的骷髅身上吗？

子扬还是子扬，当我读到他的诗句："流浪的思绪从这里启航／停泊时，却发现船上没有锚。"还有"从北中国匆匆赶来的飞雪／用它们的率真遮盖了／这都市的虚伪与丑陋／于是，人们便当作真实的美丽／而当融化的雪已感到自己被污染／一切都已来不及了——还记得我们一起去为父亲／买那盒八分钱的香烟吗？还记得我们一起去为母亲／买那枚用小河蚌装满的擦手油吗？"还有"我就这样默默地等待黄昏／等待你在黄昏中来临／我是自清晨便坐在这里……”还有“我来迟了还是他走早了／唯袅袅茶香久久漫我心扉”。我为子扬这些诗句，泪水涨满我的眼睛。他这个爱梦想的老牛仔，他这个世纪末的情感孤儿，他这人……头脑是清醒的。我想，电视人能多一些像子扬这样的电视诗人，或许能寻找一条通往人们心灵的途径，使电视成为安慰人们灵魂的窗口，而不仅仅是虚张声势、歌舞升平，那不是更好吗？

子扬是个博学的人，文化准备也比较充实，他在哲学、美学、社会学，甚至宗教学等方面都有广泛的涉猎。他还是个探险家，为此我曾为他担心，因为他的心脏有时会出问题，可后来我明白，他为什么五进西藏，首漂黑龙江，他是在磨炼那快要消逝的意志；他是在寻找那快要迟钝的情感触角；他是在生与死之间，展示人的苦难和快乐；他是在绝望中追寻新的希望。

子扬的诗表面看来是触景生情，散见于方方面面，可细细品来，还是有很深的人文精神和文化品位。他对战争的反思；对盲目的现代人的批判；对逝去的羞涩和美好爱情的向往，都深深地打动读者的心灵，有些句子使人过目不忘。当然，两部集子再精选一下会更好，有些显得匆忙，有些则显得情感重复。但这不失为当代诗坛的两部力作。

诸如对战争的反思，既充满着对历史的博学，又不失为人类意识，像《黑色的请柬》、《告别柏林》、《德意志》都写得才华横溢，惊心动魄。在《德意志》中，他一开始就把战争中产生的怪胎，刻画得入目三分——“是亡命的逃犯和粗俗的村妇／匆忙邂逅中放纵贪欢生出的／私生子”——他从《锡皮鼓》谈到哲学家黑格尔、费尔巴哈，从席勒的《阴谋与爱情》谈到布莱希特的《大胆妈妈和她的孩子们》，从绞刑架上的丹娘写到犹太女孩安妮的日记，他从爱因斯坦写到马克思，又从希特勒写到肉铺的屠夫。最后他这样写道：“德意志／是机器、思想、艺术和宗教的常设研究所／德意志／是流血的政治和不流血的战争的永久实验室／德意志／其实很简单，是一个和你我一样最值得可怜的病中的孩子／德意志／得到了意志却丧失了情欲。”这首诗的分量，几乎就是用诗写成的德意志的历史。

子扬的诗，对现实的关照是深入的、敏锐的，他不是发泼似的喊叫，也不是傻大胆的谩骂，而是宗教似的拯救和深色的幽默。似乎要唤起现代人不要用所谓的文明破坏我们已经创造的文明，人的真诚信任、执著都应该有一点宗教式的体验，比如他的《惨淡的太阳》、《失眠》、《又见布达拉》和《这一吻长达一百年》。子扬在维也纳圣·斯蒂芬大教堂广场，看到一对恋人始终拥抱、相吻。他试想这一吻若在2000年的最后一日，那将会把爱带入下一个世纪——长达一百年。但这不是爱情诗，诗人倾诉的是对下一个世纪的担忧。后工业时代，高科技对人们精神的挤压。他在这首诗里写道："这一吻长达一百年／微波炉里蒸烤着毕加索的鸽子／宝马车载着嫦娥去拍卖诺亚的大船／电冰箱里冷冻着泰勒士和老子、庄子的生硬思想／……这一吻长达百年／罗密欧欺骗了朱丽叶——没有真的喝下毒药／唐·吉诃德每出征一次都让潘丘计时收钱／关汉卿挥汗如雨地为春节晚会编写小品／坐在空调房子里的窦娥七月流火也不再喊冤／水泊梁山的后代唱着《好汉歌》／组成了包工队……"当然，尽管如此，诗人仍抱有希望，赞美那对恋人的热吻："唯有长达一百年的瞬间一吻／纯如从前／真如从前／挚如从前。"读到这里，我的心会突然战栗，也会心酸地苦笑，这是一个有良知的诗人的声音。

子扬的两部诗集，最动人的、最细腻的，要数他的爱情诗了，这些诗占了很大部分。如《半敞的门》、《情人》、《我爱你，爱在今生》等。古老的浪漫爱情，已经成了梦幻中的奢侈品，因为男女之间情感的关怀，远没有现金的关怀来得实惠，当代不多的爱情诗，也成了欺骗中学生的文字游戏，而子扬的爱情诗却不同，准确地说他是成熟的男人写的，是血里盐里水里泡过后提炼出来的结晶。比如《我爱你，爱在今生》这名字像流行歌曲，透着一些俗气，但你真正读到它的句子，你就会咀嚼到它的味道："搂紧你不让你感到寒冷／如果你真心地愿意／——我们一起这样紧搂着安静，梦入永恒／——不去在乎／这早该坍塌的古都又成了另一座庞贝城／也许在地岩中我们成了尊石像／亿万年后再被外星人奉为爱的图腾。"《半敞的门》写得更是如此，"那样小心，生怕惊动了爱的宁静——你走了，眼前只有这扇半敞的门／……追出去找你／恳请你清点这些散碎的心……"

读子扬的诗，是一种享受。你会看到他双手捧着自己的灵魂面对着你。他的童贞、脆弱；他的顽强、倔强都糅在了一起。他是一位多才多艺的人，又是爱梦想的老牛仔，同时也是这个世纪末的情感孤儿。尽管回去的路是没有的，但人类试图在寻找自己的精神家园，寻找一个安放灵魂的地方。人，正在觉醒。生活丰富了，标准就不能太单一。不要去劝他，这样就挺好……

文如其人

一个男人，到了50岁以后，形象便是自己选择的。年轻时读这句话，不理解，想爹妈给的样子，能改变吗？可活过60岁以后，才知形象不仅指外表，还有更多的内容，装饰外表，不如丰富内心。孔雀固然美丽，调过来也只剩屁股了。按说我和崔武都属于八字眉，小眼睛，一个是水黄瓜，一个是旱黄瓜，长短不一罢了。但随着几十年的岁月流过，我觉得崔武愈来愈可爱，说点肉麻的话，真是挺招人稀罕的了。在许多朋友圈子集会，我总是问崔武来吗？

崔武下过乡，扛过枪，准确说是航海兵，是掌舵的，但我实在想不明白，就他那个，能握着舵把子吗？转业后当工人、小干部，后来就弄大发了，当写手、当编辑、当总编；写过剧本、小说、散文、随笔、杂文，出过几部书。《天窗亮话》、《行者足音》，这次又一部书稿，很快问世。但我对这部书的名字，有点看法，干吗叫《崔武散文选》呢？选集一般说，是自己把以往的佳作选在一起，能代表自己的作品，留给后人，崔武在晚报当专栏作家，把远远近近的作家写了一圈，许多人盼着能汇成集子。老实说这几部集子，我最喜欢《天窗亮话》，它使我触摸到那个年代尘土和风的味道，这本书摆在我书房醒目的位置，时常拿出翻，我这人不太在乎名气，只在乎你的文字能不能打动我，《天窗亮话》至今有许多篇章，我都不止读过一次。如《伊克度》、《烟·旱烟》、《挖窖》、《羊绒衫》，等等。前些时候，我脖后生个闷头（疖子），我就到许多医院找伊克度，那种像凡士林样的黑药膏，但年轻的医护人员都不知道，非让我做手术，结果挨了一刀，几个月不能封口。小时候，生这东西，几分钱，贴上，拔出脓来，换次药便好了。也许这东西，附加值太低，没有药厂生产了。当一个社会只在乎钱的时候，我有一种说不出的滋味。

崔武这部新的集子，我是喜欢的，因为它很有趣，还带点冷幽默，也不乏深刻之处，还是文如其人，有感而发，不矫情、不卖弄，真诚地流淌出来。除了第一部分山水情丝，有点一般化，因为许多干部有钱人都出去旅游，回来都写些感受，但大多走马观花而已。但崔武写的感受还不乏精彩之处。如《槟榔妹》用胸把槟榔塞在大胡子嘴里，大家开玩笑，说大胡子有艳福。大胡子说，差点把我憋死。崔武这家伙挺鬼的，他没说槟榔妹的胸有多大，让你想去。其他五个篇系我都很喜欢，灯下絮语、陈年老窖、世相杂记、亲情永远、知青岁月。让我记住许多鲜活的语言，生动的人物，令我含泪发笑的冷幽默。

有卖弄、有杂念的语言，是很容易让人识破的。年轻时写东西，学了点新词，不管写啥，也得挤进去，用上。崔武的文字，我不敢说精炼、老到，但娓娓道来。在《下乡》的一篇中有这样的话，两辆马车，一车装行李，一车拉人。一个热血知青写了首诗，最后两句，是知青大军，浩浩荡荡。崔武说，两辆马车，咋能叫浩浩荡荡呢？他写难忘萨尔图，说那时起名字都挺革命，“群英村、奋斗村、登峰村。”可他住的地方，又叫“五排公路”，房子叫“三十二栋”。要找个人家，都没法打听，我一个哥们写了篇报告文学，叫托起明天的太阳，拿去征求农民的意见，老农说，托起明天的太阳，那可是扯。我读研毕业的时候，与导师一起钓鱼。我请教，文学艺术的最高境界是什么，导师说，懂点人情世故，说点人话。

崔武的这部集子，让我记住了许多鲜活的人物，这一点很了不起，有许多作家，写的作品名字我都忘了，但我记住了人物，这也许是文学解剖人生的高手了，像鲁迅笔下的孔乙己、祥林嫂、阿Q，老舍笔下的骆驼祥子，巴尔扎克笔下的欧也妮·葛朗台等等。崔武笔下，那个转业回乡修理地球的战友，老要寻找人生定格的、瞎折腾的老李，心地善良的李大姐，还有不惧生死、独自进藏拍羚山的刘为强，那个退休干部打乒乓球输给工人、差点郁闷死的老魏，那个在动乱年代被政治异化而迷狂的程大愣子，那亲情永远中的老伴，重病在床的弟弟，都让我记忆深刻，看到了那些人的音容笑貌宛如眼前。

崔武的高处是他有幽默感，还是深刻的冷幽默。我在中戏代过课，我说过，吃咱们这碗饭的，没有幽默，趁早改行。我说的幽默，不是说几句斗壳子的话，而是内容与情感，形式本身的幽默。让人哭容易，让人怒容易，让人笑不容易。（布瓦洛语）像现在的小品，讲段子、扯犊子、说荤话，那不是幽默。咯吱人哭和咯吱人笑同样不道德。生活是一个自然的流程，琐碎而有惯性，然而它会有突然吓你一跳的东西。

崔武的作品便有这种东西，但愿以后能保持发扬。我仅说两篇，一个是《针刺麻醉》，一个是《婚礼》。这两篇写得妙极了。针刺麻醉，是写他在部队患阑尾炎，需要手术，但不打麻药，用针灸止痛，开刀不说开刀，叫手术。结果来了一群人参观。刀子下去，疼得他像杀猪一样嚎叫，最后开始骂人，终了疼昏过去。关键是结尾，医生说，针刺麻醉是新鲜事物，本来要上报纸、上广播的，结果你没配合好，算了。再说《婚礼》，“文革”中有个叫程大愣子的造反派，跟一个叫赵小米的姑娘结婚，半夜打起来，前面跑着羞愧难当、满脸是泪的赵小米，后面又追着程大愣的父母。为啥，因为程大愣说新婚之夜，赵小米跟他动手动脚耍流氓。最深一笔，许多年后作者回乡探望，程大愣已经六十多岁了，依然孤身一人，成了老跑腿子，听说赵小米去了南方。人们好奇地问，赵小米到底跟你耍了什么流氓，年老的程大愣只是咧嘴笑笑。崔武没说“文革”多少人挨斗，多少人自杀，多少人在武斗中丧生。但我觉得，他比理论家统计的数字，上升到政治的迷狂，人性的异化，灾难的深重，更鲜活、更生动，这就叫生活背后的力量，以小见大。

不说了，再说就穿帮了。还是让读者自己去品味吧！

以此为序，哂正。

2012年冬日阴历小雪

美的记忆

今夏，大庆是个多雨的时节。尽管到了酷暑季节，夜里还是有些凉。案头上摆着苗齐的书稿，我披了披衣，不敢一下子打开，因为我不知道里面到底是些什么。这些年，有权有钱的人到头来总会出一本书来标榜自己，显得有文化。反正一些图利的出版社不管是什么文字垃圾他都会给你印成精美的书。我就遇到这样的事——一些老领导把自己的讲话稿汇编成书，拿来让我作序，这真是难为我，怎么写呢？维克多·雨果说过这样的话："说谎是件苦事情，而廉价的恭维和不切合实际的鼓励，又违背了做人的良知。"我硬着头皮拒绝了。

我小心地打开苗齐这部图文并茂的书稿《岁月留痕》，真是给了我不小的惊讶，这不是说它有多高的艺术性和深刻的思想性，至少它给我的感觉是美好的记忆，是岁月真实的痕迹。我甚至想不出他怎么到过那么多地方，而且有那么多不同寻常的思考，而且有的图片和诗真的让我震撼。全书共分五个篇章，祖国篇、美洲篇、欧洲篇、亚洲篇及人物篇。每个篇章都有精彩的画面和过目不忘的诗句，它带你游历世界和祖国的名胜古迹，走进思想的隧道。

水乡周庄、烟雨古巷，像淋湿了的国画，让人有一种湿漉漉的乡愁和感伤。而诗配得也是天衣无缝："软水江南／梅酒正酣／春雨纷纷／夏荷团团／割舍不下／小桥、流水、青瓦、木船／……一方无雨的空白／一段伤情的怅然……弯弯小河／弯弯古巷／虹一般的小桥／静静地连接两岸／生出多少梦想……"

人的生命也许是个无方的圆柱体，我与苗齐君子之交二十余载，我看到的只是一个面。他在市委宣传部当文艺科长时，总是那么笑容可掬，谦和礼让。按说作为意识形态主管部门，宣传部对文化局、文联永远是方向性的指导作用。他们来个科长，我们至少要主管局长陪同，最后还要作指示。可苗齐从不摆架子，对文化人总是很尊重，甚至有些过于谦卑。我对他的印象极好，但内心还是觉得，无非是一个小政客的日常表演罢了。但读了他的诗，看了他的摄影，我忽然感觉，一个作家应该走入人的心灵。我想起古典主义思想家蒙田的名句：“像局内人一样做事，像局外人一样思考。”我想象不出苗齐是龙凤区委常委、宣传部长到龙凤区委副书记，再到区人大主任，不说是日理万机，总有日理百机吧？然而，我错了，苗齐有那么丰富的内心，他从未泯灭对美的追寻，对生命和大自然的思考。

苗齐对祖国充满着无限的热爱、眷恋、赤诚。他祖上生活在长城脚下的一个村庄，祖先在那里淘沙沥金。那里苗姓居多，故取名苗金沟。他曾带着苗家长辈亲属到这里寻根祭祖，而且为他的祖上祈祷祝福。这对现代人来说是很难做到的，我们出入酒吧饭店，整容美容，吃保健品，延缓衰老，然而我们却忘记从何而来，将去向何方，都市人没故乡，永远生活在别处，就像树木挣脱了泥土，我们失去根，失去了地气，变得悬浮困惑。

美洲篇也不缺精彩之处，在自由女神像下，他这样写道：“百年来，她欢迎着疲惫移民 / 在茫茫的大海上就能远眺到自由的坐标……现在全世界都认识她的影子 / 她永远高举着自由的灯火。”在科罗拉多大峡谷，他写道：“彩色的岩石敞开了美洲的历史 / 无论是寒武纪还是新生代都在这本大书里 / 年轻的人类还在争论是美国的精神还是全人类的拼搏 / 谁能回答？科罗拉多——山谷无声……”

我知道苗齐被记载到《北疆文艺精粹获奖作家卷》，但老实说，对他的作品，我不大上心，因为他是哈师大中文系毕业，又管着这摊，总能有好友发表点什么，或是获个什么奖之类。在我看来就是小玩闹，什么《赶驴车的大兵》、《在血与火中涅槃》、《大庆公仆风范》之类，没什么太多的文学价值，当我看完《岁月留痕》欧洲篇时，我甚至感到自己的浅薄和无知。苗齐在瑞典著名的雕塑《愤怒的小孩子》面前，这样写道：“人类在自然中犹如暴跳如雷的孩童 / 总是犯错误却永远长不大 / 脱离母体后的彷徨与失落 / 如同宇宙中孤立无援……”正如爱因斯坦所说：“宇宙的无限与人类的愚蠢总是让我感到吃惊。”在《濒死的雄狮》中写道：“一支锐利的长箭 / 深深地插在背上 / 它孤独地躺在石壁中 / 坚守着自己最后的职责 / 让所有站在它面前的人 / 都感受到一种不可抑制的悲伤 / 直击人类内心最脆弱的灵魂……”

我甚至有点妒忌，苗齐怎么到过这么多地方，古巴、巴西、阿根廷，欧洲以及北美。他居然在亚洲的泰国看过人妖表演，对泰国的文化有自己独特的思考。《泰国人妖》里写道：“和尚和妓女在大街上擦肩而过／西方的刀叉与亚洲的筷子交相辉映／昂贵的兰花和臭虾酱摆在一起／泰国将矛盾融合／奇妙得像它的餐饮／…… 在这个信奉小乘佛教的国度里／许多男女恐怕永远都无法超度 ……”《阿里山神木》里写道：“不要走近她／那样会让柔弱的睫毛烫伤／面对她只能用心去仰望／这样才会让灵魂／触摸到她生命的顽强 ……”

尽管《岁月留痕》这部集子里，有些图片显得重复，有的诗也是看图说话，但在一部作品里，有那么多妙笔生花之处，也就足矣。在这个文字垃圾成山的世界里，谁能保证名家的作品挤不出水分呢？关键是苗齐老兄在五十三年的岁月里，他悟到了生命的本真和对历史、人文、自然的深深眷恋与思考。

前不久，我的朋友，可以说最好的朋友，著名学者、批评家马也先生到大庆来看我，看着我们俩脸上的皱折，不无感慨地说：生命就像抛物线，当到了最高点，就开始下落。就像苏格拉底说的，在生命过到大半程时，就该学会死亡。萨特问人类：你们不死吗？是的，我们只能在岁月中留下一点点痕迹。我想，这也是苗齐为这部集子取名为《岁月留痕》的原因吧。

在这部集子的最后，人物篇中，我看到了苗齐对人生感悟最精彩的一笔，《悠然自得》中写道：“甩掉鞋子的束缚／脱掉西装革履的捆绑／摘下刚强不屈的面具／…… 让拥有一片青草地般的牧场／让尘封的思绪尽情地飞扬 ……”多好啊，中国改革开放三十年，思想解放三十年，我们收获了巨大的经济效益，但我觉得最伟大的收获，在于人的本体回归。正如马克思在《政治经济学手稿》中写的：“人，将以各种方式全面占有自己的本质。”

2009年7月23日写于大庆家中骆驼斋

人生痕迹的记录

那时，春节刚过，建国兄便冒着严寒来找我，要我为他的《夕拾集》写点什么，我只好从命。

《夕拾集》没有修饰，没有删改，没有华丽的描写；有散文诗、白话诗、格律诗，还有填词补白之类的东西——像一个大拼盘，就那么端了上来。用他自己的话说，洋不洋，土不土，不成样子，或许这也是一种风格吧。读来，有一点淡淡的苦涩及沉思。

建国兄比我小几岁，但他参加石油大会战却比我早很多。1961年，他才七八岁，就随父亲从玉门油田来大庆了，因此，他是石油的儿子，他是大庆的儿子，他对这片土地的爱恋超乎寻常地深沉，他把一切都毫无保留地献给了这片土地。他16岁在采油一厂一矿自愿当作业工，干最脏最累的活。后来自学成才，长期在理论宣传、教育、研究等岗位上忘我工作，为宣传大庆、建设与发展大庆，用了不少心，出了不少力，也累出一身病。

《夕拾集》中的劳动歌谣，在我看来是精彩的一笔。建国兄极其崇尚劳动之美，这与我的看法相同。《麦收谣》、《扬场曲》《龙口夺粮》和《早发》，虽然称不上经典，但透视着对劳动的崇尚和快乐。马克思认为，人类最重要的境界，是把劳动当成快乐的事情。

有一本书叫《忧思录》，被恩格斯称为"动人心弦的书，人类思想史上的一本奇书"。作者是英国的卡莱尔，在这本书里，他极其崇拜人类的劳动创造，他呼吁："我以天国的名义，我的兄弟，你所向往的黄金之国与不劳而获的人间天堂并不现实，那只是你头脑发热的一场梦幻而已。"

我们在劳作，无论用机械或头脑，只有勤奋劳作才配拥有土地。因为无论什么国度、什么制度，土地都是我们所有人的母亲，她养育了我们，为我们提供了居所，我们感受到了快乐，使我们的人生丰富多彩。从我们第一声啼哭到最后在她的怀中安息的所有时刻，她都用她那神圣的、母亲的臂膀，包容我们所有的人。

建国兄对劳动歌谣或许没想那么多，而我却是有感而发。我小时候，因为三年自然灾害，在煤矿开过荒，种过地，当那硕大的土豆把地垄挤裂的时候，那快乐是终生难忘的。这是题外话。

在我交往的朋友中，建国兄是非常注重读书和学习的人，也是善于读书学习的人，他把读书和学习视作一生的追求。可以想象，他在“文革”中只读到初中，这就是他的第一学历。那时候，能学些什么呢？语文，学点毛主席语录或诗词；数学，也就是加减乘除和一、二次方程罢了。可他硬是靠着刻苦的学习精神，由一名油田作业工成长为一名宣传干部、一名党校哲学讲师、一名马列主义宣讲团的骨干、一位大庆科协主席。这不能不说是一个小小的奇迹。这也是他把读书学习当成一种生活方式，不断丰富自己所获得的成就。建国兄一直崇尚俄罗斯文学巨匠高尔基的《在人间》、《我的大学》，因为他是自学成才的世界典范。高尔基总结自己人生的经历时说：“书籍鼓舞了我的智慧和心灵，它帮我从腐臭的泥潭中脱身出来，如果没有它们，我就会溺死在那里面，会被愚笨和鄙陋呛死。”读书学习造就完整的人格，阅读使人充实，会谈使人敏捷，写作与笔记使人精确，史鉴使人明智，诗歌使人巧慧，数学使人精细，博物使人深沉，伦理之学使人庄重，而逻辑与修辞使人善辩。古希腊伟大的哲人苏格拉底说过：“我唯一明确知道的事情，就是我自己的无知。”

在我看来，建国兄的《乐道集》是一部很有分量的理论著作，要比《夕拾集》的一些诗歌水分少了许多。当然，他的本行是哲学理论研究，他曾把哲学与自然科学联系起来，比如哲学与数学、物理、化学，甚至是哲学与油田地质理论，很有说服力地联系在一起。

说回到诗歌《夕拾集》，我更欣赏建国兄人到中年时与石头的对话。在观赏石头方面，他是鉴赏家、收藏家，大庆的百湖艺术群落就有他的一席之地，而参观的人都惊叹不已。我仔细想来：建国兄为什么酷爱石头呢？那也许是他对人生的一种大彻大悟吧。大半生搞宣传、当教师，讲的话不少，随风起舞，是否定之否定，有多少独立思考、自由之精神呢？石头，它存在着，亿万年地存在着，它不会说话，但人们可以去感受它、观赏它，赋予它灵性，走近远古的呼唤。想来，建国兄不就是一块石头吗？少年时期是一块激情燃烧的石头。他可以不说话，但不愿意再说假话，因为当下的任何一条大街或小巷，都可以遇到趋炎附势的人、讨好的人，说着言不由衷的、不切合实际的话语的人。如果那样，还不如与石头对话，走向未来的同时，也走近远古。

就让建国兄的《爱石悟道》，作为这篇短文的结尾吧。

我爱石雅致，天然去雕饰，大美欺石拙，石不嫌我丑。

我爱石豁达，尊石为典范，宠辱两由之，随遇而安然……

宝琛兄，你仍然在我们中间

2月18日下午，我从外面回来，刚进门，妻子便对我说，书彰来电话，说宝琛昨天去世了……我好像被风抽干的老玉米秆似的呆愣在那里，手上还拎着一只要换的拖鞋。……过了许久，我才下意识地反复念叨一句话：这不可能！这不可能！不可能……妻子拿过一张纸片说，这是宝琛在珠海的电话，你可以打……我跌坐进沙发里，足足抽了三支烟，脑子里一片空白，无论如何我都不敢相信这是真的。因为一周前，我与宝琛刚刚通过电话，他的声音依然那么洪亮，笑声还是那么爽朗。他说，我刚读《中国戏剧报》上，王育生先生写的你与《秋天的二人转》，还有中间彩页上的剧照，真不错！我问，你的电视剧《杨靖宇》弄完了吗？他说，哎呀，就那玩意吧！我说，宝琛兄，你一定要保重身体，别玩命地写了，不是那个岁数了！他说，我身体还行，没事！

我微闭着双眼，宝琛就在我的面前，他的音容笑貌我太清楚了，清楚得比看自己这副老脸还深刻。他红润的面庞，说话抽动鼻翼的习惯，笑起来那毫无遮掩的如同孩子般的灿烂，还有那亮亮的闪着光泽的大脑门。

一位古典主义哲学大师，说过这样一句话：这个世界上只剩下一个好人，都值得我们活下去。宝琛兄是我在这个以写作为生计的圈子里，认识的不多的好人之一，他无论漂泊在哪个城市、哪个角落，只要看到你的作品、评论，无论是在电视上、舞台上、杂志上，他都要打电话祝贺一番，使你增加信心和活下去的勇气。

80年代初，我与宝琛常到哈尔滨去修改剧本，每到深夜他总是说，利民，你等着，我去买点猪头肉、花生米，弄点小烧，咱俩闷两盅再睡觉。我说，别价呀，我比你小，三人同行老弟受苦嘛。可没等我把话说完，他已经走出小旅馆直奔南岗夜市去了。……那真是一种享受，甚至是一种有意识的、自觉的、毫无逢场作戏、自在自得的一种生活方式。老哥俩，喝着小酒，吃着花生米猪头肉，谈着剧本儿，毫无保留地把自己的好材料贴补给对方……我敢说那比吃龙虾鲍翅还有味道，它能兼治人类身心双重疲惫症。后来我与宝琛都有了点名气，宴会就餐时总要坐在有领导的主桌，但老实说，那顿饭吃下来会很累。

宝琛兄很少抱怨生活，牢骚满腹，他总是积极地面对生活，面对突然降临的一切。宝琛是老北京人，他的整个童年都是在北京度过的，由于家庭出身问题，他几次报考艺术高校都被挡了下来，18岁便背上简单的行囊，闯进了饥饿、寒冷并伴着死亡的北大荒。说到知青上山下乡，宝琛应该是爷爷辈的。五八年他就来到了北大荒，要说吃的苦、遭的罪，后来的知青和他比那差远了去了。宝琛在北大荒种过地、采过矿、当过伐木工，在珍宝岛保卫战中扛过炮弹，他像一个拓荒的老牛仔，在无边无际的大荒野中，放牧着自己的灵魂，在茫然和迷蒙中追寻着自己的梦想。宝琛能成为新时期以来东北最重要的剧作家之一，几乎完全靠他不懈的努力和拓荒者的创业精神。

有一次在省里开创作年会，我与宝琛聊到深夜，他很深沉地说，我这个北京人，在北大荒生活了四十二年。北京人的习惯早已荡然无存了，成了一个地地道道的东北人，北大荒人。…… 一方文化、一方水土养育了一方作家，我早就习惯了北大荒的大碗酒大块肉大烟泡大江大湖大原野大森林大煤矿了，这些粗犷豪放的生活及火辣辣生动鲜活的人物情怀无时无刻地感染着我。说实话，我对那些无病呻吟、胡编乱造、矫情造作、黏黏糊糊、哼哼唧唧的东西不感兴趣。…… 北大荒人讲义气，朋友之间、男女之间，爱就爱个死，恨就恨个够。谁说东北人没有创新意识，谁说东北人好吃懒做？过去那些闯关东的汉子，没有点在一穷二白的土地上开拓创业的精神，你活都活不下来！ 当然这一切也为宝琛后来形成的戏剧创作风格打下了坚实的基础。

用北京的专家学者的话来说，黑龙江的剧作家有一个雄厚的群体。我常常为他们这样评价我们而感到自豪。真的，我们这个群体里有邵宏大、杨宝琛、王治普、张明媛等一大批优秀的剧作家。当然，这是一个个人选择和个性回归的时代，有的人选择了离开，有的人去干了别的，也有的朋友兄长永远地离开了我们，而有的人依然在坚守着。我常常想，人可能是为远远近近的一些朋友、亲人活着，因为那是一份牵挂、一份怀念，甚至是在你获得一点点成功时的炫耀。

宝琛兄走了，就这样让我们一点心理准备都没有突然走了。他像是把我的一部分生活和一部分生命也带走了。但我觉得他依然在我们中间，这个世界可能不会太公平，但有一点是公平的，那就是——死亡。既然死亡就在前头，也不知道下一个是谁，那就让我祝愿我们黑龙江戏剧圈里的朋友们，想开一点，快乐一点，悠着一点，多聚几次吧。

2005年3月22日大庆

写给春山……

怎么说呢？我与春山是多年的好朋友，是那种不需要提起，也从不会忘记的好朋友。在我的印象里，春山很男人，很惹女人喜欢，活得也很明白（这是当今对一个人的最高评价，说那是个明白人）。我不知怎的就生出这样一种感觉，假如我在哈尔滨遇到麻烦，我会第一个想到春山，他会不顾一切来为我解困。这并不是因为他在省公安厅宣传处任一级警督，而是内心有一种莫名其妙的信任感，用北方人的话说叫"好使"。我常常想，我们活着，或许就是为了远远近近的一些朋友；我们做事，努力，也是为了远远近近的朋友知道我们的存在和价值。

春山是个重感情的人，这让我很感动。前不久，省2000年戏剧中心年会，在哈军工大院的八一宾馆召开，七月流火，酷热难耐，"中心"为了节省开支，没预定有空调的房间，高温35度，人都处在昏迷状态，我想春山不会来了，因为公安口的开会，到哪都得高看一眼。可在那个最炎热的上午春山大汗淋漓地按时赶来，他悄悄地对我说：我就是想来看看朋友，很想你们……真的。

原来我与春山都是戏剧圈里人，他从省艺校编剧班毕业，后又到中戏进修戏文，写了许多小说、诗歌、影视。算起来也有一二百万字了。在我看来，春山是个悟性好、有功力的作家，可不知怎么，他就突然跳到圈外去了。或许冷眼看这圈里会更清醒；或许他在寻找属于他的世界。

对于春山的短剧、小品，子见兄与李长荣先生都评价得很透彻了，我不想赘语，就总体而言，这些作品都透着善良的天性、人性的光辉。尽管现代主义认为人是没有出路的，生活本身就是支离破碎的，一切都毫无意义。但春山这类作家，还是对世界抱着最后的希望，最虔诚的祈祷，渴望明天的生活会好起来，企盼人能回到自己的精神家园。这也是我读春山作品最感人的地方。

有人告诉我，说春山是写小品的大腕了，其实我很不愿意听，因为春山是个作家，他有很深的文化功底和充足的准备，他的作品不是流行意义上的搞笑和用相声似的包袱构筑的情节，而是开拓情境，把握契机。在独特的情境里，试验人生的各种可能性。布瓦洛说："且莫乱开玩笑"，"真实的情感，永远比真实的事件有价值。"不知从什么时候开始，小品火了一阵子，现在都快走到绝路上去了，因为人们笑不起来了。我想，小品、短剧要走出困境，还是要塑造鲜活的形象，开掘戏剧性的纠葛，展示丰富多彩的生活，用情与理统领人生百态。

春山的小品、短剧，可称得上真正意义上的戏剧小品，因为它让你发笑和让你泪下，都不是靠哪一句话，而是戏剧性的场面和冲突，有巧思、有转机、有戏剧性情势的发展、有高潮中的瞬间爆发。当然，这几十部小品我并不是都喜欢，有的显然是为了某个电视专题晚会而作，明显地带有公式化、概念化、直奔主题的倾向。但有些作品可称得上是上乘之作，如《寒露》、《报摊前的新闻》、《审贼》、《尴尬的晚餐》、《奶奶的小巷》等。

我最喜爱《寒露》这类短剧，它用超现实的手法，甚至带有荒诞的手法，写一个女人把十二年前男友的一句誓言保存至今，总是在那里等待他的到来。当他真的来了，却未认出她是谁，而且还要求她重新与自己交朋友，发展两性关系。这里有说不清但却能够感受到的许多深邃的东西。现代社会，物质对人们精神的挤压，古老浪漫的爱情成了奢侈品，男女之间的事也进入了一次性市场消费过程，许多伟大的誓言是用谎话构成的，男人的承诺是那么轻浮、脆弱，刚说完就像一阵风飘走了。莫说是十二年，就是十二分钟前的激情都忘却了。《寒露》这类小品短剧在当今舞台上几乎是见不到的。如果春山的小品能容纳世界戏剧各种表现手段，独辟蹊径，使我们的舞台短剧、小品提高文化品位，这是非常值得努力的一件事情。为什么小品只能是滑稽可笑呢？荒诞的、抽象的、抒情的、悲剧的、讽刺的、喜剧的、音乐符号似的，各种各样的小品、短剧竞相争艳，百花齐放不是更好吗？春山的短剧小品很丰富，很值得一读，他对戏剧技巧的运用，会给初学写小品的人以很好的范例。

春华秋实，春山秋水，他是该到收获的季节了。算起来，他也不太年轻了，剩下的日子能像秋水一样宁静而致远吗？我一直为这老兄担心，他应酬太多，交友甚广，又迷上了电脑，玩起网络什么都忘了。有时我想，春山不缺少才能，可能缺少耐心。浮士德经不住诱惑，把灵魂卖给了魔鬼。我想春山是决不会把灵魂卖给魔鬼的，因为他灵魂中有一种不可泯灭的良知，但他得学会节制，学会拒绝。

2000年7月18日

回归家园

——写给《我的城市》诗选的序言

本来这部合著的史诗，应该请一位外地的大家或高层领导作序，但不知何故却落到了我的头上。老实说，我的内心有点惴惴不安——一来我是本土的文化工作者，二来我又不是什么大家，为这部有分量的诗选作序，很难做到超越与升华。

人们常说："这孩子是我看着长大的。"对于我来说："大庆这座城市也是我看着长大的。"我18岁背着行李卷由鸡西煤矿来到大庆工作，按习惯的说法，也是老会战了。大庆的一草一木，一砖一瓦，一路一房，一男一女，一老一少，一生一死，我都亲历过。可以浪漫一点说，我是把青春、爱情、生命都献给了这片土地！

当我读完这部诗稿的时候已经是午夜了，深夜的风有点凉，我披了披衣，眼前浮现出许多我熟悉的诗人朋友，有的已经故去了，有的人从青年走到老年，有的则是在大庆这块土地上出生的创业者的后代。在这个讲究实惠、重商主义的生活中，人文的关怀远没有现金关怀来得实惠，但大庆的诗人依然在讴歌自己的家园、自己的城市、自己崇拜的铁人精神。这让我非常感动，泪眼模糊。我想，诗意在生活里无论多么衰竭，但它依然在我们当中。我们不应该把诗人赶出理想的王国，应该呼唤诗意的回归。

这次策划这部精选诗集的时候，市委宣传部的主管领导和大庆的文化人反复讨论，最后取名为《我的城市》，这有着很深的多层含义：一是大庆已由一片荒原变成了一座初具规模的现代化城市，用刘伯羽先生的话说，大庆是共和国创造的一个奇迹。全市人民正在为可持续发展，建设高科技现代化城市，搞好二次创业，努力开拓进取。二是大庆人应该有一种归属感，有一种市民意识，建设好我们自己的家园，过好自己的日子。或许我们对"头戴铝盔走天涯""满怀深情望北京"唱得太多，应该回头来看看我们自己的城市，自己的生存状态，自己的日子过得怎么样！不要虚火上升，弄得不着边际，我想大庆这座城市建好了，日子过好了，人们安居乐业，也就是为共和国作贡献了，也就是少给中央添麻烦了。许多年来，我一直在研究一种文化现象，大庆这座移民的城市，许多人没有市民意识，总是不把这里当成家，这对我们不得不说是一种悲哀。我想，这部《我的城市》的诗选，就是献给我们每一位大庆人的，我们不期望这部书有多大的市场发行量，只要大庆人都来读读就够了，了解一下自己昨天、今天、明天！历史、现实、未来！

《我的城市》这部精选的诗集，汇集了大庆几代诗人的经典之作。铁人王进喜，是中国人的先锋战士，是我们这座城市的灵魂，但他也是诗人，他的诗是像西北的秦腔一样吼出来的，是以血和生命作代价的，他的“井没有压力不出油，人没有压力轻飘飘”，已经成为千古警句名言。许多国人和知名运动员，常引用的一句诗。这部诗选里还收入了已故诗人杜鸿宾、刘传芳、刘振学等人的遗作。但大部的诗作，还是活跃在文坛上的中青年诗人——阚峰、庞壮国、戴立然、余兆荣、吕天琳、杨小林、王勇男、王如、陈岩、赵守江、王建民、唐元峰、李学恒等。还有当了领导依然不忘抒怀的老诗人代明午、李智廉、杨普瑞、汪秋贵、李云迪、季学文、康峰戟、田润普等。这些诗人构成了大庆的一道风景线。他们从不同的视角，从历史到现实，合著了一部大庆人文、历史、自然、发展过程的辉煌史诗。

《我的城市》采用了板块式结构，共分四个部分：《多情的篝火》、《野风景之魂》、《大庆，我的城市》和《月亮升起的地方》。这种排列本身就具有诗的意境，同时又自然地按历史延伸把创业年代、发展时期、城市建设和未来的远大前景有机地结合起来。

第一辑《多情的篝火》，仿佛把我们带到那艰苦的创业年代，听到千军万马的脚步声和钢铁相撞的轰鸣声，展现了石油人为国家民族的尊严，战胜难以想象的困难，那一种大无畏的英雄气概和民族气节。如铁人的诗：“石油工人一声吼／地球也要抖三抖”，诗句气吞山河。汪秋贵的诗《暴风雨中》：“雷猛电疾天欲塌／黑云滚滚压井架／狂风如虎啸／暴雨似开闸／雄鹰收了翅／狼兔早归家／钻台上怎么样？／哈，该干啥就干啥！”已故诗人刘传芳的诗更是多情、浪漫、细腻，他在《帐篷》一诗中这样写道：“春来，门前黄花映绿草／初秋，窗下蟋蟀弹琵琶／冬至，雪花如棉床前铺/盛夏，雨后床底游青蛙。”这一幅幅生动的图景，抒发出创业者多么乐观的生命情怀。而李云迪的《石油魂》则更加大气，具有历史的纵深感——“你拉着一张沉重的犁/反刍一个辩证关系/人做牛是过程不是目的/只有拿到更多的石油/才是生产力的解放/后来，在这片土地上/不知是牛解放了你/还是你解放了牛。”

第二辑《野风景之魂》，我觉得这个时期的诗作，更具有人文精神，充满着人性的光辉，也使大庆的诗作，在全国有一席之地。如阚峰的《野风景之魂》就更巧妙地运用了色彩、韵律和节奏等技巧——“属于浅翠属于深绿属于金黄属于雪白/最终提取黑色/我们是年轻的‘钻工爷’/像流浪的汉子像脱缰的野马/钻塔是路标是驿站/走向未来反而走向荒芜走向原始/风化感情风化皮肤反而硬了性格/常被人忘记也常忘了自己/热爱生命不喜欢比较生命的价值/死亡对谁都同样微笑。”当然这个时期的诗作在全国有影响的很多，如庞壮国获奖的《关东十二月》(本书没有收入，因为限于写大庆的题材)，还有戴立然《这里是逐油而迁的部落》、王勇男的《石油在月光下行走》等，这些诗都进入了文学的层面，而充满着生命的终极关怀。

就大庆这片英雄的土地而言，最大的文化含量就是铁人精神和大庆精神，这两个精神说到底是一种民族精神，它不是简单的政治概念。试想，中华民族的精神不就是在国家遭受灾难的时候，那样一种不屈不挠、克服困难、勇于自我牺牲的献身精神吗？无论在三年自然灾害时期，“文革”十年动乱时期，还是在改革开放经济政策调整时期，大庆人都为共和国起到了雪中送炭的作用。

第三辑《大庆，我的城市》。我常想，我们来到这个世界上，不要企望别人把一切都为我们准备好了。我们是谁，我们从哪里来，要到哪里去？就连古希腊人还追问——你是谁？认识你自己吧！有时，我们学会了速度，却忘记了思考，所以应该偶尔停下来等等我们的灵魂。对于大庆这座城市的历史，每个市民都应该知道一点，尤其是后来者和年轻人。没有历史感的人，是浅薄的。

在《大庆，我的城市》这一辑里，我首推我市著名诗人庞壮国的诗《二十岁的城市》，他这样写道：“远去的岁月是悲壮的一支歌/节拍里蕴藏着火和盐／那火，是地底之火心底之火理想之火／那盐，是汗水泪水的结晶血的光斑／我的城市就在那悲壮中／整整孕育了二十年／大庆油田是我城市的母腹啊／钻塔般雄浑／钻头般刚健／白色的雪原白色的饥饿白色的号喊／黑色的地血黑色的忍受黑色的苦胆／……狗皮帽子杠杠袄／干打垒的泥房冒黑烟／那是我城市寒酸的童年／但那不是耻辱而是含羞知耻的站立／在我城市的骨头里积淀了／精神的黄金钻！”

人们是很容易遗忘的，看到今天美丽的大庆，花园之城，百湖之城，森林之城，高楼大厦连着芦花苇塘，世纪大道连着时代广场，没有人不赞美这里神奇的变化，没有人怀疑它的明天会更美好。但谁会想到，儿童公园的土层下面，还埋着创业者拉断的钢丝绳呢？又有谁会了解大庆史前的历史呢？这里有猛犸象的化石，这里有白金宝文化遗址，这里是古老的黄金驿道，这里不仅仅是石油的历史，我们的城市有更深的历史积淀。我们大庆的诗人从不同的角度，讴歌着我们的城市，我们城市的历史和现实。王建民在《猛犸象化石》中这样描述：“在大庆，在肇源境内／1973年出土的猛犸象化石／是距今一万多年前的杰作。……是在一天时间内突然绝迹／还是经过漫长风化蚕蚀／这一切都是大庆的谜／……对地球对自然的祭文／对大庆对历史的追忆。”

第四辑《月亮升起的地方》。大庆经过四十多年的开发建设，几代人的不懈努力，它已由一片荒原变成了一座美丽的城市，正像联合国教科文组织评价的那样——这是一座很适合人们居住的城市。它有广阔的平原，大片的湿地，蓝天碧水，石油化工的综合利用，牧业和绿色食品基地，高科技创业广场，大学园，高中城，一切都在日新月异迅猛发展着，明天的太阳会更加灿烂辉煌。我想用周树山的一首诗来结束这不是序言的序言：

这里是月亮升起的地方
这里是我们可爱的家乡
丹顶鹤在芦荡里筑窠
紫云雀在蓝天上歌唱
犁头耕耘着远古的梦幻
鲜花装点着祖先的婚床
噢，美丽的家乡

月亮升起的地方
岁月之轮碾过了风尘古道
洒下迷人的月光
让我们跨上飞腾的骏马
去看那轮神奇的月亮

2003年9月1日于大庆

故乡、老地方和亲人

长跪哭娘

年初一的夜里，我忽然接到大妹从家乡打来的电话，那声音极小，伴着许多神奇古怪的嘈杂声。大妹吃力地嚷着："哥，妈不行了，你带上装老衣服快来！你听明白了吗？"她一再重复"你听明白了吗"这句话。

我的心一直往下沉，沉到了一个无底深渊，从那里划开浓浊沉滞的水，想拼命地伸出头来喘口气，但我还是感到死亡的恐惧。

我冒着严寒，匆匆地上路了。在凌晨凛冽的冷风里，我看到街市忘记关掉的彩灯和烟花爆竹的碎屑。然而一切都在我的眼前飘动起来，兴奋过度的城市使我感到十分荒凉。

怎么会这样快呢？不是说好的吗，过了年我就去接老娘。母亲总说她老了，要回家乡看看，看山，看山上的树，看小河套里的水，看我们出生的地方。而母亲还会回来吗？……

十多年前，我把父母从家乡接到城市和我们一起生活，那是全家最好的一段日子。好日子过去了，还会再来吗？……

父亲和我们生活不到四年便过世了。对于他的死，我没有更多的悲伤。他病了三十六年，给这个家笼罩了三十六年的阴影，穷困自不必说，几乎见不到钱。打从我记事的时候起，就不停地送他住院，接他出院，我和大姐架着板车往返在山路上。

父亲一生自命不凡，年轻时闯关东，在呼玛河淘金冻掉过半口牙齿。后来到煤矿，三块石头夹一块肉，一年零八个月砸伤吐血，医生说他再活三年就算高寿了。

母亲使父亲活到73岁。我家乡的一些老邻居听说老杨头活到这把年纪都吓了一跳。我常对妻子说：妈妈是这个世界上最善良最忠贞的女人，今后也许不会再有了……

列车从阿城再往前开，便进入茫茫的大山了。一过亚沟，冬日的太阳就落在了山的那边。天是怎么黑下来的，我全然不知。我奇怪，明明才过了几小时，我怎么想了几十年的事情。

我记得很清楚，父亲的工资是十九元八毛八分，至于这八毛八分是怎么算出来的，到现在也是个谜。但这就是我们八口之家实实在在的收入。

母亲在大房子（煤矿工人宿舍）给三十个矿工洗衣服，每人每月交她五毛钱。为每人的五毛钱，母亲洗不完的衣服，泼不完的脏水，双手都泡烂了。

在家乡我住屋的房梁上有一个小竹筐，那里放着些矿工的好吃的，我们兄妹在饥饿的时候，总是围着那只筐，像一群猫。母亲就说："你们吃的日子在后头，留给你爸爸吧，他需要营养。"

六〇年闹饥饿，人看到啥都想吃，饿得牲口啃门槛子。科技发明人造肉、代食品、粮食增量法。母亲找出家传的小铜秤，每顿饭分定量给我们吃，她怕我们饿死，总说："宁吃半顿，不吃断顿。"

母亲把珍藏了许多年的两枚金戒指，换了一麻袋玉米，帮我们熬过了那个最寒冷的冬天。那年月医院条件很差，母亲在自己身上学会了打针，给父亲当了家庭护士。当瑞雪覆盖着我家三间草屋时，夜来透过小窗闪出的一昏黄的灯光，整个小院还是如童话般美丽，尽管是在苦难之中，而我们依然有温馨、宁静、充实的童年。

列车转过弯道更快了，铁轨发出单调的撞击声，我的心也随之紧缩成一团。我祈祷神灵，能让我最后见母亲一面。

这几年，我在写作疲劳的时候，总是到母亲屋里坐坐。我们娘俩没有多少话可说，只是默默地坐着，偶尔下一盘跳棋，无论输赢母亲都高兴地笑。有时，我摸摸母亲的手，不是好奇，而是想不明白，它怎么会变成这样？母亲便笑着说："老了呗。"

还有一次，我看了母亲的脚，她很不好意思，但还是让我看了。母亲生在晚清末年，在旧时代自幼裹脚缠足，我不知道她一生忍受了多少痛苦，当我看到她的脚时我吓呆了。她脚的趾骨都折断了，弯到了脚掌中心，足背隆起，大趾凸出，整个变了形状，那是我最难过的一次，几乎掉下泪来。

母亲一生中只打过我一次，那是我12岁那年偷吃了养马车的丁家烤豆饼。母亲扭着小脚，带我去给丁家道歉，她跟人家说了许多好话，回来独自躲到屋里哭了很久，我透过门缝儿望着她，暗暗发誓：我将终生不再偷人。

我在牡丹江倒了车，这里离家乡还要赶五个小时的路程。我在新扩建的车站里，拎着黑提包转来转去胡思乱想：母亲，让儿子再见见你吧！……

午夜，我登上了开往家乡的列车。进入夜间行车，我孤零零地坐在靠窗的位置，定定地望着窗外，然而却什么也看不见。这是一列慢车，逢站必停，停下就不知什么时间再走，冷风从车门处袭进来，我不禁打了个寒噤，浑身冷得瑟瑟发抖。不知为什么，我觉得母亲和我同样的冷，她躺在一个冰冷的台子上，几乎全身都冻僵了，她的手平伸着，等待着儿……

列车隆隆地驶过一座小桥，桥下冰冻的小溪，是我家乡同一条小河，它沿着山谷像一条小蛇钻来钻去。

我上小学三年级的时候，母亲用洗衣挣的钱为我买了一双新球鞋，我高兴得跳起来向所有的伙伴显示我不比他们差。去前山玩，采山葡萄，要过那条小河，伙伴们出主意，说先将鞋子扔过去，然后再卷起裤脚蹚河。而我却把母亲为我买的一只新鞋子，扔进了湍急的小河里，不知顺水漂向何方……

我在小河边一直坐到天黑，心里非常懊悔，那是我有生以来第一次感到世界的无奈，生活中充满凶险。母亲来找我，她没有一句责备的话，只是问我鞋子是从哪掉下去的，然后用她手中拎的一个炉钩子沿着小河不停地打捞起来。母亲牵着我的手，扭着她的小脚走走停停，在凹凸不平的柳条丛中顺着小河一直走了很远很远……

当我成年以后，每想起这件事便幸福得想流泪。我不知这件事意味着什么，但我总觉得从那时起母亲就一直牵着我的手走到今天。每当我失败或成功，健康或疾病，我都感到那只手的存在，她一直牵着我……给了我一生的善良……

列车过了林口，剩下的几个小站我记得很清楚——奎山、青龙山、麻山，过了兰岭便是我的家乡滴道了。我突然害怕起来，心跳也显得狂乱了，我不停地叨念：母亲，等等我……

冷冬的清晨，天色刚刚微明，到处还都是灰蒙蒙的一片，我在滴道车站下了车。妹夫一下就认出了我，他说："先回家还是去医院？"我说："立刻去医院！"

在汽车上，妹夫说了一些话，我一点也没听进去，他大概说了母亲病发得很急，年岁大了，哥你要想开之类的话。

快到医院的时候，我感到不对劲儿，车子开进了荒草丛生的土路，我火着问妹夫：“你这是往哪儿弄呀？”妹夫只说了声哥就呜咽起来……

车子一直开到了医院的太平间，还没有近前，我就看到两扇大门敞开着，一个守夜的男孩跪着烧纸，死者身上盖着一席黄绫，头上燃着盏油灯，直挺挺地躺在一个停尸的水泥台子上。

那是母亲吗？她怎么会躺在这儿？那冰冷的水泥台子多凉啊！我猛的感到世界是如此的悲凉，一切都在我眼前改变了颜色。我跪在母亲身旁，真的差点死过去，我不知发出一种什么声音，把妹夫都吓得退后了几步。

母亲……

我把脸贴在母亲的面颊上，握住她那冰冷干枯的手指……我觉得一切都破碎了，难道还有什么是完整的吗？……

我不再拥有母亲了，这世界上唯一与我没有利害关系的亲人将永远离我而去。我该长大，该断奶，该在40岁的时候告别童年，该独自面对攻击与伤残、成功与失败。

我长跪在母亲身旁，长哭当歌，长歌当哭，我真正地感到死亡的无奈，人生的苦短，一切都停不下来，一切都将过去，只有灰冷的记忆握在手里……然而，那过去的一切或许都在前头，我的一切经历或许就是我的一切财富吧。

我在母亲的遗物里发现一张照片，那是年轻的母亲抱着襁褓中的儿子照的——那就是我——一个生命的诞生。

母亲，你走好……

冰冻的小溪

处理完母亲的丧事，我就想，何日才能再返故乡呢？十年，二十年？

有时我觉得一生经历的事情很多，而有时会想，好像只有一天，好像只有那么一会儿。时光就这样悄悄流走，不给你喘息的机会。于是，我决定利用走前的一个下午时间，去看看我童年的小溪。我想把孩提时代的梦幻，用舌头卷起来绕在舌尖上，仔细地品尝品尝它的滋味。

我的故乡是座煤矿，在满洲国的时候，就开发了。那里的名字叫得都挺特别。什么“大半道”、“小半道”，再往山里走，就分“头道沟”、“二道沟”、“老道沟”之类的了。我家住的草房就盖在山坡上，房前的山叫“前山”，房后的山叫“后山”，我在那里生活了十七年，一直到我去了油田……

前山的脚下有一条小溪，离我家有半里路的光景，也就是到小店买趟酱油醋的工夫。苇草攀缘的柳丛一直蕃行到我家的篱笆小院前，夜来莺雀儿声呖呖不停，吵得在矿井上夜班的父亲总是闭上窗子才能睡觉。从我记事的时候起，我就怀着恐惧、好奇，屏住呼吸顺着柳丛中的小径偷偷地摸到小溪旁，从那时起小溪便成了我离不开的伙伴了。

小溪神秘地来自远方，又顺着苔草掩映的流水声不知奔向何处。我总是呆呆地听着那“哗哗”的流水声，想不出世界还有比这更好听的动静。

小溪在前山脚下打了个弯儿，留下一片浅沼，里面生满繁茂的蒲草和芦苇。入秋后，绛紫色的大蒲棒和白花花的芦穗在风中摇曳，给童年的心印上一种神奇的迷惘。浅沼旁，有一口老枯井，深不可测，井沿是用方木围成的，黑黑的糟木头上生着奇形怪状的大蘑菇，有红的，也有白的。我和小伙伴们常围着一圈小脑袋在那里钓鱼。枯井里的鱼生得非常可怕，有一种叫“七星”的鱼，圆嘴上生着七根红胡子，脊背上有七个绿点儿；还有一种大脑瓜小身子的红线鱼，有四条腿和一条短尾巴，钓上来张着大嘴发出“咕咕”的叫声。

浅沼的这岸是老丘家的韭菜地，一大片韭菜绿得叫人发晕。到韭菜开花的季节到处飞着白翅黑点的大马莲蝴蝶，还有一群群碰脸的小蜜蜂，让人讨厌。记得母亲每年都带我去老丘家买韭菜花，回来做韭花酱。

浅沼的那岸是小连家种的稻田。一到稻田放水的时候，小柳根鱼和鲫鱼壳子闪着一片银亮“奔儿巴儿”乱蹦。我跟小伙伴就泥猴似的抓鱼。抓得太多了，就把裤子脱下来扎上两条裤脚当袋子用，然后驮在脖子上，耷拉着像胖女人的两个大奶子，颤颤悠悠地往家跑。

在多水的季节，我们这些孩子便在小溪舒缓的地方打水仗，而学游泳也就像学走路一样自然地就会了。

童年的小溪给了我那么多梦幻和发现！我们知道哪簇苔草下有鸟蛋；知道哪个泥洞里藏着鲇鱼；甚至知道哪块大石头下躲着理直气壮的拉拉蛄（一种小龙虾）。到了冬天，迷人的山顶戴上了雪白的帽子，浅沼成了一个天然的溜冰场，蹬上自己用铁丝木板做的小冰鞋，在颤悠悠、吱吱响的初冻薄冰上跑几圈显示我们的勇敢和傲慢。

河流这伟大的奇迹，给万物的生命带来多少欢乐啊！哪怕它是一条像末梢血管似的小溪。我故乡的小溪啊，春天里两岸盛开着鲜花，女人们端着木盆在溪水里洗洗涮涮，说长道短；夏日里老黄牛在青草地上夜牧，蛙鸣震耳；秋天的篝火，冬日的雪橇……这是我整个童年一幅多么美妙的图画啊！

我该去看看这位老朋友——我童年的小溪。如果错过这个机会，我不知在有生之年还能不能见到它。

下午，冬日的太阳斜挂在矿井千石山的顶尖上。一冬几场可怜的雪，被染得黑糊糊的，像一层灰垢涂在老人的脸上。我顺着记忆的路线朝前山的小溪走去，一路上到处是新盖的房屋和新开张的市场，贪婪的院墙挤得道路如喝多了酒的醉汉东倒西歪。时而有几辆运货的东风牌卡车从一排排货摊间驶过，扬起漫天的煤灰，呛得人喘不出气儿。喇叭声和人的叫卖声混成一片——摩托车突突响；活家禽地摊鸭子呱呱，公鸡喔喔，肥猪哼哼，狗儿汪汪，到处是一片喧闹嘈杂声。我的故乡也毫不愚蠢地挤进了现代经济的大潮。还好，我没有看见一个熟悉的面孔，没人问我从哪儿来，要到哪儿去，人们都盯着钱和货物。只有一个十几岁的小男孩，把手心朝上伸到我的胸前，他的眼里忽闪着一股不达目的誓不罢休的神情，直勾勾地望着我，那是一个敢豁出一切犯混耍赖的孩子的眼神。我赶紧从兜里掏出一毛钱扔在他手上。于是我听他骂了一句“穷鬼”！我怔了一下，弄不清他是在骂我，还是骂他自己？

前山脚下，是一骡马集市，一个土壕沟里到处是牛屎和马尿、麦秸碎草，我在一个卖驴的年轻人身旁停住脚。我纳闷，我童年的小溪呢？好像就在这里，再往前走就上山了。于是我向这位年轻的卖驴人客气地打听着。

“这儿有条小河，在什么地方？”

“什么小河？”

“就是，从前这山脚下的……”

“呃，对了。你说的是那条臭水沟吧？这就是。”他用手指了一下前面。

我走过去，仔细地辨认着我童年的小溪。不错，在裸露干涸的河床上，还能看到死去的柳丛的根须，冰冻的稀稀落落的水线像婴儿哭泣时流着的泪水。它已全然不是我记忆中的小溪了，只是一个扔着死猫死狗和女人卫生纸的臭水沟了。我记得就是在这段溪水打湾处，里面冒出一水桶透明的河虾与红肚蛤蟆来。我忽然感到非常沮丧，甚至不该打定主意来看这条小溪。我想，若是保留在记忆里或许会好些。我的心一下子变得十分悲凉，像母亲去世一样，真使我想大哭一场。

我们每个人都有自己的河流，像黄河、淮河、辽河、最北方的呼玛河，或是我童年那样的小溪和一口泉眼。当然，这并不重要，重要的是大自然是多么宽厚地赐给我们人类这些珍宝啊！而这珍宝又是那么脆弱。一座城市毁掉了可以重建；一个总统下野了可以重选；树木可以重栽，水塘可以重挖。如果一条小溪死去了，它像活的机体一样是不可能再生的！

是谁把我的小溪鼓捣干了呢？

我想顺着干涸的小溪，那像泪痕似的水迹往上游走走，或许能寻得一丝童年的印象。

冬日，天短夜长。太阳早早地被浑浊的尘烟埋在了山的后面。我踏着小溪干涸的脊背朝上游走去。我看到两旁的山都被挖开了，有的建起露天小煤矿；有的开成石料场；还有一些不知生产什么的乡办企业，总之，很是沸腾。废石和煤块滚到小溪里挡住了去路，压住了泉眼；脏水和排放的污物流进小溪，两岸的植被枯死，鸟儿飞走，鱼虾灭绝，取而代之的是漫山遍野的废塑料袋（这种无机物质不腐烂）挂在草尖上，飘在冷风里。这情景，一下子把我的心和干涸的小溪一起冻僵了。

天黑下来，矿区亮起许多灯火，比我在故乡的时候要繁荣得多。我坐在一块石头上，点燃一支烟，这时，我发现一个干瘦的老人直直地注视着我。

“您抽支烟。”

“呃，呃……”

“这儿从前有家人种韭菜，姓丘……”

“死了。搬走了。”

“种稻田的小连家呢？”

“水都没了，还种什么稻田……”

老人走了。我还独坐在石头上吸烟，我忽然想到一个问题：什么叫做荒凉？假如人类丧失了道德上的纯洁性，丧失了人对大自然的责任感，随着物欲的无节制增长，把大自然视为单纯的消费对象，无情地、残酷地对待大自然。那样，当我们面对那些高楼大厦的时候，也许才是真正的荒凉。甚至使我感到，这是不是由一种无形的诱惑力所策划的一场集体自杀呢？因为当人类用全部金钱和新技术武装起来的时候，如果不尽早地考虑道德因素，科学本身无法调整人类的生存活动。人类世界的终极依托不仅仅是工业社会和科技的发展，它应该是人与劳动的和谐，人与自然的和谐。我的大脑在胡思乱想，心里发出可怜的、痛苦的、无聊的呼唤……

漫山遍野的小露天煤矿在放炮，抖落了我手中的烟灰，我抬头望着那些从前绿树成林的山丘，如今像一个生满天花的孩子的脸，到处坑坑洼洼、凹凸不平。

我们有多少次真正战胜过大自然呢？狂妄的人类历来愚蠢地把自己视为大自然的征服者，而把世界万物当成自己的陪衬。可当大自然忍耐到极限，一次小小的晃动，就使旧金山毁灭，唐山30万人丧生；一场小小的泥石流，就使我故乡不远处的三个村落消失。

面对干涸的小溪，我不是空发崇高的愤怒和无聊的担忧，而是真正地感到有一种来自冥冥之中的不祥之兆。

我又点燃了一支烟，夹在手上，沿着那七扭八歪的房空子，踽踽独行。母亲永远地离开了我，小溪也永远地消失了，尽管这世界如此繁华精彩，而我的内心却充满着悲凉。我想，会有更多的人去悼念自己的母亲，而没有多少人会悼念那条死去的小溪。假如有一天，人们去悼念那干枯的大江大河，那么就先去悼念小溪吧！

还　乡

母亲病逝的消息一直没敢告诉病重中的大姐。四年前大姐夫患肝病死在煤矿，接着大姐又患了肝癌，说是儿女们气的。

我周围的人，常常抱怨自己的生活，但我觉得那仅仅属于点背，而我的大姐却真的属于不幸。年前冬至腊月二十八，妹妹从家乡打来电话，说大姐快不行了，就这几天的事，她想见见你。

我带着和大姐见最后一面的心情，冒了严寒从油田坐火车去煤矿，可想而知我的心情会如何。黑色的石油和黑色的煤炭，从地下到地面，从矿山到荒原，使我从父辈那里就没逃脱黑色的命运，似乎走到哪儿也像是奔波在黑色的路上。还乡的路显得很漫长，也很迷茫，因为我差不多只要有机会还乡，就是去处理一些难过的事情。于是家乡成了我最后的恐惧。我甚至怀疑，那么多歌唱家乡的词儿是否有真实的感受？

大姐毫无节制地生了六个孩子，五男一女，打头的32岁，收尾的女孩13岁。老大叫群来，老二叫群福，下面的就是老三老四老五地叫，连起名字的耐心都失去了。按习惯的说法，五虎上将一枝花是满堂彩儿，可这些孩子却有一个共同的特点：不愿读书也不想出力；喜欢吃喝玩乐又付不得辛苦。大姐夫只知道在绝望中咆哮怒吼，大姐就是不分昼夜地苦作，想为儿女挣下一份家业。

在我的记忆里，没见过比我大姐更能干的女人。她曾用三年多的时间，大约背了五百多吨的石头，盖起了五间大瓦房，围垦了两亩多菜地的一个院套。舍下养了四头老母猪，几十只猪娃，剩下的鸡鸭鹅狗，长鸣短叫，满地粪便，热闹非凡，比女地主还女地主。这还不算，在临近年节的冬季，她从永安乡和黑台一带往煤矿倒腾大米，一次就是十几麻袋。至今我不能相信，在一个停车只有五分钟的车站上，她是怎么样把十几麻袋米弄上火车的。早在1986年，大姐就悄悄地告诉我，说她的存款已经超过三万大关了，全都藏在粮食囤里，我当时吃惊地瞅着她竟说不出话来，因为那时听到万元户还新鲜，要上报纸的。

在孩提时代，我与大姐接触不是很多，她小学二年级就辍学了。她比我大8岁，据说我上边还有一个哥哥，4岁的时候死在齐齐哈尔的大渔市，后来我们举家迁到鸡西滴道煤矿。我想不出大姐有过少女时代，她总是不停地劳作，捡煤、挑水、割草、做饭，16岁就到窑地烧炭，总是弄得黑糊糊的一张脸。我脑子里有一幅最清晰的图像，就是她18岁那年，被一个满口山东话的煤黑子，用大国防牌的自行车驮走了，她在后座上拿着一个红布包裹，流着泪向我抬了抬手。那山东汉子便是我的姐夫。

我在家乡下火车的时候，天还很黑，凌晨四点多钟，寒冷几乎把空气都凝固了，下车的人也各自匆匆。矿井运煤的摩电车闪出一道道幽蓝的光，翻煤矸石的车爬上矸石山的顶尖往下倾泻着石头，堆积的假山比真山还高。煤都采完了，翻到地面的是一堆堆的石头。我赶到妹妹家，见她们正在连夜为大姐缝制装老衣裳。看我进来，就都停了手，一齐开口向我说话，疲惫的我几乎什么也没听进去，只记得她们让我问问大姐财产如何处理，钱都藏在什么地方。还有，让我把母亲病逝的消息告诉快死的大姐，说不说不好，我也不知道怎么个不说不好。

走进大姐家的院子，我的心一直往下沉坠得透不出气来，就像掉进黑暗深渊里的溺水者，想拼命地伸出头来喘一口气。作为弟弟，我找不出什么合适的话，向大姐开口……

大姐一个人躺在阴冷潮湿的房间里，像一块缩水的破布扔在炕上，她耗尽了，再也没有什么可以捉弄她的了。最让我不能理解的是，她把所有的儿女都撵出门外，不让他们靠近一步。

老二群福蹑手蹑脚地走到近前，说了一声，大舅来看你了，就退了出去。

姐……我只说了一个字，酸楚的泪水就把一切都淹没了。大姐把干瘦的手搭在我的手上，她细细地端详我，脸上居然露出了笑容。她说弟弟我就想见你，咱家就你有出息。我说你也一样……

我就这样坐在大姐的身旁过了很久，让时光连同死亡一起走进永恒。我真想什么都不说不问，平静地送她走进另一个世界。但我又不能不问大姐有关财产的处理问题，以免日后留下太多的麻烦。

我记得先把母亲去世的消息告诉她。我说，姐有件事我不能不告诉你，两个月前，妈妈……

她说，我想到了。她平淡得令我吃惊。接着她说，前天夜里妈妈来看我，她穿一身黑棉袄坐在窗台上，身边还带着一个小孩（我死去的4岁的哥哥），她坐了一会儿就走了。我历来不信这些巫术的东西，觉得大姐可能出现过幻觉，但这个冥冥的大千世界，我们到底知道些什么呢？直到成为事实之前，有多少东西我们认为是可能的呢？大姐接着又说，人，活着的时候就该想到死，若是我能走动的时候，就为死做好准备（包括自杀行为），我就不会遭这么大罪了。

大姐的话让我震动，我觉得最伟大的哲学或许在下等人手里，她的几句话几乎道出了萨特存在主义哲学的全部内涵。用死亡的前提来关注人的自身，人应该是自由的、解脱的。人比动物精明，能幻想稀奇古怪的东西；但动物比人有一个优点，就是从不干蠢事。

我看大姐很想得开，就问起钱都放在什么地方，财产给儿女怎么分配。

大姐苦笑了一下，说我哪有钱了，挣多少也不够他们祸害的。接着她闭上了双目，眼角滚下了两行乳胶一样黏稠的泪水。她抽动着嘴角，嗫嚅着说，这些败家的玩意儿，早知这样，我这一辈子是何苦呢……

大姐说她没钱，我猜到了。她和丈夫操劳了一生，也只是培养了一群废物，制造了一堆生命垃圾。

我家乡那个地方实行买工作（公职），一般地说，买一个全民所有制的号头要六千元，集体所有制的要四千元左右，也有解释为保职金，说若干年后可以退还。大姐为三个儿子先后买了工作，由于没有毕业文凭自然要比别人花钱多些。接着先后为三个儿子娶媳妇，由于进入现代生活自然也是样样齐备。他们来到这个世界上，似乎别人就得把一切都准备好才是。

先说老大群来，在矿上干了不到八个月就退休了。我当时听到这个消息吓了一跳，我说你才二十几岁呀？他说，这是病退，井下潮湿浑身发痒。接着就是喝大酒，喝到放屁都是酒糟味，媳妇跟别人走道了。起先喝酒还知道得有酒肴，而后来就发展到站在小店前，顺手抓个茶杯，打上半斤散酒，一仰脖滚进去，喝得常常躺在水沟里，几个月不洗澡不理发，就像我们常在火车站见到的那些乞丐一样。大姐夫气得把镐把都打断了，但是毫无用处。我曾在火车上遇到过一次，但没敢认，为此我心里一直很内疚，就像一个贵族躲开一个乞丐。可他的行为实在令我不能忍受，他当时用最下流的手段抢占了几个座位，然后再把这些座位五元十元不等地卖给那些长短途的旅客。接着他就钻进座位底下捡易拉罐和啤酒瓶子。更可恶的是，他把那些比他弱小的捡废品的孩子打下车去。我难过得几乎心在滴血，因为那毕竟是我姐姐的儿子呀！

再说老二，这小子很义气，可这义气几乎使他送命。工作不到半年，就把一个人给捅了，刀子从肋间插进去，在脾上扎了个两厘米的口子，差点没出人命。大姐一次就付出两万多元的医疗费和赔偿费用。过年的时候给有关人员送礼，光活猪就杀了四头，大米二十多麻袋，总算私了了。

老三还不错，不打架不喝酒，在铸管厂开卡车，但他还是出了麻烦。在一次为厂里运料的过程中，将半车生铁直接开进了废品收购站的大院，中饱私囊。结果被开除公职，罚款三倍。我真想不明白，就是一头猪看见火坑也总要躲呀？人，总不能简单到如此程度吧！

1988年冬天，老四突然来油田找我，说大舅，你在文化圈有人吗？我说有。他说他在家乡开的小录像厅被查抄，没收了全部设备，几万元贷款全是在妈妈那儿借的。我一听就火了，说你连中国片外国片都分不清，还做什么文化生意。你肯定是放了黄色的录像。他说，没色的咋能挣钱呢！我真是哭笑不得，一切似乎都失去了标准，一切游戏都没有规则。一个没文化的人，居然也要用文化艺术挣钱。

破产的老四，为了逃避妈妈的责骂，加入了南下支队，开始了偷窃的生涯。两次从鸡西送往齐齐哈尔劳教所改造，但出来的路上依然靠偷回家。大姐病危的这年初冬，老四在南京掉链子（被人发现），跳车逃走摔断了胳膊，公安方面电传要人去取。老二群福在哈尔滨转车的时候见到了我，说大舅，我得去南京把我四弟接回来。我说，别管他！不值得。染上这种恶习你还指望他改吗？老二望着我哭了，说大舅，他总是我的弟弟呀！我没再说什么，给他塞了几百块钱。

这次还乡，妹妹告诉我一事，说一个中医为大姐抓了一服药，但药引子必须要用死人的头骨。大姐五个儿子，这时集中到一起，什么话都没说，半夜拿起锹镐爬到山上的坟地，刨开坚硬的冻土，掀开棺木，拿出头骨，为母亲能活下来做最后一次努力。尽管这做法有些缺德，但我还是被感动了。我甚至想，日子总得过下去，即使没有太大的希望……

我含着泪水，将大姐的六个儿女叫到她跟前。我说，你们的母亲就要离开了，你们将独立地在这个世界上生存。尽管你们的母亲没留下什么，可她那种顽强的生存能力，就是你们最大的财富。

我没等到大姐去世就离开了家乡。坐在夜行的火车上，我一直望着窗外。我想，大姐该早一点咽下这口气，她太操心了，太累了，该清静清静了。我又想到，我们搞一点钱，培养几个富翁不难，难的是培养一代贵族。煤矿和油田都是不能再生的资源，它的兴衰也许不那么可怕，可怕的是人的内在机能的减退。我的一个去日本的朋友来信说，他最大的感受是，所能看到的一切，都能体味到那是经过长期的艰苦卓绝的努力所完善的，绝不是在长夜里幻想着的一个早晨。

大姐的儿女们将来会怎么样？

大姐，我为你哭泣……

到延安去朝圣

到延安去朝圣，这话听起来有点宗教的味道，但我觉得现代人尤其是文人应该有一点宗教的体验。我一直想，人总应该信点什么，不然就像手里捧着的魂儿不知往哪里放一样。我当不了虔诚的教徒，但我崇拜一点宗教精神，就像后来我们去青海的塔尔寺，看到那些藏民拉家带口磕长头，匍匐在地到喇嘛寺朝拜一样。他们用身体丈量大地；他们用手指数过一片片白云；他们用双脚攀登过每一块山崖，尽管我无法理解，也无法描述那种近乎于迷狂的虔诚，但我真的想到人与自然、人与神圣的不停接近。

我是解放前两年出生的，按习惯的说法我也是旧社会过来的人。我们这代人，对延安有着特殊的情结和崇拜。我从文以来，首先拜读的就是毛泽东的《在延安文艺座谈会上的讲话》，而每每听到老艺术家说："当年我在延安的时候"，我便肃然起敬。

延安，我来了！

延安，我是来朝圣的！

对于我这样一个迟来者而言，向往和幻想中的延安，那窑洞、那黄土、那白肚手巾裹着的古铜色的脸庞和悠远苍凉的信天游，已经被无处不在的现代楼房和霓虹灯所代替；宝塔山多了一圈彩灯，延河水也几近干涸，但无论如何延安还是透着神圣，在软弱中潜藏着一种坚强。

当走过枣园、杨家岭、清凉寺、宝塔山，站在"七大"会址和毛主席《在延安文艺座谈会上的讲话》的土地上，我的热血再一次沸腾了。十三年，中国革命在这里走向成熟、丰富；十三年，毛泽东、周恩来、朱德一批革命家和革命队伍在这里成长、壮大、坚强；十三年，这里高举起理想的火炬，坚定的信仰，使人民共和国由模拟演习变成了伟大的现实。

到延安去朝圣！这是我不停地在心里呼唤的一句话。

从"五四"新文化运动以来，毛泽东把文学艺术第一次《在延安文艺座谈会上的讲话》中做了全面总结。延安不仅接纳了万里长征的疲惫之师，养育了中国民主革命；延安也是中国新文化的源头。我在这里感受到文学艺术工作者应该牢记的真理和座右铭——立场问题、源泉问题、服务对象问题、文艺标准问题。无论时代如何变化，我想这些纲领性的东西是不会变的。正像江泽民在第七次文代会上讲的“希望广大文学艺术工作者牢记人民是文艺工作的母亲，生活是文艺创作的源泉这个真理”。

在杨家岭的一个窑洞里，我见到过这样一段文字：“仅1938年经西安八路军办事处赴延安的知识青年就达3000多人。一时间，宝塔山下，延河之滨响彻着一首嘹亮的战歌——黄河之滨，集合着一群中华民族的优秀子孙！”

“……一些青年走到南七里铺，当哨兵告诉他们这里已经是延安时，一个个跪倒在地，捧起泥土，深情地说，祖国啊，就剩下这一块干净的土地了。”

许多爱国青年，徒步几个月辗转几年才到达延安，有的牺牲在路上……毛主席说：“这里一没有贪官污吏，二没有土豪劣绅，三没有赌博，四没有娼妓，五没有小老婆，六没有叫花子，七没有结党营私之徒，八没有委靡不振之气，九没有人吃摩擦饭，十没人发国难财。”

延安，你是我心中的圣地！

延安，我真的是来朝圣的。

在延安桥儿沟的鲁艺文学院旧址，我看到了这样一串名字：周立波、何其芳、沙汀、艾青、陈荒煤、贺绿汀、马可、周巍峙、李焕之、贺敬之、田方、张水华、茅盾、孙犁、丁玲、蔡若虹、古元、王朝闻、冯牧、华君武、崔嵬、萧三、冼星海……

我不能相信，在西北黄土高原的一个小山坳里，聚集着中国文学史上的一批精英，群贤毕至，人才云集，留下了许多旷世之作，千古绝唱。

当我们离开延安去黄河壶口瀑布的时候，我听那震耳欲聋的涛声，看四十里龙槽翻卷的狂浪，我真切地感受到，什么叫咆哮！什么叫怒吼！《黄河大合唱》是怎么写出来的。我感到我身体快要冷却的血又重新沸腾了，延安，我来迟了，但从朝拜圣地的意义上讲，我来的并不算迟，因为我的生命还在继续着。

我说我到延安是去朝圣的，这里有我对现代文人的某些反思。常有一些文友，自命高深地谈到，文人要活明白。用藐视崇高，自甘堕落，无病呻吟，文字换钱，用自己活明白了做安慰，甚至毫不严谨地暴饮暴食，贪得无厌，还自命不凡地说这是平民意识。当然也许是整个文人阶层在商业化的时代退居社会边缘的原因，也许是对政治传统的一种觉醒，但就总体来讲，还是一种文人阶层英雄主义和理想主义的丧失。当民族面临着巨大希望也面临着巨大危险的时刻，没有文人表现出对民族命运的深切关怀与体察；当需要声音的时候，没有先知在旷野里呼叫；我们看到的是文人个体生命的苍白，没有执著的信仰，没有卓立独特的个性；没有对人世间万物万事的多情、容纳和超越；失去了探寻真谛的勇气，甚至失去了周密而新鲜地叙述一个故事的耐心和能力。有些文人陷入了一种可耻的麻木之中，既没有那种体现社会责任感的呐喊，也没有个人丰富性的彷徨。文人们的感情、意象和语言已经失去了对人们的感召力和感染力，只能以数量讨取一个好价钱。这是我在去延安的路上，在自己内心深处敲起的一阵警钟。我要到延安去朝圣，希望挽救我那快要失去的勇气，快要麻木的心灵，快要变成匠人的庸俗。当然我们不能回到延安时代，甚至也不能捡回那些单一的政治文化传统，但延安的精神永存，延安的理想之火不灭！

2002年5月15日

旅欧札记

几乎没有穷人的国家

奥地利是一个高福利国家，具有奥地利国籍的公民没有三个后顾之忧——没有失业之忧；没有退休之忧；没有医疗之忧。因为它的就业人员与失业人员的工资只差百分之二十，也就是假如在职人员拿两千美金，而不在岗人员拿一千六百美金，这给社会稳定带来可靠的保证。退休人员由国家福利保证，根据在职期间从事的职业不同，退休金基本可以持平。一位中国移民对我说，他来这里是为后半生考虑的。而医疗保险则更加优越，只要一人工作，全家都可以得到医疗保险。如果出现危重病人，国家设有危重病人基金，每月每人可得到一千五百美金，大约合两万八千奥地利先令。

奥地利是一个个人所得税管理最为严格的国家，它决不允许出现个人在很短的时间内暴富，它的税收可以高达百分之百或百分之三百。在这方面甚至引起了游行示威，有人提出批评：我们不应该养那么多懒汉！

在维也纳，门房都像科学家，扫街的都像钢琴师，但一个公共福利过于完善的国家似乎也面临一种暮气，老年人的社会，优雅中带着忧郁，有的人甚至连笑都不会了。在伤心酒吧里，珠光宝气的老女人品味着孤独和无奈。奥地利把这称为——维也纳情调。

不到二十人的市政府

查维斯特市离维也纳不到十几公里，人口不足三万，市政府是一座小楼，工作人员不到二十人，没有副市长，只有几个主管局长。一楼是一个亮化的办公厅，有点像电信局的柜台，也叫为市民服务中心，不设门卫，老年人和孩子都可以牵着小狗随便进出。他们好像什么都管，又好像没什么可管。但经过了解情况才知道，他们主要为纳税人服务，把环境保护作为一项非常重要的工作来做。

查维斯特市虽小但年产值却很高，它拥有欧洲国家最大的石油化工基地，年处理量为八百万吨，欧洲经济共同体的大部分能源都由它们供应。科学管理非常先进，职员七百人，工人百名左右。这个小城市像花园一样，房子像童话世界，小溪里嬉戏着野鸭和水鸟，到处是一首诗和一幅画。

在未来文明发达国家里，可能是小政府大社会，人们生活在一种法律和秩序之中。那种靠紧急文件和某种活动来治理国家可能还是过渡时期。

对欧洲国家人文、历史及宗教的一些思考

在欧洲那些天，感受到人是大自然的一部分，人们把山山水水、一草一木都当成上帝的恩赐。当然，这可能与他们的宗教文化有关——人来自泥土，回归于泥土。尽管现代人不像中世纪的人那样虔诚，但这种文化传统还在。

德国的科隆大教堂始建于公元7世纪，完善于公元14世纪，历经了六百多年。尽管中间遭受许多战乱，政治变迁，但最后还是以自己独特的辉煌成为世界建筑史上的瑰宝，它甚至连一块石头都不会凑合，说明了什么？首先是历史的连续性，而不是急功近利、短期行为，像我们常说的一句话：一个国家，一个民族，它的历史文化积淀越深，结晶也就越绚丽。在极"左"的政治路线时期，我们不停地颠覆自己的历史和文化传统，甚至把精华拿来批判，这给民族的文化心理上造成了极大的混乱。其实任何历史都不是从今天开始的，每个人都是历史中的一个链环。

罗马斗兽场高达十四层，是罗马城空中轮廓线最醒目的建筑。石头拱顶和拱门支撑着露天看台可以坐下五万多人。今天我们知道这座斗兽场是如何建起来的。问题是，为什么罗马人要到这里庆祝死亡？难道征服世界带来的是一个冷血杀手的社会？这是专制独裁主义辉煌的陷落，它似乎警示世人，任何专制都将是最后的帝国。

大庆境内有两条大江

肇源县的人说话很客气，说我们肇源也没什么，只有两条大江。这话听起来挺气人，天啊！两条大江，了得吗？！但心平气和地一想，我也挺自豪，因为肇源县毕竟归大庆市管辖，鞋高高不过帽子，这话引申开来也可以说，大庆境内有两条大江。

许多年前在北京读研究生，我常到后海去钓鱼，有的同学就跟我开玩笑，说你酷爱钓鱼，恐怕在大庆也只能在旱地上钓鱼吧？我白了他一眼，说，这么说吧，大庆最小的水泡子都比后海大，这也叫做海吗？这就是一个水坑，红旗泡7万亩水面，黑鱼泡9万亩水面，连环湖10万亩水面，西海湿地10万亩水面，扎龙湿地横跨三个县，全大庆境内有180个水泡子。不过大庆人太不珍惜这些水面，起的名字也没文化，什么胖头泡，仲内泡（原名可能叫胖腿泡）、老母猪泡，就像旧社会孩子生多了，就猫蛋、狗蛋、屎蛋地叫。

这些年大庆市政府下大力气，出巨资改造环境，要把大庆变成百湖之城！就说东风新村（又是一个没文化的名字，可能来自于政治风潮，东风压倒西风，这可能是天下最大的村）现在改造后的黎明湖、万宝湖、东湖、北湖，群湖环抱着美丽的大庆城。前不久，我陪央视国际频道的大牛（英国人）到红湖（原名红旗泡）转转，那正是傍晚，锯齿形的晚霞从云缝中射出来，像火山口喷出的最后一缕熔岩，映红了烟波浩渺的水面，他不由得流下泪来，他说，透过湖面，望着灯火阑珊的新城，便使他想起了他的家乡伦敦。

大庆境内有两条大江，恐怕连大庆许多市民都未必知道。其实从东风新村出发，走西干线，过采油七厂，好一点的车也就是一个半小时，便到了新站镇，再往前到四合村就到了嫩江边了。

肇源县沿江250公里，著名的三岔河位于茂兴镇当权村南，与吉林省松源市隔江相望，也就是第二松花江与嫩江的交汇处——大口，那景色堪称天下奇观，一直伸展到天边的大草原，远处挤着黑压压的草垛和白杨树，两条亮亮的大江，静静地流淌着，带着远古的梦幻，带着子孙万代的企盼，源源不断地流向远方，这使我想起了肖洛霍夫的《静静的顿河》。

我在大庆生活几十年，直到这几年才知道这两条大江离我们大庆是多么近。我们一想到旅游就是往外跑，背包罗伞，累得疲惫不堪。尤其那些旅行社，为了盈利，缩短时间，一天跑十几个旅游点，下车拍照，上车就睡觉，回来看照片，啥也不知道。我真希望我们停下来，看看我们脚下的这片土地，这里的大江和湖泊。

其实，肇源的两条大江，自古就有“南有泾渭，北有栗黑”之称，这栗黑指的就是肇源的三岔河。这里的景观非常奇特，第二松花江和嫩江这两条江的水一黑一白，交汇后并行数华里；还有第二松花江汇入第一松花江后，水流一直向北，这种现象称为“倒流”。嫩江尾小鱼圈沙滩树林、鸭子圈、一撮毛奇树怪滩，浑然天成，美不胜收。

上个月我与七位作家朋友乘船游江，观看新建的肇源新港和松花江大桥，那真是“一桥飞架南北，天堑变通途”。桥长2678米，码头岸线200米，年吞吐量为80万吨，光在肇源境内就有19公里，它的竣工将缩短长春、哈尔滨、大庆这金三角的距离，也将招引天下的豪门巨贾、文人墨客。

前不久，我与一位渔友到嫩江钓了一次鱼，当然，鱼钓得不多，可那一夜却给我们留下终生难忘的记忆。我是在前些年被评为“二次创业带头人”的，其中有一位是新站镇的年轻的农业科技带头人，他叫赵献涛，人极朴实真诚。那夜他带我们到他老爹家，烧热火炕，烫热酒，拌上杀生鱼，炖上大胖头，煎上小鲫鱼，聊起乡间闲事儿，那真是神仙过的日子。过了这么久，我常常想念那夜，心中藏之，久不忘怀，似乎那鲜鱼的味道还留在思念的味觉当中。我还清楚地记得，我的渔友连说了三遍——这鱼，好吃！好吃！太好吃了！按说我们钓鱼的人，不怎么喜欢吃鱼，鱼吃多了就是一种惩罚，可他为什么连说三遍好吃？后来肇源人告诉我说——出了肇源不吃鱼！

哈尔滨是个美女

哈尔滨在我少年时期的眼里，是一位清纯、靓丽、爽朗和忧郁中带点异国风情的美少女；现在的哈尔滨像一个生了孩子的少妇，尽管有点发胖，微醉的眼神中略带一点放荡、迷狂，甚至充满着诱惑和希望，但她仍不失一位极其性感的漂亮女人。当然再过许多许多年，她会成为一位真正的母亲，一位宽厚、温善、宁静的白发苍苍的老娘……

1961年11月，我刚满13岁，那是一个多雪的冬天。父亲带着我从鸡西滴道煤矿匆匆赶到齐齐哈尔昂昂溪为爷爷处理丧事，那是我第一次路过哈尔滨。去得匆忙，转车时候，我和父亲连站也没出，我只是用手指焐开邮票大小的一块结满霜花的车窗玻璃，透过车窗向外看着哈尔滨。然而我什么都没看见，只看见一群惊慌而饥饿的人群，他们不知从哪里来，也不知这些人要到哪里去。那年月大人都说叫三年自然灾害，人们蓝着眼睛见什么都想吃，饿得母猪啃门槛子。

爷爷和父亲是早年闯关东的黑龙江流人，爷爷活了91岁，在这个寒冷饥饿的冬日离开了叫做人世的地方。从齐齐哈尔返回鸡西煤矿的途中，父亲带我在哈尔滨停留了一天，这是我在少年时期第一次走近哈尔滨。父亲带着悲伤想用这一天时间寻访他早年闯关东的朋友，那时几乎没有电话，要想寻找一个人只能用鼻子下面这张嘴挨个儿询问。

父亲说，哈尔滨是个不得了的地方，它是国际移民的大都市，早年从大清国流放的囚徒到近代鲁豫晋皖跑马占荒的汉子，携儿带女背包罗伞下关东讨荒要饭的难民，十月革命、二次世界大战从远东迁移来的俄国人、波兰犹太人、匈牙利人、荷兰人、丹麦人以及高丽人、日本人、蒙古人，差不多哪个国家的人都有，上至名门望族，下至市井小民，旁及三教九流、五行八作，汇集到松花江这片插根扁担都能发芽的土地上。

当我真正走近哈尔滨，我惊呆了！这不是安徒生童话里描述的世界吗？顺着站前的那条大街朝上走，两边的尖顶的黄色小房子，红褐色的铁皮瓦，雕花铸铁的围栏，石头块铺的马路，闪着蓝色火花的有轨电车，远处圆圆的尖顶大教堂，秋林公司那流线型的门脸儿，我还看到了一座楼房，那窗台比我家的床还宽。我想起我读的一篇小说，涅瓦大街，涅瓦河，甚至听到那嘚嘚的马蹄声……这一切都让我惊叹不已。

父亲说，你不要动，我去附近打听一个人。我站在一棵老树下，不敢乱走，怕走丢了。脚下的雪地白得令我眩晕，时间久了，一泡尿憋得我直想哭……这时一个俄罗斯老太太弯着腰走过来，她上下打量着我，然后说了一句话，差点没把我吓趴下，因为她是外国人，却说了一句地道的山东话——小伙子，你总（怎）么了？俄国老大娘带我到她院子里的一个茅厕撒了一泡热尿，我记得很清楚，我给白雪中留下了一个黄色的小窝窝。老人非常热情，几乎毫无防范，她让我到屋里暖暖，还泡了一杯热茶，她说她没有吃的给我非常抱歉。我要走，怕父亲找不到我会着急，这时她喊来了跟我年岁差不多的孙女，让她观望着点儿。

我和她孙女相互看了一眼，停顿了良久，就从那一瞬间起我记住了世界上最美丽的一双眼睛，甚至在后来的许多年里我也没有见到过那样明澈纯净的眼睛。她是个混血儿，也叫二毛子，她的清纯美丽让语言苍白，让描述无能。她是天使，是造物主创造出来的奇迹。她的头发是中国的黑色，她的眼睛是外国的蓝色；她的嘴唇是中国的红润，她的鼻子是外国的笔直，这使我想起老师说的近亲繁殖的蜕化，也使我想起米丘林嫁接苹果的强大生命力。

四十多年过去了，我有恍如隔世之感，但我怀念老哈尔滨，怀念那个俄罗斯老大娘和她孙女的那双眼睛……

现在我在大庆工作，哈大高速公路的开通，使大庆到哈尔滨不过一个半小时，由于工作的关系有时一周要去哈尔滨几次，但这个急剧发展的城市让我有点陌生，高层建筑林立，人群拥挤而匆忙，冰雪旅游热火朝天，商贸洽谈客商云集，到处兴建着比旧建筑还陈旧的新建筑，汽车的迅速增多，使哈尔滨的雪不那么白了，经济的飞速发展，使我看不出它与别的城市有什么不同，没有太多的个性。我唯一的牵挂是哈尔滨有许多朋友，也许人到了这种年龄就是为了远远近近的几个朋友活着吧。

前些年，在哈尔滨搞东三省戏剧创作节，在北京请来许多大家，包括文化部的官员。正值盛夏时节，我陪同专家学者到太阳岛游玩，一位老先生悄悄问我，今天是否是艺术院团集体旅游？我说为什么。他说，你看——美女如云，美腿如林，美乳如峰，怎么这么多漂亮女人。我说，这都是普通的哈尔滨姑娘，不是什么艺术院团，哈尔滨就是出美女的地方。下面的话我没说，我只是在心里默想，我再也没见到我少年时期在哈尔滨见到的那双眼睛……

2003年2月25日于大庆

往事悄然　回望逝水

每每别人说到杨利民是个有生活、非常勤奋的剧作家，我便悄然一笑。其实我是一个贪玩且散漫的人，就像一个老也玩不够的大孩子。我喜欢钓鱼、看足球、喝一口小酒，也喜欢女人但不胡来。我的这些恶习好像与我的童年有关。

小时候家庭生活困难，几乎常年见不到钱，父亲是煤矿工人，早年受伤，常年卧病，母亲是位勤劳节俭且干净利索的女人。我曾对妻子说过，不会再有像我母亲那样的一代女人了。我不能想象，仅靠几十元钱的家父病退金能使我们兄妹六人，一共是八口之家健康地生活下来。我10多岁就挑水、捡煤，上山坡刨地种土豆、玉米、西葫芦，上中小学放寒暑假便去城子河、西鸡西挑土方修铁路，挣钱补家里的日子。好像总有干不完的活儿，父亲从不与我亲近，他总是瞪着眼睛喊叫："站着看啥？干活去！"我17岁背上行李离开家乡到大庆，当时大庆还是保密的，号称农垦32场。我不知道将来是什么样子，是活着，还是不活，是能回到家乡，还是死在外面，我一切都不知道，我只知道要走出去，走到天边外，天的尽头。煤是黑色的，石油也是黑色的，我走到哪儿也是走在黑色之中，走到哪儿也是走在路上。这也许是后来我所写的作品常常用"黑色"的缘故吧。

我离开家乡那天，父亲连炕也没有下，当我走到房头，才被妹妹喊回来，说爸爸对你有话说。我回来了，站在父亲面前，父亲从脚上脱下一双袜子，从裤腰里掏出两块六毛钱，他说，我年轻时闯关东路过那片大平原，那里是一片大雪地，没有人烟，记住脚下保暖最重要，啥病都从脚下生的……走吧，要是我死了，公家不给假，也就算了……我扭头上路，可泪水却从眼里滚落。我想起另一件事，有一年家里养了一头猪，老也长不大，瘦得像条狗，饿得啃门槛子，冬天连屋都出不去，老在灶坑转。妈妈说，你爸今天出院，把小猪杀了吧，一家人咋也吃顿肉。夜晚，肉炖好了，父亲一口都不让我们吃，还打了小妹一筷子，那时我真的恨父亲。可夜里我听到父亲对哭泣的母亲说，那猪是瘟猪，我没几天活头吃了没啥，可孩子不能吃，他们今后日子还长……后来我把这个真实的细节写进电视连续剧《北方往事》里，每每想到这件事，我便忍不住泪水，父亲是男人，是从心底爱我们的。

1984年我的剧作进京演出前，我陪同文化部人员审查，父亲死在家里，我跪在他身旁问母亲，父亲最后说什么了。母亲说，他老问几点了……外面有锁自行车的声音吗？我当时不理解，许多年过后我才想到，父亲是希望我回来，因为我家住一楼，他平时总是能听到我回家时锁自行车的声音。……父亲、母亲都先后离我而去，在这个叫做人世的地方，我成了孤儿，我将独自面对攻击和伤痛，但我从不抱怨生活，也不抱怨父辈没给我留下任何遗产，我觉得这一切苦难，都是我的财富，父母给了我一个健康的心理，给了我一个坚强的灵魂，给了我一个良善的根。但小时候太亏了，没有玩着，所以年过半百的我依然贪玩，有时我开玩笑说，千万不能因为工作耽误了玩。

历史的悲剧对大多数人可能是不幸的，而对个别人又是幸运的。文化大革命老作家都被打倒了，我这个工人出身的人才参加了小说创作学习班，靠天性第一篇小说《暴风雪中》便惊世骇俗，居然被列为上海中学的补充读物，后来北京的一个大歌舞剧院又把它改编成了舞剧。老实说，人得学会感激，我真的感激生活，感激那些帮助我的人。

1974年我到中央戏剧学院读工农兵大学生，在那里结识了我现在的恩师谭霈生教授，他对我一生的写作生涯起到了重要的作用。1987年他劝我考他的研究生，他说，你像一台车，要加一次油，大修一次，剩下的就是驶往终点了。那时我已经39岁，母亲还健在，妻子带着11岁的女儿，可以说是三个女人等待一个男人，可她们支持我。我先后两次到北京读大学，一次远征辽河油田，加在一起有七八年，我觉得中国女人比男人宽厚而伟大，就像中国的女足比男足强，中国的女排比男排强。我在中央戏剧学院读研的时候，给妻子写过一封这样的信，我说……到这种年龄，我们谁还能离开谁独自生活呢？我们不仅是夫妻，而是风雨同舟的战友了。可我又想起当初，她嫁给我的时候，我除床下的一堆罐头瓶子，连双袜子都没给她买，只有两个装香烟的纸箱子。最初我们生活在一间九平方米的小屋里，现在住着一百多平米的楼房，家里的一切都是我们共同建造的，这才有意思，因此活得安心。我常想，褪去虚火，少些崇高的愤怒，不要觉得你来到这个世界上，别人都得把一切为你准备好，自己建造的东西才有味道。

我赞同一位评论家对我的看法，他说，杨利民来自于自然，又回归于自然，他的作品都是他心里生长出来的东西，总有一种感人的力量。

在学院读了研究生，获了文学硕士，学了不少的主义，但我对采访者说，无论我落后还是先锋，我都写我体验得到的东西，我从不为什么主义写作。现在有个时髦的词叫“颠覆”，我说，生活是一连串的习惯，今天的杨利民也是17岁背着行李卷的杨利民，一百年前我爷爷爱喝玉米面粥，我也爱喝，你能“颠覆”什么呢？我觉得艺术不是“颠覆”而是发现，你最大程度地发现生活背后的力量，人在特定情境中的种种可能性。急着“颠覆”名著、大师，就是沽名钓誉，急着出人头地，不踏实。

算算我也写了几十部影视剧，近五百多万字了。我想，在我制造的一堆文字垃圾里，能为这个世界留下几行字，留下几句台词，也就足够了。

我不知道幸福是什么样子，但我感受到幸运，具体地说幸运莫过于从事自己喜欢干的事儿。我喜欢写剧本，当观众在剧场里傻哭傻笑的时候，我独自坐在休息厅里点上一支烟，那滋味真舒坦。

我曾在《中国文化报》上写过一篇文章叫《我是一条淡水鱼》，我想说，我的根在黑土地上，脐带就结在这上面，这里的穷富、喜怒哀乐与我有关系，美国再好，我水土不服。这里是我的精神家园，这里埋葬着我早年闯关东的爷爷、父母、叔叔和过早离开的朋友。我热爱自由，但树木挣脱泥土的束缚带来的可不是自由啊！

对于戏剧创作，在世界众多伟大的剧作家中，我最崇敬尤金·格拉斯通·奥尼尔。在我看来，他是对人类痛苦理解最深的人。奥尼尔临死前说：“诺贝尔奖和普利策奖对我已经不重要了，我引以自慰的是，在我漫长的剧作写作生涯里，始终保持了正直和善良。”

我愿意把奥尼尔当做楷模，活着，并且要记住……

2003年12月3日

生活碎片及其他

停一停，等等我们的灵魂

人类跨入2000年，我也跟着跨过来了。人类嘛，我不跨就不是人了，总不能骑在2000年的墙头上。细想想，周围的一切也都跨过来了，没多什么也没少什么，荒野里的硕鼠，墙角的蟑螂，疯舞的飞雪，开繁的鲜花。时间是从什么时候开始的，它将在什么时候结束，这只是人为的一个标记。就像历朝历代都为自己树个年号一样，生存着的人类仿佛只是无尽序列中的一个插曲而已。我们在迎接新世纪的太阳，走向辉煌，欢庆胜利，似乎我们永远在欢庆胜利走向辉煌，尤其是电视晚会，繁荣昌盛高速发展。然而，在这次全世界纪念2000年的庆典活动中，有几个文明程度较高的国家提出这样的口号：我们要清醒地认识自己。

印加挑夫挑着担子上山，在山半腰坐下来休息，过路的人问他，你为什么停下休息？他说，我走得太快，应该停下来等等我的灵魂。

我是写剧本的，也写点小说、散文、随笔什么的。1990年离开中央戏剧学院，拿了学位回到东北，一晃十年过去了。为了追求艺术，也为了靠稿费体面地活着，我寻找生活，勤奋写作，十年里我写了六部话剧文学本，四部电视连续剧，三部电影，一部长篇，几十篇散文、随笔等。有些作品在国内外还产生了点影响，如《大荒野》、《地质师》、《北方往事》、《北方的湖》、《危情夫妻》，这些作品大都在北京舞台上公演过。我像被什么驱赶着，冲向前方，追击目标。结果，打了半天不知对手是谁，一切都是破碎的，手里捧着魂儿不知往哪儿放。只是，觉得当太阳还在眩目的时候，影子已经从背后被拉长，成为通常所说的那一代。

妻子说，我们这一代什么都赶上个尾巴——童年的大饥饿，读初高中时的文化大革命，上山下乡返城，自学恢复高考，改革开放，轰炸大使馆，港澳回归，事业单位退出财政，跨入2000年。我对妻子说，我们是幸运的，看到很多，至于苦难，那是我们唯一的财富。有时，我也有一种崇高的愤怒——工业时代，经济全球一体化，使千百万人失业，高科技的竞争使人们把一切才能都用于加速毁灭自己，我突然怀念起马克思来了。

1999年12月7日，我在北京的一所住宅里，被几个小哥们儿教导了一番。他们一律驾车而来，手机不停地忙业务，有搞影视舞台美术设计的，有搞导演制片的，比我都小十几岁，因为我上大学时已经拉家带口了。一个说，你还蹲在东北干吗？写那东西有几个人看，太沉重、太使命！我说，那写什么？他说，写小燕子呀！全国观众都疯了。另一个说，你什么时候写的作品不像你写的就成了。最让我伤心的是，他们说，2000年贺岁片，是在郊外的豪华别墅里策划的，剧本是由剧务主任写的。我想，完了，剩半碗饭还让剧务主任抢去了。这时，我想起一位兄长近时写给我的诗："杀人无力求人懒 / 坑蒙拐骗没有胆 / 两鬓斑白老花镜 / 俨然一副文人脸。"不过我也暗下决心，在新世纪内我非写出不像我写的作品不可。

我开始清理过去的文稿，或者说文字垃圾，想在新千年以崭新的面貌出现。清理文稿是一件很麻烦的事，翻箱倒柜累得我大汗淋漓，足足捣腾出有半麻袋，完全可以烧火煮一锅大馇子粥（我可真没少写）。尽管这些文稿大都发表过，但我还是舍不得一下子把它扔掉，望着这堆记录我生活的东西，呆呆地吸了几支烟。偶然之间，我在几页发黄的稿纸上，发现一篇写钓鱼的小文。

小文是这样写的：我从孩提时代就酷爱钓鱼，算来也有三十余载了。但我却不敢妄称自己是垂钓高手，更不敢称老到，因每每面临神秘莫测的江河湖海仍不得要领。钓鱼的学问之深，常常使我想到生命之谜。且不说，人生应该学会选择或是拒绝，亦不说人生苦短，要禁忌虚火上升浮躁不安，寻得一个广阔的内心自由，仅从钓鱼五忌便可看出一真正的钓者所具备的道行了。

一忌举棋不定。钓者面对水面，观天时看地利，试水之深浅，便可确定自己的位置了。其时哪里为最佳呢？就是鱼窝鱼路亦不是一成不变的，它将随风向和饵料的漂移而不定。真正的垂钓高手，撒下"窝子"垂下钓丝，心静如水，耐得住寂寞，只要水中有鱼，总会有所收获。就像上帝把痛苦和欢乐同时分给人类一样。

二忌见异思迁。常有钓者，垂钓一会儿不见鱼来，又见旁人提竿拉线鱼翔水面，便浮躁不安虚火上升，认为它山总比此山高。于是就蜻蜓点水，这里钓一下，那里甩一竿，最后搞得筋疲力尽却一无所获。

三忌贪欲过多。有钓者扛竿一大捆，四处布阵，恨不能将水中之鱼尽收网囊。常常到处插足，弄得手忙脚乱错失良机，鱼逃线断。而真正的垂钓高手，稳如泰山，潇洒自如，反而总能钓到大鱼，创出非凡奇迹。

四忌高谈阔论。钓鱼需要一个安静的环境，那些高谈阔论的钓者是惹人厌烦的。在烟波浩渺的水天之间，钓者看的是悟性和钓术，而不是看谁说得好。

五忌强求速取。鱼儿上钩，若是小鱼便可一提而就，若是遇到大鱼便不宜强拉硬扯了。钓者在这当儿要有足够的勇气和信心，握住钓竿“随其远近，任纵沉浮，不妨误入邪境，方能登入大道”（《摩诃止观》）。常有浅薄的钓者，遇到大鱼便呼天喊地强求速取，结果竿折线断，鱼儿也逃之夭夭。……

读这小文，使我想了很多，看看窗外看看自己，于是又把文稿重新整理一遍，没有把它全部扔掉。我忽然想起一句话来——假如你获得了整个世界，却要失去自我，那就等于把一顶皇冠扣到苦笑的骷髅上了。

你猜我是谁

我近些时候患了一点小毛病，耳鸣。有半年多了。我一直没去就医，因它不误吃，亦不误做事情。白日里这世界到处都有响声，我的耳鸣便显不出来，可一到夜里，这世界稍微消停一点，耳鸣便突然起来。一种“嗡嗡”的金属声，从耳鼓一直爬到太阳穴，然后再从眼眶中间冒出来。夜愈静，耳鸣愈凶……我想不出来，这声音是从哪儿来的？它使我听起一切声音来都感到陌生、迷魅、惊慌。在没有光亮的暗夜中，那声音肆虐地放大着，使整个头脑变成了一个巨大的发声器。

我开始想原因，怎么会患上这个讨厌的毛病。

都市噪音，车辆太多？三十年前的路，车辆都增加了50倍。道路要加宽不得不把一边的树锯倒，是“嗡嗡”的电锯声？一塞车两个多小时，人像挤在一堆废钢铁中，喇叭响成一片，给耳朵留下了习惯的声音？

电视看得太多？交流电的噪音，艺术广告，电视熟人的强迫症。请原谅我这样说，因为大众文化明星的出现，代替了无所不知的学者，借助大众传播媒介频频露面，每日都引导你怎么生活，所以他们应该为电视熟人了。你把三小时的目光、耳朵投到那个机械造成的幻影当中，框在一个一尺见方的黑匣子里，接受那些包罗万象的洗礼所致？要不就是畅销小说，爱你没够，过一把瘾就死，玩的就是心跳，黑社会大枪战？还是长篇热门连续剧？那些动人的词二百句，“我好喜欢！我好难过！”“这是为什么？为什么？！”这些痛苦的呼喊，使你感动得耳鸣，或是振聋发聩？而生活中又是如此的具体、繁杂、无奈。

要不就是参加的节日太多。土豆节、椰子节、猪节、狗节，还有各种艺术节、文化节。你去庆贺文化艺术与商业联姻，为批量的文化艺术产品的投入市场剪彩。这些事情塞满了你的生活，主宰着你生命的节奏和色彩，使你的耳朵，作为生理机能很难接受这些强烈的刺激。

我已全然失落于属于自身的那份生命体验，一味地追求流行的时髦，生怕被世界抛在后面。注重形象，抛头露面，寻找最佳社会角色，这角色代替了我自己。你成了一个内心被掏空，灵魂放在公共寄存处保管，脑子里堆满了通用的程式化语言，再也开不出一句新鲜的玩笑，再也找不出一句表达自己情感语言的人。

不对。那么别人怎么没患耳鸣的毛病呢？做一个“他人引导型”的人，省去自己的操心，不是很好吗？问题还是出在你总爱胡思乱想，你不能做到彻底地拒绝，当一名思想的废物。

不是说“上帝死了”，应该是人觉醒的时候吗？你怎么从自然界和宗教的蒙昧中解放出来，又匆匆忙忙地挤进了物欲横流的世界里，失却了终极价值的依托，不再思考人们未来生活之新的种种可能性，而退化到看图说话的童年，把大脑变成简单的工具理性了？

一夜，我彻底失眠，靠在床头上吸烟，头脑里不停地用各种想法谋杀我自己。耳朵里的金属声尖厉地嘶叫着，我没法弄出另外的声音来破坏一下耳鼓里单调的金属声，我使劲儿地捶着我的后脖颈。

“你的耳朵又响了？”妻子关心地问。

“怎么回事哟？”我咕哝了一声。

“你的这种毛病，就是胡思乱想造成的。”妻子长叹了一声，又说：“嗐，书读多了害死人哪！”

或许妻子说得有道理。我在一张《新闻出版报》上读到：图书这种人类文化的交流工具，存在了将近四百年，现在即将宣告终结。据可靠的数据表明，在过去的一年里美国百分之六十一的家庭没有购进一本书。现在靠电视培养起来的新一代青年，认为读书是一种痛苦，而欣赏有声有色的图像既简单省事又有快感。

我在一个降价书店里看到，扔得满地世界名著。一本砖头那么厚的名著，才一元钱。我站在那里，望着这些人类文化的经典和先哲们的头像，不知该庆贺还是该哀悼？

我常常处在一种混乱之中，愈来愈寻求实在，使感官刺激一步步升级，而理性的光辉不再放射光芒。心智的衰退泯灭了人的宗教体验，看代替了思考，说代替了冥想，我被自己创造的文明非人化了，以另一种形式回到我原欲的童年。

我胡思乱想是有道理的，正像一个想自杀的人，那是因为他死的理由足够战胜活的愿望。麻烦的是许多人都来劝导我不要胡思乱想，他们苦口婆心，情真意切，教导我“活得潇洒一点嘛！谁知道这个世界明天会是什么样子呀？”围在我身边的许多人喋喋不休地劝我多玩玩多看看，办公司挣挣钱，微笑着把我拉回他们的行列，还说我应该活活明白。

小时候喜欢看热闹，哪儿人多往哪儿挤，总想知道里面发生了什么。年岁大一些，好奇心不那么盛了，愿意独自思考。这偌大的世界，总该留几个胡思乱想的人吧？十亿人保持一致，一个头脑，一个步调，高度统一，那有一个人就够了。

我在最高艺术学府读了硕士研究生，仅仅学会了胡思乱想。想自己，也想别人；想今天，也想明天。活了许多年，像是经历了许多事，可有时又感到只有一天，只有一会儿。到头来，想不出人是怎么回事，世界是怎么回事。只留下耳鸣这毛病和充满头脑的金属声。

一日，我突然问妻子：“耳鸣这毛病，发展到最后是个什么结果？有没有医治的办法？”

“耳鸣这毛病，发展到最后就是耳聋。医治这病的办法是——不读书，不搞创作，不胡思乱想。像大街上的行人一样，欢欢喜喜地前进！”妻子说。

我想，要是有一天我的耳朵果真聋了，那也就不用医治了。你想，耳朵都聋了，那耳鸣的毛病不就自然好了吗？我似乎并不害怕，那将是一个没有声音的世界，一片宁静透明的蓝天……

可耳鸣的毛病依然存在，但我模模糊糊感到了一种可怕的原因。那就是在我本人无所知的某些力量和高不可达的某些欲望驱使下，时而陷于大脑混乱之中，时而神志又特别清醒；时而心灰意冷，时而又充满希望。也许这就是耳鸣的真正来由……

这日深夜，我接到一个远方朋友打来的长途。有点凉，我披衣站在电话机旁，等待着对方的问话。

“你猜我是谁？”

“对不起，我听不出来。”

“哈哈！你连老朋友都忘记了……”

我感到这声音非常陌生，像是从另一个世界打来的……

我在滋生一种新的饥饿

近年来，朋友常在一起谈起发财事，也着实有一些从前的熟人发了财，家里的基本建设大有改观，花起钱来大把地甩钞票。但老实说我并不怎么艳羡他。尽管我的全部财富就只剩下痛苦了，但我觉得有一种新的饥饿正在我内心慢慢地滋生着，或许，由于做人意识的觉醒，人将走向更加悲壮的历程，痛苦——它强有力地迫使我去思考，去表现从内部看到的世界；痛苦——它强有力地迫使我更加关注人的灵魂的战栗。

也许在梦里，我曾幻想着出现许多奇迹；也许我真想悲壮一次，了却戏剧创作这最后的牵挂，混迹于小市民的市场讨个好价钱。可我一千次地问自己：那样你就会好过吗？我没有要挽救戏剧危机那么悲壮的考虑（当然，我也挽救不了），我只是喜欢它。哪怕有一天戏剧真的消亡了，我也会写给我自己看，写给朋友看，写给我的情人看。不为别的——只为那传说中美丽的大荒野。

我对朋友开玩笑说，要是枷锁同饭碗一起打破，我将成为一个自由的流浪汉。社会的记忆不再是一个迷蒙的梦，在充满生与死的两极之间，我要追寻一颗艺术的心。何必为往昔的悔恨去撕裂内心的哀怨，拉开虚荣的面纱去直面人生。

艺术——如果不是人生的血泪，要它干吗？

艺术——如果不是独特的感受，要它有什么价值？

靠沙龙的激昂，靠书斋的茶香，靠侥幸获得的一点虚名小利，都将是过眼烟云，只有艺术之树长青。

我赞同这样的观点：无论是表现或是再现，无论是主体性感受到的世界，还是以真实世界为检验尺度的作品，它都是直接或间接来自生活，来自对人生的体验的——一个体验过的世界。我们不能因为有破败的落叶，而忘了坚实的土地；也不因有浑浊的污泥浊水，而忘记厚重的河床。不热爱生活，不热爱自己的土地和人民的艺术家，只能是靠玩弄艺术来掩饰自己的浅薄。因为挣脱泥土束缚的树木，带来的绝不是自由，而只是死亡！

当然，我的饥饿感还表现在内在能力的软弱上，如果，一个现代作家不能接受美学、哲学、心理学以及各学科的最新成果，他面对今天纷纭复杂的生活的骚动的灵魂将毫无办法。作家单纯的个人情绪冲动，绝不是艺术。它有更深的内在能力，更科学更冷静地去把握人的生命活动。

一个剧作家不在于他的出身贵贱，而在于他对人生的苦难理解了多少。若是他不断地产生饥饿感，甚至是贪婪地吸收人类文化的诸多遗产，同时接收当代各学科的最新研究成果，那它就会产生出内在的强大张力，它就会铸造出一个新的自我。我们所说的主体性转变，正是建筑在这个基点上的，否则你的自我或主体本身就是疲软的和偏误的，那就毫无价值了。

我想，我们应该最大限度地调整自已，调整自已对这世界和人的判断。如果内在能力加强了，根据自已的气质和个性来表现人和事物，按照自已所看到的那个样子，而不是按照别人所看到的那个样子，那样我们的作品就绝不会雷同，相反，它就会以各自的光彩公之于世的。

我们不能不承认，我们在一种特殊的政治泥淖里陷得太深太久。半个世纪以来，我们把政治的关系一直没能摆正过。现在大谈进入人的生命意义，进入审美层次，可是一走起路来，不自觉地（有时像蚊子一样）就又走到老路上去了。这是因为我们的思维方法还没有改变，从前的社会效应不断地诱惑着我们。我常常提醒自已要增加一点人类意识。我希望我们的戏剧能作为一种文化符号，输入到整个人类的情感世界里去。

前不久我与一位德国的汉学家长谈了一次，她告诉我：在我们那里把阶级、社会制度、共产主义理想，更多地理解为人类怎样共同活下去的问题。我对这种解释非常感兴趣。是的，当今世界，是地球上的人类在宇宙中所面临的共同处境。上帝厚此薄彼地把灾难共同分给人类——洪水、地震、沙荒、战祸和疾病，以及大气污染诸如此类，种种灾难威胁着人类的生存。如果，我们能增强一点人类意识，以此来关照我们的生活，我想，那就一定会有新的发现。

我的饥饿感还表现在对人的渴望上。

从事写作已经许多年了，发表的剧本、小说，加起来也是厚厚的一沓，足有几百万余字。然而，到了今天，我对人是越来越说不清楚了，几乎是褒贬无词。在艺术中，首先道德裁判是没有立足之地的，艺术是超道德的，生活亦如此。当我们描绘一个行为时，我们就是在描绘生活，当我们给那个行为命名——如邪恶和淫秽的时候，我们就进入到主观偏见里。现代人的精神自我分裂、潜意识、下意识、自我孤独等等，这些为我们戏剧文学创作提出了新的课题，强迫我们不断丰富它的表现手段。从这一点上看，我们要研究现代派的一些经典著作，使我们懂得个人的处境和人的普遍处境。我历来反对那些用玩花活的办法来掩盖自己的浅薄。

绿野，那一片迷蒙的情……

绿野，像梳理过了。茸茸绿草一划儿倒着。远处一片小湖，亮亮的。岸边挤着一排毛腿杨，草黑压压的，像神秘的墙。

油田，在绿海深处。地面，矮井房，是绿海里的帆；高井架，是绿海中的岛。一条弯弯小路，像一根敏感的神经，镶在高井架和矮井房中间。

雨后，傍晚。绿得寂寞，清新得醉人。

婷婷，文静的大姑娘。油田长大的，可不黑。神情，快活而娇羞，丰腴的胳膊弯上，露出两个小窝窝。可惜，没谈过恋爱。婷婷，不愁。她知道，好多秃小子追她……判断，他或者是他，世上这么多小子，总有一个是自己的。

婷婷，在草原的小路上走，黄鼠草盖着脚面，蹚得满鞋面都是露水。她顾不得，急着去油井房接班，兰姐要去托儿所接孩子，得快点！她想。

迎面，钻井队一群下白班的"坏小子"们，唱唱咧咧地走过来。一个个袒胸露怀，黝黑锃亮。不管脚下有没有路，反正都是横着走过来。有的拎着铝盔，有的攥着手套，有的拎着毛头绳，还有的摘一朵野花……"哼！不知愁，回你们的光棍儿窝去吧！"婷婷想，嘴可没敢说。

"轻轻地一个吻，伴我到如今。"

"深深的一片情，永记在我的心……"

"坏小子，唱的什么乱七八糟的！词都串了。自我感觉还不错呢！硬充美国西部的游侠骑士。闹心。"

"我走路中央，看他们怎么办？"

"让路了。眼睛不让……"婷婷低了头。从脚趾到头发梢都感到了，那透视的目光。婷婷感到一阵满足。"坏小子，去吻钢铁吧。"婷婷一甩披肩发，高傲地挺起丰满的胸部。一群小光棍儿，眼睁睁地错过去了……

后面，又来一个，跑单。他匆匆地走，什么都不看。这小子，大高个儿，挺帅。长腿、宽肩，不漂亮，挺精神。要是打群架，躲在他后面准安全。婷婷和他走对面，忽闪着睫毛瞅了他一眼。他没抬头。小路窄，两人擦肩而过，婷婷又回头看了一眼。等他回头，他没回。还是匆匆地走。婷婷像受了打击，望着他的背影站了好一会儿，心里说不清的恨……

婷婷在油井值班房里，一个班都想这个事儿。

第二天傍晚，有点风。还是这条小路上。婷婷又碰上了那位落后头的大高个儿。“傻小子，我逗逗你。”婷婷想。

“下班了？”挺自然。

“噢，下班了。”他说。

“你怎么，总是比别人晚。”

“收拾工具，填记录。”

婷婷又望着他的背影，站了好一会儿。她，心里有一种失败的感觉，想骂他。

第三天。还是这个时间。婷婷有准备，可心慌得不行，不知什么东西把她搞乱了。她鼓起勇气，想问问他姓啥，叫什么。想见识见识这小子，有啥了不起的。

他，又是在后面。还是那个劲儿，潇洒、自信。

“下班了？”像熟人。

“下班了。”他说。

咋好开口问别人姓名呢？婷婷卡住了，该死的脸也红了。

“嗯，明，明天，倒班，你们休息吗？”婷婷冒出了这句。

“休息。”

“要出去玩吗？”

“可能。”他闪动了一下目光。

“文化宫有舞会。”婷婷被那双眼睛震动了。那眸子好深呀。

“噢，谢谢。”他又匆匆地走了。

婷婷又望着他的背影，好半会儿才缓过劲来。心想：“装啥，做给我看哪！好像老成、持重，还不是个油鬼子。看我今晚舞会上不逗他几句才怪哩。”

文化宫，舞厅。彩灯、闪光器、架子鼓，吹吹打打，对对男女。婷婷打扮得高雅大方，蝙蝠衫，大开领，镀金项链，高筒袜，百褶裙，乳白色的皮凉鞋。身旁，现代青年，脸儿白，长发蓬松，港衫，牛仔裤，晚上还戴镜，时髦。婷婷不敢细瞅，一片多情的目光投过来，约她跳舞。可婷婷神不守舍，总是朝舞厅入口处望去。“该死的！他没来。把我给逗了……”婷婷心里骂着。

当晚。夜半。婷婷病了，不知怎么搞的。发烧，烧得厉害。或是着了凉，或是赌谁的气，看啥都不顺眼。家里人问不得，摔摔打打，莫明其妙。

迷蒙中，他来了。他真粗野，把她抱起来，像抱个娃娃。天哪，他可真有劲儿。那胸脯的肌肉像面墙，紧贴在她的胸峰上，弄得婷婷呼吸都困难。

“轻轻地一个吻，伴我到如今……”

谁在唱？吵醒了婷婷的梦。睁开眼睛，喔，是早晨。邻居的小非，哼着歌儿，拎那么多东西，来讨好。婷婷翻身起了床，抓起衣服，饭没吃就想上岗。她不想见小非，瞧不得他那副模样儿。牛仔裤太瘦，蹲不下，把屁股勒出一道沟儿。前面还一堆……谁不知是个雄性，说话舌头不打弯，学香港歌星。

小非看婷婷冷脸，起身要走。婷婷忽然心生一计，转念把小非叫住，要他陪她去接班，还要他打扮得帅一些。小非乐坏了，牛仔裤上的铜片儿，一颤颤的。婷婷是想报复他，她说不清楚跟他结了什么仇，反正恨他。“臭打井的，有啥了不起，挎上漂亮的小非叫你瞧瞧，我叫他干啥他干啥。嫉妒去吧！”……

“臭打井的？怎么，不打井哪有油田。要是上街，跟他走一起，真派！准馋得地癞子流口水。钻工，脑门儿上没贴贴，谁知道。图啥，还不是图个一表人才。工作可以换，模样儿可换不了。女人一回，图啥。”婷婷自我矛盾，脑子里打架。

“你回去吧。”

“咋的？”

“不咋的。”

婷婷把小非撵走了，她不想那么做了。她打算一个人去接班，在草原小路上想想。少女，到了这个年龄，每时每刻都在判断。他或是他，同龄的或是大一些的……偌大个世界，那么多男人，总有一个是自己的，不同的是，有幸福，也有痛苦，这些折磨姑娘的心。

夏，溢出了草原。兰星花，像外国小男孩的眼睛；黄鼠草，像新嫁娘的长发；牛舌叶，像钻工的大手。婷婷想躺在草地上打个滚儿，她希望碰见那群“坏小子”，更希望碰见落在后面的大高个儿。她下定决心，要正式邀请那个总是落在后面的大高个儿。“没啥！ 就直说，现代青年嘛，就是一见钟情。吻他一下，也不算耍流氓。”婷婷想，脸却红了。

然而，婷婷再没有遇到那些“坏小子”，那些可爱的“坏小子”们。也没有遇到，那位总是比别人晚一点的大高个儿……

井架搬走了。

留下了空旷的寂寞……

婷婷的心往下沉了一下，她跑到那个打井的地方，久久地站在那儿，眼前的绿野，变得一片迷蒙，甚至有点苍白。她静静地坐下来，坐在一块石头上。呆望着……泥浆坑、篝火灰烬、空牛皮纸袋、散落的重晶石粉，还有，过滤嘴烟头……

遥远的荒漠里又立起一座井架，在天边，像一个黑点，不知是哪个井队，是哪群“坏小子”。婷婷抬头望着，那蓝蓝的天，悠悠的云，带去惆怅和思念……他，没留下什么，只在空寥废墟似的井场上，留下一株钢铁的彩油树。他将用油浪的歌唱告诉她：“别忘了我……”

1985年3月

采访手记

8月20日下午5时。

肇源，马场桥，第三道防线（前两道“新站”、“古龙镇发展村”大坝已决口）。下午5时30分，洪水距马场桥桥面还有20公分（洪水以每小时10公分速度往上涨）。

40军、23军的81816、81400部队正在拼命死守（洪水疯了，我估计不出一小时大坝就要决口）。

沈阳军区司令梁光烈和石油天然气集团总公司总经理马福才在直升飞机旁紧急商量方案。

丁本孝，上尉，河南籍，他指给我看，上午的前线指挥部已经被水淹没，只留下临时厕所的一个竹竿头儿。

马福才站在桥上用手机与北京通话（我只听见几句：“……你不用上来了……水正往玉米地里下泄……”）。

一个戴大金戒指的大胡子正在修摩托艇，看样子是发财的大款。河南上尉告诉我，他叫尹兆才，退役六年，在铁岭做生意，三天前花六百元打车从哈尔滨赶来，他担心部队设备落后，怕出问题，他是修摩托艇的行家，当过班长。

肩上戴星的军官，小个子，又黑又瘦，我想采访他，他牛哄哄地没理我。我问河南上尉，他是干啥的。河南上尉告诉我，他是工兵团的部队长，叫陈刚，昨天急行军两天三夜带抢险队伍到新站，11时27分，古龙镇发展村公路三处决口，他带人架浮桥，站在水流里指挥，桥不稳，他与9名战士用肩头顶住浮桥，用钓篙撑住，使7000多村民、民工安全撤下来，不然就都得淹死。他和战士在水里坚持三个多小时，没有接到撤退的命令，通讯断了，没有供给，只有蚊子、寒冷、饥饿，呆了二十多个小时，师长眼睛都急红了，带冲锋舟上去营救。

河南上尉说得挺多，因为他是宣传股长。他说，我这有100多名湖北监利和公安县的战士，李大兵、陈友良、王军都是。他让我看花名册。还说，小于的父母在湖北被洪水冲走，现在还没有消息。

最后，河南上尉告诉我，说他们的部队原定9月2号撤销、遣散，是军委裁军计划的一支部队，大家都知道了。

8月21日凌晨40分。

武警部队117师351团，驻守山海关以东的林海市（锦西），16日接到军委命令（晚10时），要求3小时后出发。凌晨1时全师指战员乘228辆军车，挥师北上，行程984公里，连续行军36小时，按时到达肇源古恰大坝（中间每4小时停下调整休息20分钟）。

一个姓袁的政委（团政委）介绍情况，他们团是国家防总、总政治部命名的“抗洪英雄集体”，全团荣立二等功，每年在东北各地抗洪。

宣传干事小刘说有个事不知该说不该说，我要求他说。

小刘说，汽车连跑长途，36小时，一个司机把一台车，没人替换，打头的班长刘宏伟在杂货店买了一包针，困了就往大腿上扎，血都从军裤上渗出来了，后来许多司机战士都用这个办法（听到这儿，我控制不住眼泪，弄得挺尴尬，我猛然想起，古时候有头悬梁、锥刺骨，但那是为了考取功名，而这些十八九岁的士兵为啥呢？我准备写个小品，这是个好素材）。

8月22日下午3时。

省委书记徐有芳、省长田凤山等一行到达南引干渠视察，大庆市委书记刘海生握住徐有芳的手，流下热泪说自己能力有限。市里许多干部说刘书记连续在前线多达23个昼夜，头发在几天之内白了许多，陪领导上堤视察连台阶都上不去，两腿发软，又黑又瘦，像个外包工，还让他咋的，一个市委书记够意思了。大庆有文字记载就没听说过，两万多平方公里的大平原能发这么大的水。再说，前些年防洪投入又那么少。

还有人说，长江两岸毕竟有大堤，可以死保。这大平原一发大水四处奔流，咋个堵法，还能不决口。

8月23日上午10时。

西线，胡吉吐莫最后一道大堤全线完工。

取土时，碰到一处村民的祖坟，战士为了保护老百姓，绕道几百米外去取土。村长老古一听急眼了，拿着锹镐带头把自己的祖坟刨了，村民也跟着这样干了，弄得解放军挺感动。

创作员小辛告诉我，说林甸县三合乡有个老党员带着个傻子硬是围了2米多高的土堤把村子保住了。还有一个村长差点让村民打了，因为他把水围在自己的村子里，不让村民挑开，怕淹了采油六厂的油井。说国家让保卫大庆油田。

巴彦查干有个村，做小买卖的王老六，在抗洪前线把一根火腿肠卖8元钱，一瓶矿泉水卖10元钱（当时部队刚长途行军到这儿，给养还没上来）。一个老太太揪住王老六的衣领子，说我要是有枪就毙了你！（法律部门正在调查此事，估计王老六要瘪茄子。）

晚6时大庆新闻播报，有四名干部（三名科长和一个司机）乘三台公车去林甸受灾地区钓鱼，被免职（这些人真他妈是猪脑子，领导都火得楞的，还往枪口上撞），还有经六街大吃大喝的干部，前方吃紧，后方吃紧；前线泡在水里，后线泡在小姐的怀里。监察局的老孟告诉我，说最近还要处理一批。

8月24日上午7时30分。

主管文教副市长召见，要搞赈灾义演晚会。

大寨农民兄弟为大庆捐款12.8万元。

大庆、大寨在火红的年代就是一对兄弟，这会儿看出哥们了。不在钱多少，是那份心，再说大寨也不富裕。

从党委会议室里出来，有些人就跟我走后门，说我捐点钱，让我露个脸，在电视上讲几句。看来有的中国人表现欲还是挺强的，但不知他们的良心何在。

市政捐款处，我碰到了一个穿超短裙、抹口红，十分妖冶的小女子，估计是三陪小姐，她把厚厚的一沓钱（估计也有几千元）塞进箱里转头就走，记者追上她，问她叫什么名字，她只说了一句：我没有名字，可我也是个人！

8月25日深夜9时。

我和大庆的几位省作协驻地作家，立纯、树山、壮国、鸿达，还有辛彩萍等谈论多次到抗洪前线采访到的事迹，写赈灾义演节目，分工后，这几个家伙一致推我当总策划和总撰稿（这几个小子是祸害我呀）。

深夜12点多，吸了两包烟，一个字还没写出来。喝了点酒，突然流下泪来。

我找到了魂！

我写了这样一段话：

……也许，我们真的需要悲壮一次。许多时候了，我们手里捧着灵魂不知把它放在哪儿。可这民族之魂毕竟还在，还在每个人的心底徘徊。一旦爆发出来，那就是一幅无比壮丽的图画呀！

在大自然面前，人类的确渺小。和松嫩的滔滔洪水相比，论大小，一个人可能还不如一个浪头；论力量，可能还不如它的一个漩涡。但是，人类的伟大却又为世间万物所不及。这就是躯体内蕴含的精神和灵魂力量。它一旦被激活，就会迅速凝结成气吞山河的神奇伟力。它不用介质，却在人的心灵间流动传递；它不事张扬，却能使中华民族爆发出惊天地泣鬼神的动员力、感召力和凝聚力。

我们的民族魂还在啊！

（又有几句词涌上，可能会写首歌词，反正也别端着个作家的架子了。）

……

城里城外，我们是一家；

前院后院，我们都是兄弟姐妹；

油田农田，我们在同一块土地上生存；

水里岸上，我们同此凉热！

1998年9月

无处着陆

许多只青筋暴露的手，拼命地伸向那枪眼似的售票口。一个胸口上刺着蓝色玫瑰的光头，踩着别人的肩膀像英雄堵枪眼似的扑向售票口，立刻引起一片咒骂声。

“× 你个妈的，作死呀！”

正是春运期间，火车站里是乱得不能再乱了。

不失作家风度的梁彬紧跟着小那和中学教师老贾挤进了火车站。

首先是作家梁彬感到头一下子大了起来，接着便失去了作家风度，中学教师老贾也傻呆呆地望着两条滚动电梯上密密麻麻的人群不知如何是好。

火车站里人声鼎沸，熙熙攘攘，似乎所有的人一齐说话，谁也不管谁，好像一大团苍蝇绞在一起，不停地嗡嗡。

来北方打工的南方民工背包罗伞地往南方赶；去南方读书的北方学生大包小裹地回北方过年。短途贩运的小商小贩，进城开会的各路代表，新征的士兵，退伍的军人，上至机关干部，下至市井小民，似乎全挤进了火车站。

小那领着梁彬和老贾侧身挤到一个背手站着的服务员跟前，向她打听一个姓李的客运主任，那个一脸铁面无私的女人，一声不吭，目不斜视。小那有点急，想跟她理论态度问题，被梁彬拽到一边。

“行了行了，还态度呢，在这种环境工作，不发疯不咬人，那就算热情了。要是我，用不了三天就得跳楼。”

“这都怎么了？ 人人都到处乱窜，不在家待着，真就那么忙？ 如今的世界，太浮躁了！”老贾大发议论。

“贾兄，别煽情了。还是拿个主意，咱们怎么办？”梁彬正色道。

“我看今天的票是搞不到了，不行，明天走。”

“明天绝对不行！ 我有篇东西今晚报社等着下稿。”

这时去大连的火车准备检票，人流像挤在一起的羊群朝一排铁护栏里涌去，孩子们被挤扁的脸在大人的胯下瞪着惊恐的眼睛。一个瘦女人，身上背着两大尼龙丝袋子服装，人过了检票口，袋子却卡在铁栅栏外，她伸着脖子拼命地朝前拉，后边的人破口大骂，使劲地往前拥。只听“嘣”的一声，尼龙丝袋子散了，一堆劣质的儿童鞋滚落出来，那女人疯了似的往回挤，顿时检票口塞成了一个大肉团。

给领导开过车的小那，是个万事通，用他自己的话说，在这座城市里，男的他全叫大哥，女的他全称大姐，没有他办不成的事。于是，梁彬和老贾就把企盼渴望的目光投向了这位能人。

“今天是单号，去齐齐哈尔的返程车263车长刘富锦是我大哥，以前每次来哈我都开轿车接他，陪他喝酒。”小那炫耀着，“没事！咱们先上车，然后再说。”

有两个十来岁的男孩，不知啥时跪在三人的脚下，不给钱不起来。

梁彬看着那两个男孩黑如车轴的脖子和那油光锃亮的小棉袄，顿起怜悯之心，赶紧掏出两元钱扔给他们。

“快走吧。”

“你别上当，他比你作家挣得多。”小那制止着。

“孩子总是可怜的，家庭条件好绝不会要饭。”

“还是可怜可怜我们自己吧。”老贾白净的脸上渗出了汗珠。

“走！先进站。”小那命令道。

“进站？这乱糟糟的，飞过去？”

“我有办法。”小那像黑社会的老大一样布置着，“这地下室火车头餐厅厨房有个后门直通站内。走，跟我来。”

小那带着梁彬和老贾跌跌撞撞地穿过人群和行李，先上了二楼候车大厅，接着又进了录像厅。

“餐厅不是在地下室吗？”

“得从上往下绕。”小那说。

录像厅里黑糊糊的，正播放着香港武打片，嘿嘿哈哈地吼叫着。门口一块旧黑板写着许多怪里怪气的片名，什么《情杀》、《密令》、《人小鬼大》、《僵尸家族》。

老贾绊了一跤，他在黑暗中摸着眼镜，无意中碰到两条女人的腿。

“你他妈找死呀！”

一个男人把手从女人的怀里抽出来想揍他，小那过去说了声“哥们，都是出门的，别这么大火气”。这才算了事。

小那拉着老贾，梁彬紧随其后，磕磕绊绊绕到录像厅后门，从那儿下楼又拐了几道楼梯，从侧门进了火车头餐厅。

餐厅里阴暗潮湿，地上撒了一些锯末子，脏兮兮黏叽叽的，服务员客气地驱逐着那些不用餐而闲坐着等车的旅客。梁彬扫视了一眼餐厅，他猛然发现那两个跪地要钱的男孩在大模大样地喝着啤酒，旁边还放着甜面包圈和广式香肠。这使梁彬再一次失去了感觉，他觉得这两个男孩的出现和他们的行为，绝对比出现两只死老鼠更让他恶心，逼得老实正直的作家也开始骂人。

“× 他妈的！这两个兔崽子！”

“作家，别有辱斯文呀。”老贾揶揄着。

“你看好了！”小那指了一下，“人家早餐用的是甜食。”

“甜食？”

“上周三早晨，我把多买的一碗馄饨端给这两个小混蛋，结果他俩看都不看，只说了一句：我们早餐用甜食。”

“我去治治这两个小崽子！”梁彬说着欲冲过去。

小那拽住了梁彬，说道：“拉倒吧，国务院也管不了他们，这是南方的乞丐集团，家里有洋楼，发展沿海经济也有他们一份。”

小那边说边带着梁彬和老贾悄悄地走进了厨房，为了掩护他俩顺利通过，小那给两位厨师点了烟，让外人觉得都是熟人。厨房的过道里堆满杂物和泔水，到处烟腾腾湿漉漉的，使人看到这些就再也不想进饭店就餐。

从一个小门出来，外面就是宽敞干净的站台了，三个人都舒缓了一口气。面对面两列火车徐徐驶出站台，卷起一丝凉风，夹着一星碎雪，使人感到十分惬意。梁彬似乎又找回作家的感觉，他耸了耸肩，把双手插进风衣口袋里。

“我这儿有过期的记者证，咱们态度好点，上车主动补票。”梁彬对另两位老兄说。

“补票？跟我坐车还补票！”小那胸有成竹。“你看着，上了车就是咱的天下，车长得请咱们上餐车，一气喝到地方。”

“别，咱们还是花钱坐车。”

“你们这些文人，穷酸！听我的。”

开往安达大庆方面的263次普通客车进站了，由于是始发站，车上几乎空无一人。紧接着，站台上响起了检票的铃声，不多时人群像开闸放水似的奔腾直泻而来，小那抢先汇入人流之中，一会儿就没影了。

“小那！……”

“别喊，他肯定是给咱们占座位去了。”

冬天的车窗冻得死死的，梁彬和老贾从车头开始挨个儿车窗眺望着，果然，在六号车厢的一个窗口，发现了小那的那张长脸和紧贴在玻璃上的大鼻子。他指指前门指指脚下，又伸伸大拇指，意思是说一切都安排妥当，OK！

小那占了两个靠窗的座儿和一个边座儿，伸着脖子在涌进来的旅客中寻找那两位老兄。

“这有人吗？”

“有人有人，往前走，前边都空着呢！”

一个胖乎乎的男人一屁股坐下来。

“我说有人！你没听见哪？”

“来了我再给他，先让我歇歇腿儿。……”

“来了来了，”梁彬老远地喊着，“让让，让让！……”

“操！这同样花票钱，有站有坐，自己坐着不算，还占座儿，这叫什么事？”那胖男人很不情愿地站起来。

“先来后到嘛！”小那咕哝一句。

三人落座，小那和梁彬靠窗，老贾掏出烟递给每人一支，燃着，享受着五分钟的美妙和自由。透过结满霜花的车窗望外，美丽的冰城仍不失傲慢和高雅。古老的俄罗斯建筑和新型的现代高层大厦鳞次栉比，落雪后的园林玉树银枝，各条街道车来人往，红男绿女，远远望去十分和谐。

“咱们还是补票吧？”梁彬悄悄对小那说。

“你这人怎么这么胆小，听我的不就得了。”小那有些烦了。

胖男人瞅了他们一眼，心里说，这帮小子，没票还坐座儿。

车上人越来越多，过道里都站满了人。而那些卖食品的售货员和货车却有着超人的功夫，她们居然能在人缝儿里把车推来推去。还有一些卖杂志的、卖雪糕的和卖茶蛋的，都盯着旅客的钱袋。

“火腿肠鱼片豆腐卷儿花生米，啤酒饮尿（料）——！”售货员发音不准，总把饮料说成饮尿。

“看报看杂志！姐夫跟小姨子私通，酿成家庭悲剧！林口县东山乡警察将民女刘翠花打疯了，拦车告状省委出面。”

“奶油雪糕，加料冰棍儿！”

“要不要茶蛋？”一个老女人悄悄地捅捅旅客，看来她属于非法经营。

“我看还是去补票吧。”梁彬总不放心。

“行行，我一会儿去找车长！”

那个胖男人将肥大的臀部靠在茶几上，梁彬觉得非常别扭，一是担心那脆弱的茶几会让他的重压给压碎。二是那肥大的臀部让他想起肉店里猪的后丘，或是想起童年时见到的某个胖女人的肚子。他有些恶心和头晕。

发车了，播音员又播放了那首歌：

……列车就要开动，
我将和你一路同行。
在这温暖的车厢里，
装满了春风装满了笑声…

“应该将诗人赶出理想的王国。柏拉图说这段话是有道理的，因为诗人的浪漫常常粉饰了真实的生活！”老贾的情绪一好，就摆出了一副评论家的深刻。“所以到19世纪的自然主义作家左拉就提出：在真实的生活中，甚至是肮脏的生活中，比在美妙的谎言里存在更多的美！”

“深了……”梁彬有点嘲笑。

“美学大师布瓦洛说，一个虚假的故事，绝对不能打动我！美在真实。所以说：美是难的。”

“男的？不是女的？”小那横插一嘴。

梁彬大笑起来，胖男人厌恶地瞥了他一眼。

“我跟你无法对话。”老贾说。

“我跟你不是一个层面。千万别把我当人！”小那有点伤面子。

“小那，别这样。我是跟咱们的大作家梁彬对话。现在的文学艺术不能震颤人们的灵魂，就在于不能理解死亡的真正含义。我说的死亡是形而上学的，是让我们有一种终极关怀意识，在这个框架里构筑……”

车厢的两头突然混乱起来，一些执勤人员和乘务员封住了这节车厢两头的通道。

“查票啦查票啦！都把票拿出来！”

人们一阵骚动，但最慌乱的还是梁彬。

“完了。”

“稳住！慌什么？”

那个胖男人将肥大的臀部挪离了茶几，从后屁股兜里掏出车票，在三位老兄面前晃了晃，露出一丝得意的笑容，然后把票高高举起，似乎热烈欢迎查票执法的人快些来。

“你们几个的票！”

“车长……”小那朝身后指了指。

“什么车长？”

“刘，刘车长……是，是我哥们！”

“什么，刘车长，哥们？”

“就是……上次……”

“站起来！”执勤的车警大吼着。

梁彬和老贾的身子还没完全离开座位，那个胖男人的屁股就先挤了过来。“师傅，这位是咱们省的知名作家，他的长篇小说《男人也流泪》获过大奖。”

“没听说！”

“再说刘车长……”

“我们车长姓李！”

“对对对！我记错了，是李富锦车长！”

“少啰唆！看你们穿得人模人样的，都像有文化，坐车不买票，还作家呢？作家更应该遵守铁路规则！”

车警大声地训斥着，围观的人嗤嗤笑着，梁彬头也不抬地望着车窗外，他真想跳车。

“你，说你呢！往哪瞅！”

“同志，你能不能小点声？”

“啊，你不买票，还让我小点声？”

“我，我们补票。”

“光补票就行了？罚款！“

小那栽了面子，又要罚款，他真的火起来，显出一副流氓的劲头。

“哎呀，你还真较真？梁主任，你把钱收回去！”小那指着警察的鼻子，“我告诉你，我们有记者证，是因为有紧急采访任务才被路局领导提前送上车的。这次采访也包括你们这个车组的服务态度。梁主任，把记者证给他看！”

梁彬汗都出来了，他真怕小那把天吹破。但事到如今也只好铤而走险，他抖抖地将记者证掏出来。

没想到这招还真唬人，那位大个子车警的态度立刻缓和下来。

“车长在餐车，你们去叫他写个条子来。”

“这好说。”双方都下了一个台阶，小那说：“走！”

列车转了一个弯道，驶过江桥，进入了辽阔的松辽大平原，铁路两边无垠的大雪地旋转着向后掠去，天空钢蓝钢蓝的，正是上午9点钟左右。

小那打头，领着疲倦不堪的梁彬和老贾朝前方的餐车猛挤，本来归位的旅客又被这三位老兄搅得不能安宁，引起一片啧啧的抱怨声。

这时，列车恰好在一个叫松北的小站停了下来，小那经验十足地想出了一绝妙的主意。

“这样挤太费劲！现在咱们立刻下车，然后再从前面的餐车上去。”

梁彬和老贾此刻完全成了被引导型的人，稀里糊涂地跟着小那下了车，呼哧带喘地朝前面的餐车跑。谁知这只是一个区间小站，停车只有两分钟，还没等梁彬他们跑过两节车厢，列车已经徐徐地开动了。

“不行，回来吧！”梁彬大喊。

“快跑几步就到了！”小那又往回叫着。

就在这时列车速度渐渐快了起来。小那毕竟年轻些，他飞身扒住一个车门上去了，老贾也连滚带爬地抓往一个把手。只有梁彬看看前边，又看看后边，觉得无从下手，小那不知喊叫些什么，他一句也没听见。

列车卷起碎雪呼啸着驶出了小站，不一会儿便消失在迷蒙的雪野深处。

小站上孤零零地留下梁彬一个人，他一屁股坐在站台上，不知为什么，他突然笑了起来，嘴里下意识地说了一句：

“妈的！ 我在哪儿……”

1995年2月10日

灰色的羽毛

这栋列车房住四个人。

大黑是司钻，生得人高马大，穿四十四号鞋都嫌挤脚，打呼噜也是重量级的，靠力气吃饭，人们都得另眼相看。柳明是地质员，技校毕业，在这个讲究学问渊博的时代，谁也不敢小瞧。华生是干部子弟，因贪恋酒色，被父亲发配到井队锻炼。据说不会在这儿久驻，打个电话便可调换工作。此人的优越性，井队里的人也望尘莫及的。最叫人揪心的是这栋列车房里的第四位光棍，他叫石庆儿，可没人喊他的名字，大家都叫他"不够月"，说他是七个月或者是八个月过早地从娘肚子里爬出来，先天就不足。论身体素质，他三个加一块也不如大黑的一只手；讲学问，他小学念了十年才毕业。柳明看的外文书，拿到他手不知道反正。去年，庆儿看了一回《基督山伯爵》电影，回来可算记住个外国作家的名字——大仲马，结果跟人家"白话"的时候，还硬是说成了大马种（仲），在场边听边吃的人把嘴里的饭全喷出来了。说到父亲，庆儿不但不敢跟华生比，就是跟井队的任何人相比，他都只能退避三舍。二十几年前，他父亲在开发这个油田的时候，几吨重的钻具从高空滑脱下来，砸在他的胸腹上，一腔热血喷射出来，像红色的油漆涂在钢铁钻台上。庆儿的母亲也因此患了忧郁型精神病。他就是在这种刺激之下，提前来到人间的。所以别人一说起父亲，他只有旁听的份。

井队常年在野外打井，"正晌午时说话，谁也没有家！"这里的人养成了一种粗野强悍的性子。当然，在这个离群索居的天地里，也不乏欺软怕硬的世风感染。谁想得到厚爱，一是力气，二是技术。如果是力气加技术型的汉子，再有点宽容大度，那就备受崇敬。而我们这位庆儿，可怜的"不够月"，哪一点也不沾边儿。在这个班组里，似乎有他不多，没他不少。

然而，事实并非如此，就像生态平衡给人们的启示一样，大象的存在并不能使做蚂蚁的自愧而死。庆儿作为被照顾的对象来到钻井队，他不比常人升官发财所得到的快乐少。人可以拿到最低工资和三等奖金，奉养自己久病的老母和积攒点钱，为日后娶一个丑一点的媳妇。

庆儿的钻井队是初春迁到这蛮荒里来的。现在已时至深秋，他们胜利地打了最后一口沼泽地的探井，准备搬迁到地势好的地方休整待命。可天不作美，那有滋有味的秋雨，不紧不慢地下了两周，使整个沼泽地变成一片汪洋，附近的草地也都处于饱和状态。进来搬迁设备的特车队，在十几里外就像一群东倒西歪的醉汉，陷在泥泞不堪的草地上，成了堆废物。车队进不来，井队出不去。钻工们窝在列车房里叫苦、骂老天，憋得汗毛直打挺儿。

灰蒙蒙的天空低吻着地平线，到处都显得灰暗、潮湿，整个草原像被一口大锅扣着一样，叫人透不过气来。拆开的井架，像恐龙的骨骼仰在泥水里，被秋雨冲刷得闪着青凛凛的光。淅淅沥沥的雨点均匀地滴在列车房铁皮的顶盖上，这声音单调而乏味，使人寂寞得要发疯了。

大黑四仰八叉地躺在铺上，两只向外鼓着的大眼，像死鱼眼似的一动不动。柳明坐在小铁桌旁看书，偶尔用笔画两下。华生撅着屁股，钻进床下，满地里找烟头。不过，这回他大失所望了，只找到一截过滤嘴儿，头上的烟丝已经散落，只剩下一小圈烧煳的纸筒。

“这是谁吸的烟，连个屁股都不留，真他妈狠……”

“忍着点吧，别那么没出息。”柳明咕哝一句。

“嗐，没吃没喝我不怕，要是没烟抽可就要了我的小命了。”

“这会儿要是有旱烟叶儿，卷上一棵大纸炮，那才过瘾呢！”大黑吧嗒一下嘴。“算了，打扑克！换换脑子，别想这事儿，过几天，后勤总能送上来。”

庆儿光着脚丫，拎着一网兜小鱼小虾走进来，大黑像盼到救星似的把庆儿推到座位上。

“来来，‘不够月’，玩几圈。”

“不玩，我还要喂雁呢。”

“喂个牛子。玩！”

在力气还能起作用的王国里，大黑的话就是命令。他像抓鸡似的把庆儿按到座位上，不容辩解地塞给了他第一张牌。“玩！小嘎豆子起刺儿，我捏死你！”

大黑硬拉着庆儿玩，并像盼救星似的盼庆儿到来，这是有目的的。在这栋列车房里，四个人玩“三打一”，大黑总是全搂儿，不管牌好牌坏，有没有“混儿”，把把要。赢了算他的，输了叫庆儿替他钻桌子。有时大黑胡要，一连几把扣底逞翻番儿，庆儿一钻就是几十趟，累得大汗淋漓，红头涨脸。因为这个，柳明跟大黑吵过一架，说大黑“欺人太甚”！但出来劝架的恰恰是庆儿，他说：“算了，大黑块太大钻不过去，我替他钻没啥。”

“你真是秋后的烂黄瓜，贱种！”华生常这样骂庆儿。

见老实人不欺负有罪。时间长了，柳明和华生也在庆儿身上得到许多实惠和好处。下班了，庆儿去打水。洗完了，让庆儿捎去泼掉。庆儿洗衣服，几个人随手把脏衣服往庆儿盆里一塞，有时扔过去一袋洗衣粉完事。久而久之，这三个人似乎离了庆儿就没法生活了。庆儿也许是缺心眼儿，他并不为此感到烦恼和痛苦，甚至有时还显出一点快乐，谁也不知他怎么想的。可是钻台上、危险的地界，大黑总是把庆儿推开。一次卡钻，用大马力往上提钻的时候，钻盘上的卡瓦飞出来，大黑又像抓小鸡似的把庆儿扔下钻台。虽然脚扭伤休了一周，但大黑保住了他的小命儿。技术上，柳明常常教导庆儿，尽管他嘲讽庆儿“狗熊的姥姥是笨死的”，可还是教会了庆儿一些知识。就连华生这浪荡公子，也给庆儿许过一个小愿，要为他安排一个合适的工作。

此刻，外面秋雨绵绵，屋内昏昏然。四个人玩起扑克来，华生老是走神，没打几圈便少了一张牌，找了半天，才发现华生卷成筒儿当烟叼在嘴上。他被烟瘾搞得走火入魔了。

“没意思……”华生把牌一摔。

“找姑娘有意思，可这儿连个母猪也没有。”

“钻井队，钻井队……我算服了！”

“听听音乐吧。”柳明提议。

“闹心！什么他妈轻轻的一个吻，吻他妈个腿，都快三十了，我这钻头还一次没有使过呢。”大黑苦闷地说着粗话。

“那好，嘎嘎新的，一水没下。”华生说着，又叼起一张牌。

大黑怎能示弱，一串串早就说顺嘴的粗话朝着华生喷去。

那里柳明听着，已经笑得直不起腰来了。华生也一时忘了烟瘾，列车房里传来一阵阵粗犷的笑声，伴着打闹的响动声。过了一会儿，便又归于平静。大黑又仰在铺上放挺。柳明归位小桌前，却无心读书。华生又撅起屁股满地搜寻烟头。这次没白寻，总算在一个放皮箱的旮旯里，寻到大半截烟蒂，华生发出一声快乐的尖叫，如同发现了绝代佳人。大黑闻声扑过去，两人便为这半截烟蒂打闹起来。最后，达成君子协定，每人吸一口。不过，大黑吸这一口，显示出他极好的肺活量。华生眼盯着那"吱吱"响的红火头，眼泪差点没流出来。

庆儿洗净小鱼小虾，挑出枯枝和水草，装到一个铁罐里，放到列车房后窗的一个架子上，等待那只灰雁来啄食。

这只小灰雁是初夏时，队里的一个架子工用小口径枪打下的。小灰雁伤了翅膀，滴着鲜血，拿回来时还"扑扑棱棱"乱跳。庆儿真是心疼这只小灰雁，望着那灰棕色的羽毛，发亮的黑色波纹和胸前的一痕雪脯，庆儿一下抱住了这只小灰雁。小灰雁也眨动着可怜的眼睛，像是乞求着善良的人们。庆儿鼻子一酸便流下泪来。他跟架子工讲好，要用一箱啤酒和十听罐头换这只受伤的小灰雁。架子工答应了，庆儿搭车到百里外的一个小镇上，背回啤酒和罐头，差一点累吐了血。

这只小灰雁在庆儿精心护理下，翅膀上的伤渐渐好起来。不过，队上总有淘气的小子惦着要吃雁肉。庆儿放心不下，上夜班常常把小灰雁抱到井场上，队长为这曾扣发他一个月的奖金。庆儿不悔，闲下时便去用纱网捞小鱼小虾给小灰雁吃。到了盛夏时节，蛮荒的草原翡翠，鲜花仿佛片片绚丽的云霞，庆儿那只可爱的小灰雁已能扇动美丽的翅膀起飞了。庆儿不会忘记，第一口探井喷油的时候，钻工们挥动着铝盔在地上雀跃，这只可爱的小灰雁在天空中围着钻塔盘旋，偶尔还"嘎嘎"地长鸣几声，像是分享胜利的喜悦，又像是为这群天边的男子汉唱赞歌。打这以后，小灰雁清晨飞出去，黄昏飞回来。每当经过井架，便围着盘旋几圈，长鸣几声。小灰雁成了庆儿的小伙伴，他离不开它，他觉得小灰雁给了他许多美好的遐想，许多像梦一样轻柔的温暖。他甚至想到自己悲惨的童年，不幸的父亲、母亲……

秋天来了，庆儿的心惴惴不安起来，他常常站在冷雨霏霏的荒野上，望着那灰蒙蒙的天空，呆呆出神。他想：天冷了，小灰雁要飞走了，去南方……明春它还会飞回来吗？两周前，井架拆倒了，那一夜小灰雁没有飞回来，它或许是寻不到标记？或许是被猎人……可第二天黄昏它又飞回来了，落在庆儿的肩头。

庆儿放了那铁盒，又修整了一下雁窝，望望天空，才意识到这会儿刚近下午。这阴雨天，把时间都搞乱了。庆儿怅然若失地站在泥地里，他想：“今晚，小灰雁会飞来下窠吗？”

雨，不觉住了。大块大块的云舔着苇尖滚过，缝隙里透出锯齿形的亮光。遥远的天边，一方村落露出神奇缥缈的轮廓。庆儿摘掉雨衣帽子，扭身跑回列车房。

“雨停了！”

“停了又怎么样？三天也进不来车。”

“我去给你们买烟。”

“买烟？”

大黑和华生一骨碌从铺上翻下来。

“离这儿二十来里路，有一个蒙汉杂居的小村子。我去过，天黑以前能赶回来。”

“可他们那有烟酒吗？”

“有没有酒我不知道。我想能有旱烟叶儿，跟老乡好好说，总能卖给些。”

“对对，太对了！”

“这路能走吗？”柳明说了一句。

“有的地方得蹚水。没事！”庆儿又说：“队里这些烟鬼都熬不住了，多买几斤烟叶儿让他们都解解馋。”

“庆儿，”华生第一次这样叫，“你就是我的亲爹活祖宗！”华生说着真的“扑通”跪地磕了个响头。“兄弟，你真够意思！以后有事儿用着哥，哪怕走铜（指子弹）也决不含糊。”华生乐得胡说八道。

“钱，带上。”大黑从铺盖卷下摸出一沓崭新的大白边儿，连数也不数就塞在庆儿的上衣口袋里。接着说：“讲好听的，你这是活雷锋。讲不好听的，你这‘不够月’也办些够义气的事。”大黑从铺下又摸出个军用铝壶。

"把这个带上，要从老乡那儿弄几斤酒，哪怕花高价，不行先借，以后再还。无论如何搞点来，大哥这些天，嘴里没味，浑身没劲儿，叫这个三加六给馋赖了。"

"我找蒙古老乡，他们好喝酒，家家会有存货，多说点好听的呗。"

"对对，今晚我们等你回来再吃饭。我上食堂多买点菜，再想办法搞点什么能下酒的东西，咱们好好喝一顿，过几天就搬家了，说不定这辈子再也不会回到这地方来了。"大黑最后的话，有点使人酸心。

庆儿穿了雨鞋，拎起敞口的大工具袋。一一抚肩告别，还真有点壮士远行的味道，柳明要庆儿拿上雨衣，庆儿怕走路碍事便没有带。

庆儿踏着泥泞上路了。

正值秋末，清风瑟瑟。广阔无垠的松辽大草原，斑斑点点地现出了枯黄。喇叭花像吹完了最后一曲，有气无力地收口了；蓝星星也睡眼惺忪地合目养神了；只有黄鼠草甩动它那长长的金发，迎接萧瑟的秋风。而快要度完短暂生命的蚊子，扇动它那沉重的翅膀，死死盯住每一个有血有肉的物体，做一次最贪婪地吸吮，当一回最无耻的噬血鬼。

庆儿涉过一片沼泽，沿着放牧人的嘞嘞车辙印，加快脚步向远处的小村行进。他感到挺得意，顶着风走，花脚蚊子落在脸上站不住，这省去许多麻烦。不然，可就苦了。当地老乡有句土话，叫"秋后的蚊子，叮住就不放"，可见秋后蚊子的厉害程度了。

下午5时许，庆儿赶到那个村子。他用了将近三个小时，赶了二十多里路，摔得浑身泥水，气喘吁吁，热汗顺着脖颈，流进他那瘦骨嶙峋的肋条间。凉风一吹，庆儿又不觉打了个寒噤。

村里的人十分好客。庆儿说明来意，不到一顿饭工夫，便给他凑了几斤旱烟叶儿，蒙古汉子又给那军用铝壶灌满了烧酒。庆儿扔下些钱，道了谢，把烟叶装进工具袋，把铝壶斜挎在肩上，便匆匆上路了。

天渐渐暗下来。夜，在这个阴云密布的时刻过早地降临了。前面，嘞嘞车辙印变得模糊不清。唯一能确定方位的标记，便是远处的那微弱的几点灯光。庆儿决定放开原路，直奔那灯火。他想，这样也许会近些。

风停了，气压很低。庆儿觉得憋闷，以至全身都有一种黏糊糊湿叽叽的痒痛感。放弃了别人走过的路，并没有使距离缩短，相反，脚下的路更加艰难了。过腰深的荒草，没膝深的泥水，庆儿一蹚过去便轰起一堆蚊虫。一糊一脸，一落一身。驱赶蚊虫的手不停地摆动、拍打，搞得庆儿晕头转向，手脸火辣辣地疼痛。再往前走，苇草里反复摩擦如针扎般难受。他脚底板发直，不住地抽筋，几回差点跌倒。但他觉得前面的灯光似乎亮了点，许是走近了它。庆儿意识到，过了这片沼泽就快到井队了。他想象着在温暖的列车房里，大黑、华生卷上旱烟叶儿美美地吸上几口，然后讲一段笑话的样子。但庆儿马上又意识到，这段路要比来时长得多，可怕得多……

天完全黑下来，没有一丝儿风。沼泽地里的小鱼小虾活跃起来，不时地啄着庆儿腿肚子上的伤口，使他心焦火燎地难受。“扑啦”，一只水鸟从苇丛中飞起，吓得庆儿倒退了一步。这时，他感到脚趾像断裂似的疼痛。他把右脚伸出水面，用手一摸，一股比水还浓的液体，从脚丫缝里流出来，血……飞走的小鸟，使庆儿倏地想起可爱的小灰雁来，他加快了蹚水的脚步。

“哗啦哗啦……”

庆儿在静夜中跌扑着行走。

一阵沉闷的雷声滚过，紧跟着夜空中伸出了几条蛇形闪电。大颗的雨点打碎了苇花，落在水面上，泛起一个个亮汔儿，扩展几圈波纹。冰冷的秋雨又随心所欲地下开了。装旱烟叶的敞口工具袋开始渗水，庆儿不得不把帆布工作衣包裹在上面，以防打湿旱烟叶儿。

噬血成性的花脚大蚊子被雨点和雷声惊动了，它们骚动着，大团大团地、铺天盖地地朝庆儿那露出的脊背、脖颈、手臂拥来。这些吸血不要命的花脚蚊子，一个挤一个地落在庆儿暴露着的肉体上。庆儿碾死一批，又落一批。打不到的地方，花脚蚊子已经胀得不能动了，于是后来的蚊子，就停在吃得红鼓鼓的蚊子身上食它的血。庆儿先是感到钻心地痒，接着是疼痛恶心，最后他感到浑身膨胀、麻木……他死搂着怕被雨水淋湿的旱烟叶儿，发疯似的朝那越来越亮的灯光扑去……

庆儿抱着工具袋，“嘭”的一声闯进列车房，他像死了似的站在地当中。大黑、华生、柳明吓得倒退半步，他们认不出庆儿了，觉得是一个怪物闯进了列车房。先是肿胀的头，再是毛茸茸透着血粒的上身，还有扯得稀烂的双腿……大黑扑过去抱住庆儿，那蚊虫破裂肚子流出的血，染了他一手。他们再细看，庆儿身上那一层像红米粒似的蚊虫，全都饱鼓鼓地胀死在那儿，密密层层地排在庆儿身上。那白色的小背心也看不清了。华生“啊”的一声尖叫，赶紧捂住眼睛。大黑和柳明用毛巾拂掉蚊虫，轻轻擦洗庆儿脸上的血污。

“烟、酒，都弄来了。”

庆儿想笑一下，但脸是死的。

“快到卫生室！那儿有防蚊解毒水。”

柳明边喊边拉着庆儿要走，被大黑一把推开，他弯腰背起庆儿，连鞋也没穿就朝卫生室跑去。业余卫生员用防蚊解毒水给庆儿擦洗了全身，又吃了防止血液中毒的药，这才使庆儿暂时安稳下来。但卫生员说：“过几个小时，才是最难过的关。弄不好，会出现精神分裂的征兆。”

大黑叫庆儿在卫生室里稍躺些时候，他去把准备好的夜餐端到列车房去，过一会儿来背他。大黑对庆儿说：“我要好好地犒劳犒劳你，为你压压惊，去去寒。”说着便朝队里的小食堂走去，柳明也紧追了出去。他们二人站在小院中的雨地里，好像争吵什么。柳明从来没发过这么大的火，而大黑也毫不相让。

“你太野蛮！混蛋！”

“你再说一遍，我就宰了你！”

“你敢！你也就是欺负庆儿吧，拍拍良心。”

“这有什么？咱们问问庆儿！”

“要去，你自己去。”

“算了，反正也这样了。要不，你说……”

以下的话，庆儿听不清了。他的耳朵里嗡嗡作响，喉咙干渴得要命。队里的小食堂里还亮着灯光，有几个人冒雨围在窗下，偶尔飘出一缕白蒙蒙的蒸气来。庆儿不安地从床上爬起来，一把拉住业余卫生员小宾，把小宾吓得一怔。

“他们干啥？”

“你还不知道哇？”

“咋的？”

“他们把那只灰雁剁了，说没有下酒菜儿。”

庆儿听到这话，霎时间变得像一头发疯的豹子，瞪着血红的小眼睛，双手猛地揪住小宾的袄领子。

“告诉我，是谁干的，说！”

“这，这……反正是你宿舍里的人……”

庆儿光着身子，拼命跑到小食堂，一脚踢开小门，进到伙房就掀翻了那炖雁肉的锅。而后抓起案板上的菜刀，疯狂地返回列车房。看到庆儿的人，都傻了，半天缓不过劲儿来。

庆儿拎着菜刀，叉开双腿堵在列车房门口。

“你们谁也别想跑。告诉我，是谁杀了我的雁，为什么?！为什么呀！……”

屋内像死一般沉静。

“这……本想，和你……”大黑嗫嚅着。

“说，谁杀了我的雁，我就杀了他！”

华生“扑通”跪倒在地上，大黑也像做错了事的孩子一样低下了头。这是他有生以来第一次向弱者低下了他那硕大的头颅。柳明站在一边吓得不敢吭声，连气也不敢喘。

“是我杀的。”

“是我出的主意。”

“是我没能拦住他们。”

庆儿眼里滚出了热泪，举出菜刀的手也软了下来。

“你们都比我大，都是我的哥哥。要是我有对不起你们的地方，你们打我、骂我，都行。”庆儿忍不住哭起来，“可我也有心爱的东西，你们不该夺去呀！ 小灰雁死了，它再也不会飞了……”

“死的时候，它‘嘎嘎’地叫着，像是找谁……”柳明也哭着埋怨起来，“你俩真忍心下手……”说着将两根雁翎递给了庆儿。

“在井队一没活干，我就不知咋好。”

华生喃喃地说。

“庆儿，”柳明劝着，“你就当天凉了，小灰雁飞往南方了……明年春天它还会飞回来的。”柳明给庆儿披上衣服。

“小灰雁是只孤雁，它懂事……”庆儿抽泣着，大滴的泪珠落在雁翎上。

“我不是人，我不是人哪！……”

大黑打着自己的嘴巴，然后猛地抱住庆儿“呜呜”大哭起来。这栋列车房里谁也不说话了。只有哭泣声伴着外面的秋雨声。在这个蛮荒的草原上，这群与钢铁打交道的硬汉子，变得软弱了，像一些孩子。

这天深夜，庆儿发起高烧来。他浑身起了一层麻麻咧咧的硬痂，有烧饼那样厚，钻心地痒痛，使他不能自制地碰撞列车房的墙壁。大黑抱着他，柳明和华生守在床边。庆儿使劲地撕扯着自己的胸膛，把胸脯抓出一条条血道子，嘴里不停地喊叫着：“我心里难受，我心里难受，我心难受啊！让我死，让我死吧……求求你们……”

那包旱烟叶儿放在小铁桌上，干爽爽的，可三个人谁也不去动，谁也没卷一棵放在嘴上。就听大黑闷声闷气地说：“咱们戒烟吧……”

天快亮的时候，几个人都靠在庆儿身边睡着了。只有大黑在悄悄地吸烟，头沉沉地低着……

图书在版编目（CIP）数据

戏里戏外的事情 / 杨利民著. —北京:
文化艺术出版社，2013.5
ISBN 978-7-5039-5605-8

Ⅰ. ①戏… Ⅱ. ①杨… Ⅲ. ①散文集—中国—当代
②随笔—作品集—中国—当代 Ⅳ. ①I267

中国版本图书馆 CIP 数据核字 (2013) 第 089925 号

戏里戏外的事情

著　　者　杨利民
责任编辑　蔡宛若
装帧设计　顾　紫
出版发行　文化艺术出版社
地　　址　北京市东城区东四八条 52 号 （100700）
网　　址　www.whyscbs.com
电子邮箱　whysbooks@263.net
电　　话　（010）84057666（总编室）84057667（办公室）
　　　　　（010）84057691—84057699（发行部）
传　　真　（010）84057660（总编室）84057670（办公室）
　　　　　（010）84057690（发行部）
经　　销　新华书店
印　　刷　国英印务有限公司
版　　次　2013 年 8 月第 1 版
印　　次　2013 年 8 月第 1 次印刷
开　　本　700 毫米 ×1000 毫米　1/16
印　　张　16.5
字　　数　250 千字
书　　号　ISBN 978-7-5039-5605-8
定　　价　35.00 元
